注音符號的文化演現

■ 何秋堇　著

序

　　注音符號是引領孩子進入知識殿堂的鑰匙，也是學習漢語的橋樑。注音符號是取自古文篆籀徑省之形，傳承中國文字聲韻而來，形體上有中國文字學的根據，只要學會 37 個注音符號和 4 個聲調，就能拼出所有的漢字。而譯音符號，不是中國本位的符號，禁不起時間的考驗，只能用於一時。注音符號有它的特殊性，我們不能只著重注音符號的拼寫及發音等物質性，還要去追溯注音符號更重要的精神層面，也就是去透視注音符號的更深知識功用。注音符號與拼音符號有所不同，如它所獨有的漢語聲調的功能就不僅具辨義作用，它還有挈情和美感……特殊作用。換句話說，注音符號帶有整體性的文化表現，以致探討注音符號的文化內涵，自然就可以形塑一套認知注音符號的新理論。而此套新理論所包括的注音符號的物質性、心理性、社會性、審美性和文化性等層面，合而運用，可以提高語文教學的成效和促進文化交流的深化以及改善文化創新的體質。

　　喜歡語文的我，在因緣際會下，於 2006 暑假參加臺東大學語文教育研究所舉辦的小說研習活動，因此與臺東大學語文教育研究所結了深厚的緣，接著連續三個暑假都在風光明媚的臺東大學語文教育研究所進修，讓我在語文領域的專業知識上又增加不少功力。如今這個論文即將完成，期盼好久的夢想，就要實現了，興奮之情溢於言表。

　　首先，我要感謝的是我的指導教授周慶華老師。周慶華老師手不釋卷，有豐富的學識涵養，為了我們這群研究生，假日、深夜經常守候在所辦，好讓我們當有疑難問題時，隨時可找到老師請益，他把所有的時間都給了我們，還時時關心我的身體健康，讓我心中充滿著感謝與感動，老師，謝謝您！

　　此外，感謝本校王萬象老師在我的論文審查和論文學位考試時，提供了寶貴的建議，讓這本論文能更加周延完善。感謝蔡佩玲老師，她非常仔細閱讀我的論文並給了我很多的鼓勵，提供參考書籍讓這本論文更加充實完整。感謝我的室友們，瓔玲、彩虹、銘娟、心銘、淑佳時常給予協助與關懷，我將銘記在心。

　　另外，最要感謝的是我的先生，先前是讓我有最大的自由讓我做我想做的事，接連兩個暑假，先生跟我一起遠赴臺東，全心全力的照顧我的生活起居。讓我有如重回學生時代，只有讀書、做學問，其餘的事都不用做的幸福感。

　　再來要感謝我的實習學生劉姮戀，這些時日經常載我到圖書館陪我一起念書，聽我分享心得，載我回家。感謝我的同事雅玲分擔了我的工作，淑華幫我找住的地方以及靖麗給我的協助與鼓勵。

　　最後，感謝支持我的媽媽、姊妹和乖巧懂事的兒子、女兒們，時時從電話那頭傳來關心和鼓勵，你們是我精神最大的依靠。在工作、學業雙重壓力下，有了你們的激勵與關懷，才讓我心無旁鶩、快馬加鞭、全力以赴。

　　總之，因為有你們大家的鼓勵才成就了這本論文的產出，你們大家是完成這本論文的最大動力！願將這種美好的感覺，與所有關心我的人一起分享。

何秋菫　2011 年 9 月

目次

圖次

表次

第一章　緒論

第一節　研究動機

　　注音符號是引領孩子進入知識殿堂的鑰匙，也是兒童學習國字的橋樑。孩子踏入校園，首先接觸到的是注音符號的學習，學好注音符號不但能讓孩子廣泛閱讀，作為日後各個學科學習的基礎，也會讓孩子充滿自信，踏出成功的第一步。

　　要把語文學好，得靠大量的閱讀。閱讀越小培養越好，而剛進入小學所認得的字有限，如何閱讀？這就要靠注音符號，只要學會 37 個符號和 4 個聲調，就能拼出所有的漢字；不但可以不需要藉助家長、老師的幫忙就可以自己閱讀，增強語文能力、還可以隨時自我學習。

　　對一般的小孩來說，學注音符號被認為是又慢又長，但是從長遠的角度來看，學注音符號才是學正體字正確的一條路。會注音符號的小孩只要拿起任何一本有注音的兒童讀物，自己就可以琅琅上口，這種能力會深植在孩子的心底，影響孩子一輩子的發展與成長。

　　一位旅居在德國的媽媽說：注音符號對臺灣的小孩來說很重要，對於海外的小孩來說更重要，因為小孩在海外的環境要接觸中文，如果沒有注音符號的話，他們很多字連讀都讀不出來，就算有人教過他們，但是在不常說、不常讀、不常聽到的情況下很容易就忘了。注音符號可以提醒他們這些讀音，隨時可以在家自己複習。

認不得的中文字都可藉助注音符號字正腔圓的大聲朗讀出來。而且只要注音學得好，中文就不會被當地的語言發音所干擾。注音符號可以讓小孩精準的發出正確的國語音調。（桂夫人，2009）

　　我們豐富文化的遺產保留在經史典籍中，要真正了解中國文化，就要讀懂古書，而不懂得由注音符號去上溯古音，就無法真正了解古書的文意。古時候優美的詩詞歌賦都是押韻的文章，唯有從古音去探尋，才能體會其中的鏗鏘之美。古人的語言無法直接保留到現在，卻間接的刻畫在古籍的「地層」中。（竺家寧，1989：3～14）如何去挖掘、探訪？中共簡化漢字，幾乎刪除了所有的變體字，其餘的大幅度減少筆劃，使得無法閱讀比較古老、比較複雜的文言文字體，等於把中國的歷史、文化都捨棄、切斷了。

　　西方人以他們自己文字進化的模式：「象形→拼音」，誤以為中國文字是象形文字，是一種十分原始、保守、不曾進化的文字。那是因為他們對中國文字的認識不夠，不知中國文字的演化選擇了一個與其截然不同的途徑：「象形→形聲」，而不走西方化「象形→拼音」的路。漢字是不受時空限制的文字，歷時數千年，其實一直在進化，不曾停滯，只是進化的方向和西方不同而已。中國文字屬於意符文字，不但能表示發音，也能表示意義，這是「拼音文字」做不到的。（竺家寧，1989：15）中國文字經過幾個世紀的變化，語音改變，因此得增加更多的意符，逐漸喪失表音的特性，因此就需要有注音來幫助了解各漢字的發音。

　　古人的注音方法，有譬況法：十分抽象，如果不會唸，看了說明，仍舊不會唸；直音法：用一個完全同音的字來注音，但如果沒有同音字，就無法注音了；反切法：魏晉時期，用兩個字切一個字，上字取其聲，下字取其韻，比直音法進步，但它還是有很多缺點，它用來作反切上下字的總字數，還是太多，一個人必須先會讀一千

多字，才能用它來讀其餘的字。（竺家寧，1989：58～60）而且聲韻夾雜，用字分歧，增加聲韻，使得反切不易了解，使用不便。（張博宇，1976：39）但反切法還是使用了一千多年，至今還有使用到。

　　外國人使用的譯音符號，都不是中國本位的符號，他們為了能快速的進入學習場域，用自己熟悉發音符號拼讀中國文字，卻容易受到原來母語的干擾，使得發音不夠精準、不夠正確。而且它沒有中國歷史文化背景作基礎，禁不起時間的考驗，只能用於一時，不能長久存留。（國立臺灣師範大學國音教材編輯委員會編纂，2002：453）對學習者而言，硬要用一種符號來學習兩種語言，可能產生發音錯誤、混淆，矛盾和不正確的學習結果，可能因此半途而廢，抑或無法學好中文。又試想，譯音符號無法拼出變音音值，如何呈現中國語言的聲韻之美？中國文字是有聲調的語言，聲調可區別漢字，具有辨義作用，其在發出陰、陽、上、去四聲時，聽起來有非常明顯高低不同變化的調值、調域，尾音響亮，可以「撼動人心」或「情意深長」的韻味，還有挈情作用，這與西方有很大的不同處。除了上述之外，更要了解漢民族所繫的社會／文化背景與西方創造觀型文化有所不同。漢民族是屬氣化觀型文化，經常要對著「許多人」講話，需「攝眾聽取」來喚起周遭一群人的「注意」！如今因為西方強勢文化的介入攪和而出現「精神渙散」的現象，導致漢語聲調日漸「荒腔走板」。這種仿自創造觀型文化純為「我手寫我口」的論調及其實踐，並未使氣化觀型文化中人的文化地位徹底的「向上翻一番」。（周慶華，2008：150～157）

　　文字走向形聲比走向拼音有一點更有利的地方；就是形聲字不但能表示發音，也能表示意義，它給人的 information 是雙管道的，這點拼音文字做不到。中國歷史上曾有兩次和高文化的拼音民族接觸，一次是印度的梵文（東漢到隋唐）；一次是近代的西方文字。

前一次，我們接受了它的宗教、藝術、哲學、文學，卻沒有接受它的拼音文字；後一次，我們接受了它的科技、制度、服飾……然而文字的拉丁話卻徹底地失敗了。(竺家寧，1989：16) 這個事實讓我們知道以譯音符號來拼注漢字是行不通的。

　　學習語言一定要有一個精確的拼音系統。使用一種符號來標注兩種文字，如果適用第一種語言，那麼對第二種語言，一定會欠缺一些符號，造成學習的困擾。注音符號是專為拼注國語而設計的，它只適合拼注國語，不適合拼注其他的方言或外語，如同譯音符號不適合拼注國語一樣。民國初年教育部為了統一國語，集結了四十多位專家專為拼注漢字 (國語) 的語音而設計的一套「注音符號」，它只有 37 個注音符號和 4 個調號就可以拼出全部的漢字。注音符號是傳承中國文字聲韻而來，字形是根據中國古字設計，有助中文的認讀和書寫，又能引發中文圖像思考，幫助學習中國文字，且有事半功倍的效果。只要學好這套注音符號，就能有效學習。注音符號也是標示國字讀音最好的一種方法，其方式最為簡單而靈活，每一個音只有一個符號 (不論聲母、韻母)；每一個字音最多只有三個符號，最少一個符號，就可拼寫清楚，且方便印刷。學會了注音符號，就可以利用這些符號去學習國字，加強識字能力，幫助閱讀。注音符號使用至今已有八十幾年的歷史，並沒有發現有什麼問題，同時對語文教育有很大的貢獻。在還沒有發現一套比注音符號更好的拼音系統前，是不該輕言廢除注音符號的。

　　要真正學習中華語文、中華文化的精髓，一定要從注音符號學起。一個音系統的取捨，應該有科學的根據，絕不能單獨的由初期學習的方便來決定，它更應該考慮後期使用的正確性與有效性。我們希望國際化，不是要廢除我們的文化 (廢除注音符號)，身為中華的子民，怎可人云亦云，不加思索，為了國際化，輕率的把我

們文化的根拔除。所謂國際化、多元化，首先要先肯定自我的文化價值，如果連自己的語言系統都要尾隨他人之後，先學異國語言系統，再來拼自己的語文，這豈是明智之舉？搶救民族文化，承傳祖宗智慧的事業，不只是國家主政者應該重視的大事，也是我們該有的使命感，應當盡心盡力去做的事。

雖然如此，注音符號所以被忽略，除了外來的強勢文化的壓迫，還有長期以來國人都未曾深究它的特殊性，使得原所體現的一種蘊藉深長的文化質性闇默不彰。因此，重新開闢檢視的管道，深入探討注音符號表徵的漢民族的氣化觀型文化，也就有應時且能贏得或挽回民族尊嚴的意義和價值。

第二節　研究目的與研究方法

從事本研究的目的，可以分成主要的目的和次要的目的兩項。主要目的就是要探討注音符號的文化內涵，而形塑一套認知注音符號的新理論。注音符號是取自古文篆籀徑省之形，其中有 16 個是中國古代的簡筆漢字，例如：ㄅ是包的本字；ㄉ像刀狀；ㄒ是下的篆文；ㄖ是太陽……注音符號在形體上有中國文字學的根據，小朋友、外國人學習後，因而認識中國字的字形構造及寫法，幫助他們認字、寫字，進而引起他們學習中文的興趣，是學習中國字入門的最佳途徑。我們不僅是要學習者熟悉和會運用注音符號而已，還要去透視注音符號的更深知識功用。一般研究者、學習者只著重注音符號的拼寫及發音等物質性，而忽略了注音符號特別重要的精神層面，尤其注音符號中的聲調最常被忽視。在世界通用的語言中，只有漢藏語系屬於聲調語言，而漢語更是聲調語言的代表。漢語是單音節結構的孤立性語言，而其最特別的是漢語具有聲調，聲調不只

有辨義的作用，更是漢語中的「神」。(羅肇錦，1994：166) 漢語的語音都有聲調，這種聲調不只是在本系統位居語音結構的「神」的地位，它還可以明顯的區別於異系統的語言而顯示出自我文化印記的獨特性。漢語聲調的功能不僅是論說者所推及的跟訓詁、歌謠、探尋字源、比對方音等層面相關而顯現的那些，它更可觀的是在氣化觀型文化傳統中起著「挈情」的作用以及有所殊別於異系統文化傳統的「不思此圖」。一樣帶有聲調的語言（如藏語、泰語、緬甸語、許多非洲土語和許多美洲印第安語等），都不及漢語特別。漢語的聲調在整體上有「抑揚頓挫」的旋律感；相對的其他帶有聲調的語言就沒有這種現象，而沒有聲調的語言則更缺少這一可以「撼動人心」或「情意深長」的韻味。(周慶華，2007：75～77)

　　劉復用動物來比喻一個漢字的字音，他把字音分成五個部分，分別為：頭、頸、腹、尾、神，他抓住了漢語的特色。因為以「神」代表聲調，確實是神來之筆，一個人的身體固然重要，但不賦予精神的話，這副軀殼只是一具行屍走肉，有了精神以後才真正有生命。(羅肇錦，1994：164)

　　漢字的字音結構在聲調、聲母、介音、主要元音、韻尾五個因素，唯獨聲調及主要元音是絕不可少的，其餘的可以自由選擇，這也是語言學界把聲調排在最上頭的理由，更能看出聲調的重要。如圖所示：

聲調			
聲母	韻母		
	介音	韻	
		主要元音	韻尾

圖 1-2-1　漢字字音結構圖

（資料來源：羅肇錦，1994：165）

　　聲韻學家把它分成頭、面、頸、腹、尾、神六個部分，而且把「調」特別區隔開來，主要用意就在表現它的特異性。現在呈現其詳細結構原貌再加以比對：

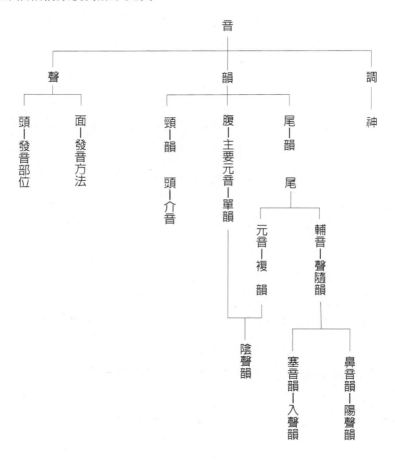

圖 1-2-2　聲調的特殊性

（資料來源：羅肇錦，1994：166）

　　次要目的就是我作為研究者的目的：希望透過這套認知注音符號的新理論的建構，可以運用在提高語文教學上的成效和運用在促進文化交流的深化以及運用在改善文化創新的體質。

　　為了能順利達到這些目的，必須使用一些相應的方法。而這得先說明本研究的性質：本研究基本上屬於理論建構的範疇；而有關理論建構的體例，周慶華《語文研究法》一書有提出看法：

> 理論建構，講究創新。大致上從概念的設定開始，經由命題的建立到命題的演繹及相關條件的配置等程序而完成一套具體系且有創意的論說。（周慶華，2004：329）

　　依此論點，可以先將研究所涉及的概念整理出來。從論題開始，第一級次的概念有：注音符號、文化演現。接著內文，第二級次的概念，主要有：物質性、精神性、拼音符號、聲調、文化。概念一與概念二設定清楚後，接著要建立命題和演繹以確定所要論述的方向。注音符號有它的特殊性（命題一）；注音符號與拼音符號有所不同（命題二）；注音符號中最重要的聲調有特殊作用（命題三）；注音符號帶有整體性的文化表現（命題四）。而本研究的價值，可以運用在提高語文教學的成效（演繹一）；本研究的價值，可以運用在促進文化交流的深化（演繹二）；本研究的價值，可以運用在改善文化創新的體質（演繹三）。

　　茲將「概念設定」、「命題建立」、「命題演繹」的發展進程圖示如下：

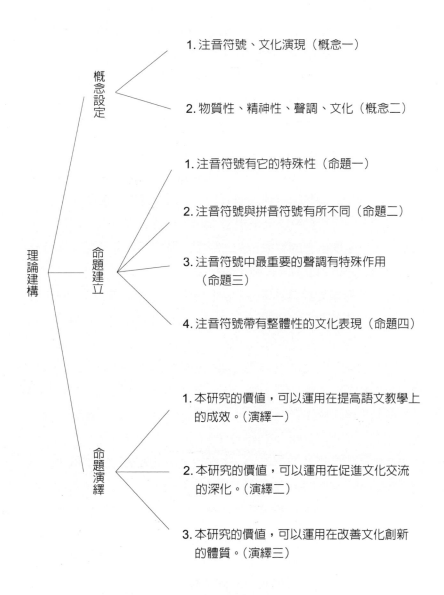

圖 1-2-3 本研究的理論建構示意圖

　　至於研究方法，指的是處理問題的程序或方式；必須先把問題解決，目的才能達成。本研究經由理論架構的鋪陳，依據研究內容，在本研究第二章文獻探討中，將運用現象主義方法檢討相關的成果。現象主義方法，是指探討所經驗的語文現象的方法。（周慶華，2004：94～95）它的現象觀是指「凡是一切出現者，一切顯示於意識者，無論它的方式如何」。（趙雅博，1990：311）在本研究中，我將使用「現象主義方法」中的「現象觀」，利用五官、心靈去感受現實社會中的事物，將他人的著作、研究，就我所能經驗的部分加以整理、分析和批判。但是相關於此論點的著作很多，我無法全部讀到，只能依自己的經驗、能力範圍，儘可能將資料蒐集完整後進行整理、分析和批判，以導出我所論述的東西。第三章注音符號的物質特性及精神性義涵則運用語言學方法搭配詮釋學方法。語言學方法，是指探討語言的語音、語義、語法的方法。（佛隆金〔V. Fromkin〕等，1999）；詮釋學方法，是指探討語文現象或以語文形式存在的事物所內蘊的意義的方法。在本研究中是要用它來開展注音符號的物質性：聲、韻、調、發音與拼音方法以及注音符號的精神性義涵。第四章注音符號與拼音符號的比較，將運用比較語言學方法（趙蓉暉編，2006：244～256），將注音在漢語發音的特殊性與異系統語言的語音、語義、語法作比較。第五章注音符號中的聲調，聲調是我們漢語成素中的一大特點，也是每個字音不可缺少的，它始終是漢語的必要成分，是自然存在語音中的，此將採用文化學方法。所謂文化學方法，是指評估語文現象或以語文形式存在的事物所具有的文化特徵（價值）的方法。（周慶華，2004：120）現今世界所存文化，大體可分為創造觀型文化（西方）、氣化觀型文化（中國）和緣起觀型文化（印度）等三大系統，透過跨文化系統間的比較分析，對於注音符號的詮釋將會從表面的語言文字深入

至根底的文化析理,才能使讀者進一步從文化的角度進行觀察,更有助於教學者或讀者的理解。

　　周慶華在《語用符號學》中,對於世間不同的文化系統,整理出如下的論述:大體上,世界存在的創造觀型文化(西方)、氣化觀型文化(東方)和緣起觀型文化(印度)等三大文化系統,都可以依文化本身的創發表現所能細分為「終極信仰」、「觀念系統」、「規範系統」、「表現系統」和「行動系統」五個次系統。(周慶華,2006:46)此五個次系統彼此的關係,可以圖示如下:

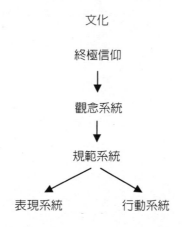

圖 1-2-4　文化五個次系統的關係圖

(資料來源:周慶華,2007:184)

　　而將此五個次系統置入三大文化系統,則又可以將其各自的特色條列,如下圖所示:

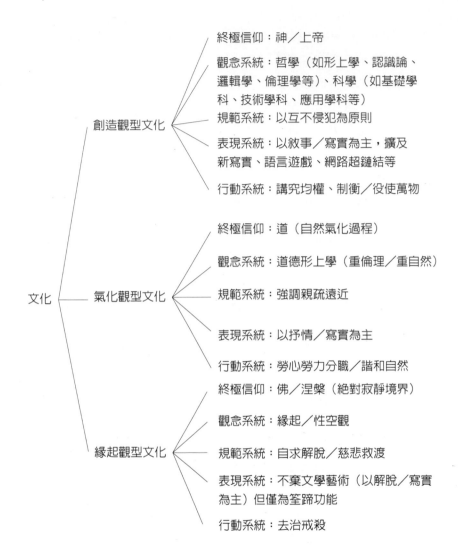

圖 1-2-5　三大文化及其次系統圖

（周慶華，2006：47）

　　除了「文化學方法」外，注音符號中的聲調還運用心理學、社
會學、美學等方法。心理學方法，原是指研究人的心理現象的方法，
但在這裡是特指研究語文現象或以語文形式存在的事物所內蘊的
心理因素的方法。漢語的聲調在整體上有「抑揚頓挫」的旋律感，
可以「撼動人心」或有「情意深長」的韻味（周慶華，2007：77），
這就牽涉到審美的感知，需要藉助「美學方法」來論述。所謂美學
方法，是指評估語文現象或以語文形式存在的事物所具有的美感成
分（價值）的方法。（周慶華，2004：132）第六章注音符號的整體
文化表現是運用文化學方法。漢語中的聲調不只在本系統位居語音
結構的「神」的地位，它還可以明顯的區別於異系統的語言而顯示
出自我文化印記的獨特性。（周慶華，2007：75）最後，在本研究
的第七章，希望經由注音符號的理論建構，提高語文的教學成效，
促進文化交流的深化，以及改善文化創新的體質，因此必須利用到
「社會學方法」，以期能發揮更廣的功效，供予更多學習者參考。
而所謂社會學方法，原是指研究社會現象的方法，但在這裡是特指
研究語文現象或以語文形式存在的事物所內蘊的社會背景的方
法。它可分成兩個層面：一個是解析語文現象或以語文形式存在的
事物是如何的被社會現實所促成；一個是解析語文現象或以語文形
式存在的事物又是如何的反映了社會的事實。（周慶華，2004：87
～94）

　　本研究依循上述研究方法進行研究，如同周慶華（2004）所說
的，只要有它能夠發揮的功能，相對的就會有其侷限處，也會出現
局部重疊，無法完全顧及研究對象的各種層面；因此只能儘量以各
種方法混合搭配的方式，使本研究更趨完善。

第三節　研究範圍及其限制

根據前節所提及的研究目的與研究方法，可以概括出本研究所能討論的範圍為：注音符號的由來及其物質性和精神性義涵（第三章）；注音在漢語發音上的特殊性及注音符號與拼音符號的比較（第四章）；注音符號中聲調的心理、社會性、審美作用（第五章）；注音符號的整體文化表現，包括注音符號／漢字的圖像化思維、聲調的氣化觀／家族倫常制約、音聲高度文飾的綰結人情／諧和自然取向等（第六章）；最後是把研究成果運用在提高語文教學成效、促進文化交流的深化、改善文化創新的體質（第七章）。其中第四章到第六章的聲調，必須經由不同的文化觀點（創造觀型文化、氣化觀型文化）來進行論述，藉以比較出世界現存不同文化系統間「系統別異」的問題。

以上統稱為注音符號的文化演現。也就是把注音符號所體現的文化特徵視為一個動態過程，仿如是在「表演呈現」或「演出現示」它的多方姿采一般。由於它向來少被發掘（即使有也不夠全面），以致才有本研究的初為發凡，希望可以喚醒大家重新來重視注音符號的存在。

至於本研究的限制，對注音符號的物質性：聲、韻、調值、發聲器官及拼讀方法不會太過深入去探討，因為本研究所著重的是大家所難以意識的注音符號的文化演現部分，有關注音符號的物質性只要足夠提供「解釋所需」就可以了。

此外本研究主要在探討注音符號的文化內涵而盡力形塑一套認知注音符號的新理論，所以對於注音符號實際的理解應用方面只會列舉一些，而無意再去作一般性的「實證研究」或實質性的「推

廣應用」。雖然如此，這些略去的課題，一旦有必要展開深為討論，
都可以俟諸異日再行處理。

　　因此，所謂的研究限制，在本研究來說就稍微有別於其他研究
的研究限制。其他研究的研究限制，是指研究者該顧及而未能顧及
的層面；而本研究的研究限制，是指我作為研究者刻意略過一些不
關緊要的課題。由於它也是可以多談而先行避開，所以姑且就視為
是本研究的限制所在。

第二章　文獻探討

第一節　注音符號

　　在進行本研究的理論建構前，先來檢討我所能掌握的既有的相關研究成果，以便凸顯本研究的獨特處。而本節所要探討的是注音符號，包含「語音」、「拼注漢字的演變」及「注音符號的聲、韻、調」三個部分。而在釐清注音符號的相關研究後，對於本章第二節注音符號的功能部分，才得以進行相關文獻的檢視。

　　語言是人類社會特有的現象，也是一種符號，這種符號是以聲音為標記，每種標記都包含一定的意義。說話的人用聲音來傳遞訊息，聽話的人也透過聲音接受信息。這種聲音就是語音。（程祥徽、田小琳，1992：1）人類的語音，是利用呼吸氣流使聲帶顫動，再加上聲道的共振作用所形成的。（張正男，2004：19）只有人說話的聲音才是語音，它有別於風吹、鳥叫、蟲鳴、流水……所發出的聲音，語音有一定的意義，有共同普遍規律，有一定的發展路線，更有它的性質。（羅肇錦，1992：23）語言是人類表達及溝通其意念、情感及慾望的一種方法，這種方法本身的形式是一個符號系統；而這些符號則是人在自主而有意識的情形下由「發音器官」所發出聽覺上的訊號。（謝國平，1989：8～9）許多論者就將語音的性質從物理、生理、社會三方面來說：

（一）語音的物理性：當物體振動，產生聲波，傳送到的耳朵裡，
　　就成為人所聽到的聲音。這些聲音可以得到音高、音強、音
　　長、音色四個要素：

　　1. 音高，是聲音的高低，它是由發生體在一定的時間裡所發
　　　　生顫動的次數（頻率），顫動次數越多，聲音就越高；相
　　　　反的，聲音就越低。它和發生體的長短、厚薄、鬆緊有很
　　　　密切的關係。音高在漢語中的聲調、語調有著密切的關
　　　　係。聲調具有辨義構義的功能，我們說陽平調的時候，音
　　　　波振動次數由少到多，音調就上揚；說去聲調的時候，音
　　　　波振動次數由多到少，聲調就下降。（程祥徽、田小琳，
　　　　1992：18）所以「媽」「麻」「馬」「罵」各不相同，主要
　　　　是音高的差異。又例如「優等—油燈」、「同意—統一」、
　　　　「慶幸—情形」……都是靠不同的聲調來區別它的意
　　　　意。所以音高也是聲調語言最重要的辨義因素。語調，
　　　　則可以改變句子的語氣，例如「我錯了」末字唸降調，
　　　　語氣是敘說。末字高揚，語氣是疑問。然則，聲調不只
　　　　有辨義的作用，還有其更深的文化意涵未提及（詳見第
　　　　五章）。

　　2. 音強，是聲音的強弱或重輕，它是由振動幅度的大小來決
　　　　定。語音的強弱與說話人說話時用力的大小有關，用力大
　　　　時，呼出的氣流壓迫各發音器官的力量強，音波振幅大，
　　　　聲音就強；反過來，幅度小，聲音則弱。（程祥徽、田小
　　　　琳，1992：19）此外，還有「響度」和「盈耳度」是跟強
　　　　度並行的。「響度」是聽覺器官感受各種聲音的敏銳度，
　　　　音越強就越聽得見。元音比輔音響度大，濁音比清音響度
　　　　大，擦音比塞音響度大，鼻音比擦音響度大；在元音裡，

低元音比高元音響度大，展唇元音比圓唇元音響度大。（鍾露昇，1971：31～32）研究國音，聲音的響度也不可忽視。

3. 音長，是聲音的長短，決定於顫動時間延續的久暫，發某個音從開始到停止的總時間，在音樂上是用拍子來決定。在語音學上，元音比輔音的音長較長，塞音比非塞音短促。（羅肇錦，1992：25）音長有表達情態的作用，當憂鬱、悲痛、失望、猶豫、冷淡的時候，話會說得慢，字音也會拉得長一些；興奮、快樂、激動、暴怒、慌亂、緊張、急迫話則說得快一些，字也會縮短。

4. 音色，也叫「音品」，是指聲音的個性和特色，決定聲波的形式。造成不同形式的原因有：（1）發生體不同；（2）使物體發聲的方法不同；（3）共鳴器不同。語音中音色的不同，是因為發音器官及發音方法不同所造成的。（羅肇錦，1992：25）

由以上四個音素，可以讓我們清楚的辨別聲音、字詞義及情緒的不同。尤其音高、音強、音長三者常常並不孤立出現，尤其音強與音長的關係更加緊密。重讀音節往往唸得慢一些，長一些。

（二）語音的生理性：語音是從人體發音器官發出來的，跟語音有關的器官可以分兩類：一類是呼吸器官，呼吸器官的主要部分是肺，由肺部活動產氣流經過喉頸、聲帶和口腔、鼻腔各部的調節，而發出各種不同的聲音；一類是發音器官，人類的發音體是聲帶，這是使氣流發出聲音的最重要器官。人類發聲的共鳴器是口腔、鼻腔、喉管。其中口腔為最主要，有唇、舌、齒齦、牙、顎、小舌等。（羅肇錦，1992：26）我

們說話，利用肺裡呼出來的氣流，經過喉頭、口腔或鼻腔的時候受到節制，發生種種變化，因此形成種種聲音。

（三）語音的社會性：自然的聲音沒有意義，如果語音也僅是聲音，而沒有語詞意義配合，就不能把意思傳遞給對方，所以語音必須借語詞意義，才能完成語言的功能。然而，語詞的意義是社會所賦予的，是依社會約定俗成所構成的。因此，我們分析語音不能不顧及這個社會的習慣和這個民族的特徵。（羅肇錦，1992：28）語音經過社會的約定俗成後，才能成為共同溝通工具。語音系統也隨著社會系統的不斷擴大而更漸精密，透過語言，社會進行思維溝通，傳遞文化。

　　語言和許多生理、心理現象緊密聯繫著。文字是從語音中發展出來的，文字和語音總是有一種固定關係，只是這種關係的遠近不同，距離不同而已。在各種文字中離語音最遠的要算漢字了。（王士元、彭剛，2007：123、153～154）

　　「漢語」是漢藏語系中的一部分，漢語在中國語言的版圖上所佔的區域最廣；「國語」，世界上每個國家都有當地各種不同族群的方言與土語，為了對內達成教育上的統一目標，對外代表一個國家的語言，必須由政策上規定出共同使用的語言，此種代表國家的語言就稱為該國的國語；「華語」，是指對外代表中華民族的標準語的名稱，以利於外國人學習語言所遵循的語音、語法、語詞、語用、語義等的語言內容而言；「普通話」就是普通人大家都聽得懂，說得清楚，彼此可以溝通交際的普通使用的語言。「漢語」、「國語」、「華語」、「普通話」四種名稱，都是代表中國語言，加上文字上的意義，廣泛的說都是代表「中文」，只是使用的場合、地點、立場不同而有所區別。（葉德明，2006：11～12）

中國文字從古至今都是方塊字，屬於意符文字。表意的功能較強，雖然「形聲文字」有部分具有發音的「音符」，致使漢字具有表音的性格；但既成的字，它的發音會隨時代而變，使語音發生了變化。到了漢代已經不容易從文字形體中得標音的實用了。所以需要注音，從漢朝到現在，人們用各種方法來給漢字注音，以便唸出正確的音。

漢代的注音符號有（萬獻初，2008；竺家寧，1989；陸依言編，1930）：

（一）譬若法：以某字音為主，再加上發音的說明，當作一個字的注音。

（二）讀若法：用一個讀音相彷彿的字，去說明某字的音。讀若的音很難準確，尤其是聲調的準確度往往難定，所注只是彷彿的音，不大可靠。

（三）直音法：是以一個字來表明另一個字的讀音，其兩個字的音必須完全相同。直音法比譬若法、讀若法高明多了。但是遇到同音字少的就無法注出。

（四）反切法：是用兩個漢字來拼一個漢字的音。反切的原則是反切上字決定聲母，也稱為「紐」；反切下字決定韻母和聲調，也稱為「韻」。反切的最大價值，在幫助我們探討古音系統及其演化痕跡。但每個時代的音不一樣，每個時代的人都用他們自己時代的音造反切，時代變了，這個反切就不準了。不管怎樣改良，反切總有其侷限性，用漢字作注音符號，它只能是音素的代用符號，終究不是純粹的音素符號。

（五）漢語拼音，用拉丁字母拼音。中共於文革時期所創，根據北京話為基礎，採用 16 個羅馬字母來拼音，所製定的符號。可以用在注「普通話」及一般漢字。但中國文字是單

音節為主，一個字就是一個詞，與拉丁字母的語音結構基本是不同的；中國同音字特別多，但音同字不同，才不致混淆不清。單純拉丁化拼音文字要解決這個問題是無能為力的。

（六）注音符號：注音符號是採簡體漢字製成的，例如「ㄑ」就是「七」字。

　　民國以後，為了促進溝通，選定北京地區的語言為國語，它是由北方官話發展出來的一種全民的語言。是十億中國人共同鎔鑄出來的，或多或少帶有各地方的特色，所以它是超乎方言之上的共同語；並設計了注音符號，來幫助國音的統一。注音符號是一種特定的符號，可以拼注標準國語的語音，是一種表示語音、字音的工具。僅僅簡單的數十個符號加上四個聲調就可拼注所有的漢字。

　　注音符號是學習漢語的基礎，是認識漢字的橋樑。透過這套注音符號，就標註出每一個漢字的發音，讓我們能正確的唸出它的音，以便達到傳達思想和溝通情感的目的。

　　研究漢語，在分析漢語語音時，大都使用「聲母」、「韻母」、「聲調」這類的術語來說明它，而不用「輔音」、「元音」這樣的名稱。原因是「聲母」在漢語裡，以出現在每一個字的字頭為主，「韻母」則指字頭以外的部分。（羅肇錦，1992）

　　「輔音」在英文裡可以放在字首，也可以放在字中，更可以放在字尾，但不可以當作「聲母」，這時就必須用「輔音」來代表比較合適。用漢語 21 個聲母和 18 個韻母拼音，可以產生大約 422 個音節，再乘以四聲可以得到 1,688 個音節。但約有 407 個音節在漢語中是沒有意思的；在語言中可以表情達意的音節只有 1,281 個。（葉德明，2006：16）

　　聲是指漢語語音前部有辨義作用的輔音。（張正男，2004：29）
音節開頭的是輔音叫聲母。聲母具備兩個條件：一是位於音首；二
是輔音。（程祥徽、田小琳，1992：43）聲母也叫作前音，氣流從
肺部裡出來，一開始就碰到某兩部分發音器官的阻擋，那阻擋造成
的聲音，跟意義的分辨有關係，我們叫它聲母。（鍾露昇，1971：
39）聲音是阻擋氣流的作用，也就是肺臟裡呼出來的氣，經過喉頭
和口腔時，受到發音器官某些部位的阻礙，所造成的聲音。（羅秋
昭，2006：55）聲符，凡是氣息從氣管裡出來，經過聲門，不顫動
聲帶，受發音機關某部分的阻厄而成的音，叫做聲。表示聲的符號
叫做聲母，也叫聲符。聲符一共有 24 個，聲符中万兀广 3 個，在
標準國音中不常應用，所以也可以說聲符只有 21 個。聲符可以分
雙唇聲、唇齒聲、舌尖聲、舌根聲、舌前聲、翹舌聲、舌齒聲七類。
（陸依言編，1930：15）輔音又叫子音，是由肺裡呼出來的氣流，
在發音的通道中，受到某兩部分的阻礙所造成的聲音。發音時聲帶
不顫動，發出來的輔音是噪音。例如ㄅ、ㄆ、ㄈ、ㄊ、ㄏ等。發音
時聲帶顫動，發出來的輔音是樂音和噪音的混合音。例如ㄇ、ㄋ、
ㄌ、ㄖ等。「輔音」是語音學上通用的名稱，在分析漢語時，習慣
用「聲母」。所謂的「聲母」是根據輔音在音節中所出現的地位而
說的。聲母也叫「前音」。是一個音節開頭的輔音。（吳金娥等，2003：
81）如下表所示：

表 2-1-1　國語聲母表

實用順序		1	2	7	3	6	5	4
發音部位　上阻		上唇	上齒	齒背	上齒顎	前硬顎		軟顎
下阻 發音方法		下唇		舌尖		舌尖後	舌面前	舌面後
狀態　聲帶	簡稱 氣流	雙唇	唇齒	舌尖前	舌尖	舌尖後	舌面	舌根
塞　清	不送氣	ㄅ			ㄉ			ㄍ
	送氣	ㄆ			ㄊ			ㄎ
塞擦　清	不送氣			ㄗ		ㄓ	ㄐ	
	送氣			ㄘ		ㄔ	ㄑ	
鼻聲　濁		ㄇ			ㄋ		（ㄬ）	（ㄫ）
邊音　濁					ㄌ			
擦	清		ㄈ	ㄙ		ㄕ	ㄒ	ㄏ
	濁		（万）			ㄖ		

（資料來源：羅肇錦，1992：42）

　　韻是指漢語語音後部的元音及其後所附的輔音。代表韻的注音字母是韻母，在注音符號裡叫韻符。（張正男，2004：40）韻符又稱韻母，是指聲母後面的所有音，包括單元音、複元音、輔音。（羅肇錦，1992：77）音節中除聲母以外的部分稱作韻母（程祥徽、田小琳，1992：49）；用來標韻的字母，在語音學上稱它為元音。（吳金娥等，2003：29）韻母發音時，氣流從喉頭出來，使聲帶顫動發出聲音，不受鼻腔的共鳴，不受任何阻礙，只受唇舌調節而形成的音，叫做韻。韻母又稱元音，代表韻的符號，叫作「韻符」。（羅秋昭，2006：53）韻母也叫後音，一個音節去調聲母，剩下的部分（調子高低升降不包括在內）就是韻母。漢語韻母共有 16 個，另外還

有 1 個空韻。（鍾露昇，1971：68）除了沿襲聲韻學傳統反切的說法而來，稱為後音，能單獨發音，由聲帶顫動發出來的聲音，所以韻母都是濁音，可以引起口腔的共鳴，氣流出入不受任何器官的阻礙或摩擦而出聲的。（國立臺灣師範大學國音教材編輯委員會編纂，2002：149）一般韻母由韻頭、韻腹、韻尾三個部分組成。韻頭（介音），一、ㄨ、ㄩ；韻腹，就是主要元音；韻尾，在主要元音後面的輔音或元音。

　　依韻母的內部成分的特點來分，有：介音、四呼、結合韻、韻尾。如下表所示：

表 2-1-2　國語韻母表

韻母＼呼別						複韻母				聲隨韻母				捲舌韻母
						收一		收ㄨ		收ㄋ		收兀		
開口呼	帀	ㄚ	ㄛ	ㄜ	ㄝ	ㄞ	ㄟ	ㄠ	ㄡ	ㄢ	ㄣ	ㄤ	ㄥ	ㄦ
			結合韻母											
齊齒呼	一	一ㄚ	一ㄛ		一ㄝ	一ㄞ		一ㄠ	一ㄡ	一ㄢ	一ㄣ	一ㄤ	一ㄥ	
合口呼	ㄨ	ㄨㄚ	ㄨㄛ			ㄨㄞ	ㄨㄟ			ㄨㄢ	ㄨㄣ	ㄨㄤ	ㄨㄥ	
撮口呼	ㄩ				ㄩㄝ					ㄩㄢ	ㄩㄣ		ㄩㄥ	

（資料來源：羅肇錦，1992：78）

　　依韻母的性質來分，有：單韻母、複韻母、聲隨韻母、捲舌韻母。當中單韻母，是指由單獨所構成的韻母。共有 8 個：

（一）舌面元音：ㄚ〔a〕、ㄛ〔Ω〕、ㄜ〔ɤ〕、ㄝ〔e〕、一〔i〕、ㄨ〔u〕、ㄩ〔y〕。

（二）舌尖元音：空韻〔ï〕。

　　複韻母：是指由兩個或三個元音結合而成的韻母。包括：ㄞ〔ai〕、ㄟ〔ei〕、ㄠ〔au〕、ㄡ〔ou〕。

一ㄚ	一ㄛ	一ㄝ	ㄨㄚ	ㄨㄛ	ㄩㄝ

　　下面四個複韻母，都是三合元音，因為它們都是三個元音所組成的：

一ㄠ	一ㄡ	ㄨㄞ	ㄨㄟ

　　聲隨韻母：是指元音後面帶有輔音韻尾的韻母。這一類的韻母，都是在主要元音後面附隨著聲母，所以叫「聲隨韻」。如：

（一）鼻聲隨韻：ㄢ〔an〕、ㄣ〔en〕、ㄤ〔anŋ〕、ㄥ〔enŋ〕。又可分為：

　　　舌尖：

ㄢ	一ㄢ	ㄨㄢ	ㄩㄢ	ㄣ	一ㄣ	ㄨㄣ	ㄩㄣ

舌根：

ㄤ	ㄧㄤ	ㄨㄤ	ㄥ	ㄧㄥ	ㄨㄥ	ㄩㄥ

（二）塞聲隨韻：塞聲韻尾國語裡沒有。

　　捲舌韻母，是指由元音及附隨的捲舌輔音所組成的韻母，這個韻母是由輔音化成元音，所以又叫「聲化韻母」。如ㄦ〔er〕。

　　依韻母的內部成分的特點來分，有：

介音：從前面韻母表中，結合韻母的韻頭分布，可分三類，就是ㄧ、ㄨ、ㄩ。這三個韻頭，可以前面與聲母相連，也可以後面與韻母相連，來完成拼音。它可作為聲母與主要元音之間的媒介音，所以叫做「介音」。ㄧ、ㄨ、ㄩ當韻頭時，前面沒有聲母，本身具有聲母的功能，把它們當半元音看待，這種具有元音又具有輔音功能的音，叫做「介音」。

四呼：開口呼、齊齒呼、合口呼、撮口呼。開口呼：凡字音裡沒有韻頭（介音），或主要元音不是ㄧ、ㄨ、ㄩ的，都叫「開口呼」。齊齒呼：凡字音裡的韻頭或主要元音是〔i〕ㄧ的，都叫「齊齒呼」。合口呼：凡字音裡的韻頭或主要元音是〔u〕ㄨ的，都叫「合口呼」。撮口呼：凡字音裡的韻頭或主要元音是〔y〕ㄩ的，都叫「撮口呼」。「呼」是由韻頭（介音）和主要元音來決定的，與韻尾、聲母沒有關係。

結合韻：國語韻母除了ㄚ、ㄛ、ㄜ、ㄝ、ㄞ、ㄟ、ㄠ、ㄡ、ㄢ、ㄣ、ㄤ、ㄥ、ㄦ、ㄧ、ㄨ、ㄩ、帀17個外，還有22個韻都是和ㄧ、ㄨ、ㄩ3個介音結合而成的複合元音。可分四類：開口

呼韻母、齊齒呼韻母、合口呼韻母、撮口呼韻母。開口呼韻母：沒有韻頭（介音），而韻腹又不是一、ㄨ、ㄩ的韻母。齊齒呼韻母：韻頭或韻腹是〔i〕一的韻母。合口呼韻母：韻頭或韻腹是〔u〕ㄨ的韻母。撮口呼韻母：韻頭或韻腹是〔y〕ㄩ的韻母。

韻尾：韻尾是韻母中在主要元音後的音素。如「寶」這個字，音〔bau〕，韻母的主要元音是〔a〕，那麼在〔a〕後的〔u〕就是韻尾了。韻尾大致可分四類：開尾韻母：韻母的最後一個音素是主要元音，也是沒有韻尾的韻母，稱為開尾韻。如：

元音尾韻母：韻母中在主要元音後跟著一個元音的韻母。只有〔i〕〔u〕兩種。鼻音尾韻母：韻母中在主要元音後有鼻音韻尾的，漢語中有〔-m〕〔-n〕〔-ŋ〕，現代國語只有〔-n〕〔-ŋ〕。如：

ㄕ ㄣ	ㄉ ㄤ

塞音尾韻母：韻母中在主要元音後跟著一個塞音韻尾的叫塞音尾韻母。現代國語都消失了。（羅肇錦，1992：78～83）空韻〔ï〕，漢語中，有些音節只有聲母，沒有韻母，稱為零韻母音節，而這類韻母自然是空韻，也稱為零韻母。（林金錫、舒兆民，2008：40）

漢語裡除了有聲母、韻母兩個部分外，還有一個貫穿整個字音的高低升降，它就是聲調，也叫字調。漢語的一個音節基本上就是

一個漢字。聲調跟著音長、音強都有些關係，但它的性質主要決定於高低，是由於發聲時聲帶的鬆緊。（羅肇錦，1992：88）世界上聲調語言雖然很多，但是像漢語這樣每個音節都有固定聲調，不但有高低的區分，還有升降曲折的差別，卻是不多的，可以說這是我們特有的豐富的語言材料。（王士元、彭剛，2007：138）說漢語時，倘若聲調不對，意思就有出入，差別很大。漢語語音的每個音節裡一定有韻母和聲調，這是漢語語音音節的基本要素，而聲調是構成漢字音節不可缺少的語音要素。（葉德明，2006：53）國音的聲調，是指字音或語音中聲音高低升降的曲線類別。對於漢語而言，聲調是重要的辨義條件。（張正男，2004：54）

　　隋唐以來的中古音韻書，都將語言根據不同的讀法分成平、上、去、入；作詩詞時，又簡化為平聲和仄聲。仄聲包括上、去、入。唐釋處忠在《元和韻譜》中說：平聲哀而安，上聲厲而舉，去聲輕而遠，入聲直而促，較形象的描述了四聲在聽感上的發音狀態。明釋真空在其〈玉鑰匙歌〉中說：平聲平道莫低昂，上聲高呼猛烈強，去聲分明哀遠道，入聲短促急收藏，也是從感覺上描寫聲調狀態。民國初年，也有一個傳習字母歌：陰平聲浪直而平，陽平聲浪高而揚，上聲聲浪彎而曲，去聲聲浪遠而墜，入聲聲浪短而促。平仄是基於詩詞格律的需要從音高升降變化的角度對漢語聲調的再分類：平聲字音平直，不升不降不急促指中古的平聲。仄聲，字音不平，或升或降或短促，指中古上、去、入。平聲與仄聲形成鮮明的對照與反差。（那宗訓，1959：32～33）這樣字音聲調平仄交錯的高低變化，就能夠讓詩句產生抑揚頓挫的韻律美感，使詩詞的節奏更加活潑。而現今受西方文化的影響，歌詞中缺少了抑揚頓挫的韻律美感。

　　現在的漢語沒有入聲，古代的平聲在元代已分為陰平和陽平，而入聲則分化至其他各調。聲調包含：「調值」、「調類」、「調型」、「調域」。調值，華語聲調表現出來的高、低、長、短，音高的頻率代表聲調的高低度（實際相對的高低），時間的長短代表聲調的長度。趙元任的「五度制調值標記法」：55：起頭高，完的時候也高；35：起點中，到後來就升到最高；214：半低起頭，低到最低，再上來，不完全到頂高；51 起頭最高，到後來就降到最低。（趙元任，1987：60）如圖所示：

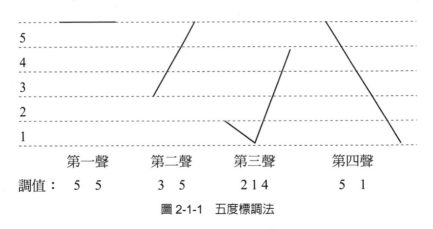

圖 2-1-1　五度標調法

（資料來源：羅秋昭，2006：57）

　　調類，指聲調的分類，它是繼承古漢語的聲調系統而來的，有平、上、去、入四個調類。而調型，則是指聲調進行的高度，或變或不變，或聲或降，如ㄍ、ㄇ、ㄈ。（張正男，2004：56）調域，乃指聲調的高低與長短的寬窄，主要決定在基音的頻率，從聲調的最低音到最高音是基頻變化的範圍。在「五度制調值標記法」中可

以看出它的音高與長短的音域，在此音域內的我們稱它為調域。（葉
德明，2006：57）如下表所示：

表 2-1-3　華語聲調名稱

項目	說明			
四聲名稱	第一聲	第二聲	第三聲	第四聲
調類名稱	陰平	陽平	上聲	去聲
四聲調值	55：	35：	214：	51：
調形符號	ㄱ	ㄱ	ㄱ	ㄱ
聲調符號	（－）	／	ˇ	＼
四聲音長	次短	次長	最長	最短

（資料來源：葉德明，2006：59）

　　漢語聲調在調類、調值和頻譜等物質性的特徵上，論者都能有
效的舉實析理；但對漢語聲調更有著挈情的社會作用和特殊的氣化
觀型文化背景，可據為區別於它文化傳統中的語言，卻未能一併深
透，以致有關漢語聲調的「獨特性」就無法進一步的予以彰顯。（周
慶華，2008：7）

　　上述大部分都著重在講述注音符號的物質性，只有少部分對注
音符號的心理及審美功能略有所論述，但都缺乏文化功能的闡發，
也就是沒有以文化的視角來詮釋。而這正是本研究所要補強和致力
闡述的地方。

第二節　注音符號的功能

　　說話的語音，是由喉頭原音在「聲道」受共振然後形成的。其
共振作用會使喉頭原音產生不同的共振音色，因此使得人類的聲音

有許多變化；再加上聲帶鬆緊所造成的高低音改變，更使得人類足以創造豐富的聲音藝術了。我們平常說的話，除非有錄音機錄下來，要不然說過了也就沒有痕跡了。有了音標，便能打破這些限制，用有形的符號，把語音保存下來。

中國文字，是世界上唯一僅存依然保留「圖畫文字」特性的文字。（林惠勝，1990）認識一個字，並不像常人想像那麼簡單，它必須具備三個條件：字形要寫得沒有錯誤；字音要唸得準確；字義要懂得意義。（賴慶雄，1990：75）象形文字雖然不多，卻是漢字造字的基礎。我們會發現在上古時代的字形與現代的字形之間已經有很明顯的差異；不過我們也看得出，這種差別只是書寫技術上的不同而已，原則上這些象形字的構造歷代以來還保持著，完全沒有改變。（高本漢，1978：12）注音符號大部分取自古文篆籀徑省之形，其中有 16 個是中國古代的簡筆漢字，與國字有密切的關聯。（胡建雄，1987：6）例如ㄅ是包的本字、ㄆ是持棍小擊、ㄊ是凸出、ㄩ是像張口狀……有它的形，也有它的音。從字源去了解字的形、音、義，注音符號在形體上是有中國文字學的根據的，讓學習者因而認識中國字的字形構造及寫法，幫助他們認字、寫字，是學習中國字入門的最佳途徑。因此，注音符號可以幫助學習者認識漢字和寫漢字。

漢字的音節一般有聲母、韻母、聲調三個構成要素；韻母內部又分韻頭、韻腹、韻尾。因此，有些音節具有聲母、韻頭、韻腹、韻尾、聲調五個部分，也有些音節只有兩個、三個或四個部分。注音符號加上聲調就可以拼注所有的漢字。漢字的音節最多四音素；每個音節都有元音，少則一個，多則三個。有的音節沒有輔音；每個音節都有聲調。（羅肇錦，1992：103～104）

大多數西方國家的人民，他們所以感覺懂得一些中國語，是有用而愉快的，實在有不少原因：世界上以中國語為母語的人佔了很大的比數；中國土地廣大而且是貿易最重要的場所；中國語言的天地引起他們的興趣。（高本漢，1978：12）有句俗語：「習得的語言愈多，精神的領域就愈廣。」因為多通一種語言，就能多了解一種語言區域內所包括的文學、思想、藝術……等等。

　　語言是表現思想最有力的工具，我們期望從語言中，即便是極簡單地，認識並了解一點中國人的心境。例子北平話，也就是官話的句子：

　　「趙縣城外有一家兩口人一個七十多歲的老婆跟他兒他家很窮常沒有飯吃天天打柴賣錢得一點米肉度命」

　　從句子可以看出中國語言中最重要的特性。中國的語言是單音節的，也就是每一個單詞只包含一個音節；同時它是孤立的，也就是說一個詞都有一個永遠不變的形式，絕不會因為它和句中別的字的關係而改變。中國語裡的虛字不是非用不可，不用它們，句子也一樣清楚明白。從語音的觀點來看，中國話沒有複輔音。上面所舉的例子，所有的字，不是以元音收尾，就是以 n, ng, r 收尾。雖然中國語語音不多，由於每一個字都有它的聲調，而聲調對於一個語詞的重要性並不亞於輔音、元音的關係。把這種語音不夠多的缺陷彌補了。（高本漢，1978：10）

中國文字同音異字特別多，同音詞在積極作用方面，人們固然可以運用它的異義特性，倘能運用得當，可以造成文學趣味，也能使思想感情表達得生動具體、含蓄深刻，達到一語雙關的目的。（賴

慶雄，1990：23～24）如有一首歌謠：「雨裡蜘蛛還結網，想晴（情）唯有暗中絲（思）。」當然，同音也有誤解的可能。

　　漢字「一字多音」，源自漢語同一音節的「聲調」變化。漢語一個音節可以有多種聲調變化，表不同的意義，但文字製作卻只設計一個形體。如此一來，一個漢字可以表不同的意義，文字製作的數量又可簡省，這是漢語的一個重要特質。（盧國屏，2008：25）

　　漢語的每一個音節都分成聲母和韻母兩大結構，於是聲母相同的音節相銜接的詞稱為「雙聲詞」、韻母相同的音節相銜接的詞稱為「疊韻詞」，它不是為了文學而產生，通常在一般生活語言中就已經有很大數量。因為聲母相同或韻母相同，所以在發音上具有連貫性、順暢性，發音也容易些；同時也有意義上相通或貫連，這就是漢語「聲義同源」、「同聲多同義」的特質。它普遍出現在生活語言中，它是一種語音與語義的自然結合；後來文學家刻意用於作品中。（盧國屏，2008：30）

　　舌尖後，中元音ㄦ，是一個很特別的音，既不與別的韻母結合，也不與別的聲母拼合，獨立成為捲舌韻。例如而、兒、爾、耳、二。把ㄦ附「兒尾」，產生「兒化」現象的，稱「兒化韻」。（國立臺灣師範大學國音教材編輯委員會編纂，2002：287、胡建雄，1987：27、234）

　　捲舌韻ㄦ，單用注音的，只有「兒、耳、二、而」等十多個字；可是把ㄦ作詞尾用的卻很多。這類作詞尾的ㄦ化韻，「ㄦ」韻都跟前邊的字連接成一個音節，使韻尾變成捲舌音，所以叫作「ㄦ化韻」。通常以自然口語為多。（鍾露昇，1971：223）「兒」在詞尾，因為「兒化」而成為比詞彙上更高一層的音位。ㄦ化韻不但可以使得音節響亮，而且語音顯得自然活潑，在語言中具有辨義作用。由於「兒」詞尾「兒化」時，與前一音節合併成為國語裡唯一不成音

節的語位。成為國語中四個韻尾外的另一個韻尾。使得前音節產生
變音現象,而成了附帶捲舌的「ㄦ化韻」。把「而、兒、耳、二」
等字列為「捲舌韻」,將附「兒尾」產生「ㄦ化」現象的,稱「ㄦ
話韻」。(胡建雄,1987:27)「兒」韻可以跟其他韻母結合起來,
使韻母發生變化成為捲舌韻母,叫作「兒化」韻。(羅肇錦,1992)
一個音節與兒音節合成一個音節的現象,稱作兒化現象。音節經過
兒化,就會獲得捲舌的性質;ㄦ在兒化音節不獨立成聲,只作音節
的韻尾,用「ㄦ,〔r〕」來表示。(程祥徽、田小琳,1992:86)兒
化韻使得國音韻尾產生變化,使得許多不同音不同韻的音節或單
字,經過兒化後變成了同音同韻的音節。例如「玩意兒」、「樹葉兒」、
「手印兒」,「意」、「葉」、「印」三個不同音不同韻的字,兒化後都
讀成了「ㄧㄝˋㄦ」,成了可以押韻的同韻字。(胡建雄,1987:141)
兒化韻的作用,在聲韻上形成了獨有的基本腔調,有的在歌謠中作
韻腳,使不同韻的句子得到和諧。「兒」詞尾,在國語語法和文學
上的功能有:辨義的功用;構詞的功用;嬌小可愛的功用;使音節
響亮的作用;壓韻的功用。(胡建雄,1987:71～72)「ㄦ」可跟其
他韻母結合起來,變更原來韻母的音色,成為一種捲舌韻母,叫作
「ㄦ化韻」。「ㄦ化韻」裡的「ㄦ」並非單獨音節,而是在音節末尾
附加捲舌動作而產生韻變。「ㄦ化韻」有下列幾種作用:確定詞性;
區別意義;表達親切情感;形容細小東西;增強口語色彩。(林金
錫、舒兆民,2008:47)

　　國語的聲調有四個,分作陰平、陽平、上聲、去聲。舊入聲字
分入陰平、陽平、上聲、去聲四聲中。但是入聲讀法還是應該兼存,
因為諷誦前代的韻文,講究平仄分明(平—平聲,仄—上、去、入
聲),否則音律失諧,美感消減。(胡建雄,1987:9)一般人聽到
平仄,都直接以為是源自中國古典詩歌的格律,以為平仄是一種古

老的文化，事實上從唐代起的新體詩歌，因為使用固定格律創作，所以比較容易為一般人所見所知；但是平仄的運用，其實在我們的周遭語言環境中無所不在，它不是源於文學，而是漢語每個音節中固有的聲調。平仄其實是漢語四種聲調的再歸類，漢語每一個音節都有聲調的差異，在古漢語裡是「平、上、去、入」；現代漢語裡我們分為「一、二、三、四」，這些都只是代號。一般不知道語音聲調的實際狀況，也就不容易從代號知道平仄。以下說明，就可以知道平仄的語音意義：

表 2-2-1　漢語聲調表

平仄	古漢語聲調	現代漢語聲調	聲調形式	現代漢語例字
平	平	一	音高形式沒有變化，且可以持續。	東、西、高、低
		二	音高形式是持續上升的。	陽、房、時、梅
仄	上	三	音高形式是先降後升，可以持續上升。	水、火、勇、敢
	去	四	音高形式是持續下降。	氣、勢、魄、力
	入	改讀其他四個聲調	短促而無法持續。	此聲調類型，在現代漢語裡消失，但保存在各方言中。

（資料來源：盧國屏，2008：31）

　　「平聲」是一種平緩或平緩上升的調型；「仄聲」是一種下降或及短促的調型。於是二者有了音質上的明顯對比，在發音與聽覺上，可以呈現高低差異，抑揚頓挫的效果，使得漢語的形式非常活潑且不單調。（盧國屏，2008：31～32）

　　成語，是語言重要的材料。成語的結構有「定型化」、「格式化」、「普遍化」的傾向。許多人有這樣的經驗，學過的成語不容易忘記，這是因為成語有獨特的語言結構特點。它大都是由四音節組成的，音節與音節之間又形成了極和諧的關係。成語裡還有一種獨特的形式，有些成語包含疊字詞或音節重複的成分，例如「轟轟烈烈」、「歷歷在目」、「自暴自棄」、「得過且過」；上下兩截形成雙聲關係的「琳瑯滿目」；疊韻關係的「孤苦伶仃」；上下四字「平仄平仄」直連，「風起雲湧」；上下四字「仄平仄平」相連的「聚精會神」；「平平仄仄」相連的「標新立異」；「仄仄平平」相連的「並駕齊驅」，以上種種表現了成語既整齊勻稱又錯綜變化的語言特色。（賴慶雄，1990：234〜236）

　　國語裡的輕重音是音量、音高和音長的相對變化。國語的重音是說話時遇到了容易混淆或特別要緊的字詞，必須特別加強其字音，使人聽得明確或者特別注意的。跟重音相反，輕聲是語音變輕，也就是比較微弱、字調的高低幅度縮小，音長也縮短，其所呈現的語意，也跟重音相反，是不重要的字眼，甚至是虛字類的詞尾、助詞。輕聲的功用是調整語句中字詞的輕重以適合生理需要、省時省力以提高信號效率，變化輕重增加語音的美感。（張正男，2004：64〜70）在語句方面，不能光從句型的表面結構來看，說話時的語氣、語調、輕重音不同時，語義就會有很大的變化。例如「你為什麼來晚了？」這樣一句單純的問話，使用的語氣不一樣，它可能代表疑問、關懷、責罵、抱怨四種不同的意義。心裡的重音是為了「表情」。又如「我愛你」，就有很多不同的意義。三個詞就有三個重音，再加上語氣、語調的變化，在不同的情境，代表不同的意義。國語的聲調與語調的關係，語調就是抑揚頓挫的腔調。趙元任說：「語調跟字調可以並存，他們二者的關係是個代數和。就

是正加正越正，負加負越負，正負相消，看哪一個多一點就往哪一邊。」（趙元任：1987：88）語調高，緊張、激昂用；語調低，悲傷、失望；基本調，語氣平緩、情感平靜時用。（胡建雄，1987：220～225）

　　輕聲，是由原來的調形消失音長縮短而來的。輕聲通常在重音的後頭出現，有時候連詞，兩個音節都輕讀。（鍾露昇，1971：120～121）國語裡有些字或詞語連讀時，失去了原來的調值，變得輕、弱、短而含糊。這類字調叫作輕聲。輕聲是國語裡特殊的變調，變調雖也有辨義作用，但不是主要的，所以它不算是一個獨立的調類。國語只有四個調類，它們在單字裡有一定的長度，而且可以按照一定的高低升降讀出來；而輕聲不能單獨存在，必須隨著前面的字調不同而改變高低。輕聲輕重徐疾，配合自然，久而久之所形成的，因此必定優美而好聽。（吳金娥等，2003：154～156）在國語中，每一個音節都有它的聲調，可是在一個詞或一個句子裡，許多音節會改變原有聲調，變成較輕、較短的聲調，這就是輕聲。（羅肇錦，1992：134）輕音不是漢語一切方言都具備的，只有北京話和北方某些地區有輕音。輕音不屬於聲調的範疇，所以我們叫它「輕音」，不叫它「輕聲」。聲調主要是音高的關係，輕音主要是音強的關係。輕音對元音的音色發生很大的影響，它能使元音模糊化。輕音是語法現象，同時是詞彙現象。它和元音的關係較深，和聲調關係較淺。（王力，2009：232～233）

　　上述論者儘管對注音符號的「表徵」多有揭發，但大部分都僅著重在注音符號的物質性功能及審美的功能，以及有少部分針對注音符號的心理略有論述，但都沒有以文化的視角來詮釋；以致何以漢語裡有這種注音符號，也就「莫知其詳」且無法有效區別於拼音系統。而這也正是本研究要另闢途徑以「補其缺漏」的原因所在。

換句話說，正因為一般論者都不知道注音符號演現了中國傳統文化，才激起本研究要在這個區塊有所貢獻。

第三節　注音符號的文化性透視

語言演進過程中、語言、思想、文化可以說是互為關連，互相影響的。語言是人類文化的初期產物，在這悠長的人類進化史中產生了不少不同的語言。（黃天麟，1987：1）

世界上大約有三大語族：

（一）孤立語──是指其中詞本身不能顯示跟其他詞的語法關係，它的形式也不受其他詞的約束，因而具有孤立的性質。其特點是詞裡只有詞根，沒有形態，詞的本身沒有變化，詞和詞之間的關係，透過詞序、輔助詞等語法手段來表示。例如漢語。

（二）膠著語──是指其中詞也具有表示詞彙意義的詞根和表示詞法意義的附加成分，但它們彼此的結合並不緊密，附加成分好像黏附在詞根上似的。它特點是將具有一定語法意義的附加成分接在詞根或詞幹上來形容語法形式和派生詞。例如日本語。

（三）屈折語──是指其中詞除了表示詞彙意義的詞根，還有表示詞法意義的附加成分，詞根和附加成分結合得非常緊密。它的特點是依靠內部屈折和外部屈折來形成詞的語法形式。例如英語、法語、拉丁語。（北京大學語言學教研室編，1962：12、81～82、76～77）

語言是人類為了表達思想、傳達情報所創造出來的一種無形媒介。人類創造語言，直接的目的是跟他人對話，間接的目的可能有

為謀取利益、樹立權威和行使教化等等。（周慶華，1997：47）語言本身就是文化，就是思考的證明，因為思考是語言所以能產出的先決條件。語言還是一種社會現象，同時也是人類的世界觀的表現。它雖然是人類所創造所考案出來的，但一旦形成後，言語就已不僅僅是那集團的一種溝通媒介，而是具有相當強制性的規範，規範了成員們的思考過程，進而塑造了依其思考過程所縱橫組織的「世界觀」。當然社會團體所處的物理環境，社會構造也會影響語言的形成。（黃天麟，1987：8）

　　語言是文化的表徵。各民族都有其文化的特色，形成民族文化的有：承傳其祖先的智慧、道德倫理觀念、習俗、宗教信仰、政治法律制度，以致歷史文化傳奇，包括各種「禁忌」等等；而憑藉語言文字，才能薪火相傳。語言文字，其實就是民族文化精神的表現──主要的表現形式。這是語言習慣是最顯著的特徵。（謝康基，1991：165）文化是一個歷史性的生活團體──也就是其成員在時間中共同成長發展的團體──表現其創造力的歷程和結果的整體，其中包含了終極信仰、觀念系統、規範系統、表現系統和行動系統。（沈清松，1986：24～29）我們漢民族是屬於氣化觀型文化，認為宇宙萬物為陰陽二氣所化生，宇宙萬物的起源演變就在「自然」中進行，體會「自然」的價值，不必作出違反自然之理的事。中國傳統社會中的人信守這樣的世界觀，所表現出來的幾乎都是為使自然和人性、個人和社會以及人和人之間達成和諧融通、相互依存境界的行為方式和道德工夫；而西方國家是屬於創造觀型文化，它所肯定的宇宙萬物受造於一個造物主，勢必會發展出伸張「個人」權利，而淡薄於親情、尊尊觀念的制度（彼此只要遵守「互不侵犯」的原則，就可以過有秩序的生活）。（周慶華，2008：48～51）

　　中英親屬語彙的不同，反應了不同的親屬關係即倫理。在英語家庭 Brother 一詞所表示的有哥哥與弟弟二者不分，就是說在他們家庭之內哥哥與弟弟的地位完全相同；但在中國家庭裡，弟弟叫哥哥必須依其排行稱哥哥或大哥、二哥、三哥才可，直呼其名是很無理的行為，但哥哥稱叫弟弟時卻可直呼其名。僅從這一個例子，我們就可以觀察到西方人獨立性與中國人尊敬長輩的德性，早在家庭裡就已經孕育在養成。民族的語言既成，個人的力量是很難加以改變的。（黃天麟，1987）

　　漢藏語系是世界第二大語系，漢語又是其中最大的語族，它和其他語系在語法特徵上有很多不同，漢語的特點：

（一）漢語是單音節語言。所謂單音節，從意義上說，並不是漢語
　　　所有語詞都是單音節性的，而是指漢語的最小語言單位
　　　（morpheme）──語位、言、詞素──絕大多數是單音節
　　　的；從聲音上說，單音節是指漢語詞素中只有一個聲母和一
　　　個元音群構成的。

（二）漢語是孤立性語言。所謂孤立性，是指不用附屬語形。

（三）漢語是有聲調的語言。聲調是指一個音節中語音頻率高低變
　　　化的情況。漢語中有句調來幫助表情達意，這一種是跟別種
　　　語言類似的。不過漢語的任何詞素中音高變化具有辨義作
　　　用。所以說漢語是有聲調的語言。（國立臺灣師範大學國音
　　　教材編輯委員會，2002）

　　漢語中的聲調，居語音結構「神」的地位，它有辨義作用、為了挈情。所以發生挈情，是因為漢人說話沒有私密性的關係。它還可以明顯的區別於異系統的語言而顯出自我文化印記的獨特性。（周慶華，2007：75～150）

　　漢語的特點還有：使用量詞。「量詞」就是數量詞，指用於連接數詞、名詞的詞或語素，以及以虛詞和語序作為表達語法意義的主要方式。漢語是孤立語，所以詞的本身沒有型態變化，句子意義的組成靠的是虛詞和語序排列的方式進行的。（盧國屏，2008：14～15）

　　人類有了語言後，藉著溝通，思想的交換，其智慧、文化、社會組織開始有了長足的發展。漸漸語言已無法完全滿足所希望的傳達功能，因為言語欠缺時間的持續性與不變性：（一）雙方傳授物認知，常有差距（就是傳授者常常不能將真意傳給被傳授者）。（二）人的記憶內容往往而且常常會因時間的經過、年齡的累積而趨模糊，使口頭傳述的正確性更為降低；言語也無空間的周遍性，古時在無擴音機、電話、文字前，一個人所能傳達情報、命令、溝通思想的範圍，只限於肉身所能聽到的地方。因此，如何將自己的思想，正確的流傳到後代，便成為人類文明繼續發展的重要課題。（黃天麟，1987：5～6）有了音標，便能打破這些限制，用有形的符號，把語音保存下來。

　　人類使用語言大約起於二十多萬年前，可是發明文字用文字去標注語音，最多也不過五、六千年。我國注語音的文字，一般學者都公認是始於二、三千年的形聲字、假借字、轉注字。形聲、假借、轉注是「衍形的方式，得標音的實用」，於是造出大量的國字。後來因為語音發生了變化，到了漢代已經不容易從文字形體中「得標音的實用了」，就不得不設法另謀標音途徑，去注國字的字音，因此就產生了注音符號。（張博宇，1976：38）

　　一個族群，有共同的語言文字，造成了族群集體的意識，從政治到社會、經濟、宗教、藝術、教育、民情、風俗、飲食……在在都有著集體的意識形態；也由於這集體意識，所以這個族群不會割

裂創造優質與悠久文化。漢語的單音、獨體、方塊字這些特質，如果我們以族群思維來連結的話，會發現這是很有趣，很有邏輯性、族群性的相應關係。（盧國屏，2008：47）

　　沒有文字，傳達命令時其空間所能及的範圍總是有限的。中國語文的重要性因其所發明的漢字的優越性格而加重了份量。十六世紀後，以屈折語為中心的西方勢力東漸，當時他們的科學文明的確凌駕了以漢字為中心的東方文明。他們的槍砲所及，世界為之披靡，西方文明的優越論，幾已被一般所接受。作為漢字始祖的中國，也在清廷的政策下岌岌可危。論者便將東方落伍的原因歸罪於漢字的非科學性，如筆劃多、文字多、難記等等。（黃天麟，1987：12）事實上這是因為其不熟悉漢字造字原理，不知道漢字字形的歷史變化所造成的。而這都不影響漢字這種「形義符號」，可以「據形辨義」、「據音辨義」、「望形生訓」的特質。（盧國屏，2008：101）當時西方主觀觀念就是「表音字是人類文字進化的最終階段，是最進步的文字，表意文字則只是要進化至表音文字的一種過度性文字而已。」西洋語言學家的論調，也無不以音標文字當為最進化的文字，認為象形文字、表意文字等非音標文字只不過是人類文字進化過程中的一個階段。（黃天麟，1987：12）於是堅持中國文字是一種十分原始、保守、不曾進化的文字。（竺家寧，1989：15）

　　西方表音並不是沒有它的問題，問題就出在它「表音」這一特點上。因其為表音，所以它就跟著發音而變化；而偏偏發音是很容易變化的，地區不同，語言的發音就會有異，這是語言的通病。（黃天麟，1987：57）

　　在使用注音符號拼注漢字的前後，還有許多不是本位的拼音符號的產生，除了國際音標是記錄語音音值的符號，其他的各種符號，像耶魯式、威翟式經過一段時間流行後，就會有所改變，禁不

起時間的考驗。追究其原因，這些符號既不是中國本位式的符號，不能表現中國語音純正的音質與特點，又沒有中國歷史文化背景為基礎，所以只能用於一時。（國立臺灣師範大學國音教材編輯委員會編纂，2002：453）透過跨文化系統間的比較分析，對於注音符號的詮釋將會從表面的語言文字深入至根底的文化析理，才能使讀者進一步從文化的角度進行觀察，更有助於教學者或讀者的理解。

　　人類思維對語言的功能大致有：思維是直接引起語義變化的因素；思維是語言擴展的主要動力；思維可以控制語言的建立和擴展。反過來說，語言對思維有下列的功能：語言是形成思維和表達思維的媒介；語言可以使思維定型化。二者互動是緊密結合的。（盧國屏，2008：131～132）

　　氣化觀型文化原有的語言思維模式，本就不同於創造觀型文化。而我們原本自成一格的語言系統，捨棄與漢字息息相關的注音符號不用，而套上了不是本位的拼音符號，使得失去了我們本身原有的味道與氣質。而這些在上述相關論者的論述中，幾乎都未能予以有效的分辨；以致有關注音符號所體現的文化特徵，也就還「莫名其妙」而殊為可惜。而這也正是本研究要獨闢蹊徑加以論述的地方（詳見第六章）希望可以讓人一新耳目而得著真切的認知。

第三章　注音符號

第一節　注音符號的由來

（一）注音符號的前身

　　滿清末年，西方強權入侵，自鴉片戰爭起，滿清屢屢戰敗，喪權辱國，一些愛國志士，認為國家積弱的原因是教育不普及。其癥結是國字結構複雜難寫、難認、並且缺乏科學的標音符號，語言和文字脫節，是普及教育的一大障礙。又目睹西洋傳教士在東南一代推行的方言羅馬字很有績效。於是盧戇章就加以研究，到 1892 年著有《中國第一快切音新字》，主要是用簡單的拼音文字，去「掃除文盲」和「普及教育」。再者甲午戰爭期間，國人認為日本遽然暴興，得利於 51 個片假名，文字簡便，教育普及的關係，於是紛紛創製各式各樣的注音符號，作為普及教育的利器。黎錦熙著《國語運動史綱》，把這一段運動依其目標分為兩期，復以主要符號為名稱。庚子以前叫做切音運動時期，以盧戇章為代表；庚子到辛亥叫做簡字運動時期，以王照、勞乃宣為代表。切音運動是戊戌前後一批國語運動家所宣傳的，是拼切語音的工具（方音羅馬字和方音速記符號）所以叫做「切音運動」。他們的目的，只著重在「言文一致」，還不甚注意「國語統一」，因此難以普及。簡字運動是庚子以後一批國語運動家，仿照日本假名製成的字母，用它拼注語音，

它的作用與「切音新字」相同，但是他們宣傳的理由偏重「國語統一」。羅常培著《國音字母演進史》（1934 年 9 月商務初版）是依照符號的性質，分為羅馬字與簡字兩種。把羅馬字分為三期：1892年到 1918 年叫做草創期；1918 年到 1925 年叫做發育期；1925 年到 1928 年叫成熟期。國人首創羅馬字拼音的是盧戇章；而開簡字先河的就是吳稚暉。滿清政府，對於推行拼音文字，始終是「虛與尾蛇」不願徹底實施。趙炳麟、汪榮寶在北京發起「簡字研究會」，後又得到江謙、嚴復的支持推行簡字。爾後方還、汪榮寶、嚴復等三十二人，同時有畿輔、江西、四川各地學界，和京官等聯合起來向資政院請願頒行拼音文字，並推廣官化簡字，推嚴復作特認股元長，從事審查。結果：「謀國語教育，則不得不添造音標文字」，「將簡字正名為『音標』」，「由學部審擇修訂，奏請欽定頒行」，「音標用法有二：一是拼合國語，以開中流以下，三萬萬九千萬不識字者的民智，而合蒙、藏、準、回二千萬里異域民族的情感；二是範正漢字讀音，學校課本，每課生字，也須在旁注音標」，「請議長會同學部具奏，請旨飭下，迅速籌備施行」。學部將此案又推到中央教育會公決──1911 年 6 月開幕──會中議決：統一國語辦法案。同年武昌起義，此案也就無從實行了；但經此醞釀，統一國語運動，在全國知識分子心目中，已經成為刻不容緩的要務。（張博宇，1976：43-58）

　　「五四」運動時期，不僅在語言科學研究上影響大，使傳統「小學」發展為中國現代語言學；另一方面還推動了一場轟轟烈烈的語文改革運動，使中國現代語言學開拓了研究漢語文改革問題的新領域。現代語文改革工作，並非開始於「五四」時期。在清朝末年，由於帝國主義侵略，進步的知識分子痛感中國落後，民族意識和民主思想開始抬頭。他們提出要學習現代科學技術，普及教育，從而

改進政治；於是在「教育救國」的口號下，語文改革運動也就應運而生了。提出「崇白話」、「廢文言」的主張，設立「正音書院」，推行「官話」的工作，就是現代「白話文運動」和「國語統一運動」的先聲。（濮之珍，1990：486）

（二）注音符號製定過程

民國建立後，有些人覺得民主政治固然以平民教育為首要，而全民政治更以統一語言為先決條件，所以積極推動國語統一的工作。（國立臺灣師範大學國音教材編輯委員會編纂，2002）1911 年 7 月 10 日，成立「讀音統一會」。讀音統一會以前的國語運動家，所創製的新文字，有一個共同的缺點：不知用詞類連書，寫出來的文章意義不固定，它的用處仍是輔助漢字的切音工具，不配成為文字。（張博宇，1976：58）

1. 讀音統一會

1911 年 7 月 10 日，教育部召集「臨時教育會議」於北京，通過採用注音字母案（決議改注音為「切音」），成立讀音統一會。8 月 7 日通過「採用注音字母」案，確立國字注音的基本方針，也成為制定注音字母（注音符號）的根據。1911 年 12 月，教育部根據「教育部官制」第八條第七項有「關於國語統一會事項」，制定「讀音統一會章程，並設立讀音統一會籌備處，聘請吳敬恆為主任。會員的資格為：（1）精通音韻。（2）深通小學。（3）通一種或二種以上之外國文字。（4）諳多處方言（須合四種資格之一）。逐字審定讀音：每字就古今南北不齊的讀音中，擇取一音，以法定的形式公定，名為國音。聲母就是輔音，韻母為主音。就所得根音，或不省併，製定筆畫簡少的輔母若干，與主母若干，名為注音字母。（國

立臺灣師範大學國音教材編輯委員會編纂，2002：23～25）1913
年 2 月 15 日，讀音統一會正式開會。審定國音：主要「備審字類」，
是依照清朝李光地的《音韻闡微》的同音，採取較為常用者。由注
音員逐字比較各音的多少，而以該字最多數的音為會中審定的讀
音。為了核定音素，採定字母，會中有許多爭議。依照當時採集的
字母案，可分三派：一為偏旁派，仿照日本假名，用近音漢字的偏
旁為字母，如王照、汪榮寶、汪怡、蔡璋等。二為符號，自定符號
以為字母，如馬體乾、李良材、吳敬恆、邢島、王崔、胡雨人、楊
麴、高鯤南、盧戇章、陳逐意、鄭藻裳等。三為羅馬字母派，其中
有兼採羅馬字母，加以變異自成符號的，如吳敬恆、邢島；也有主
張純用羅馬字者，如楊曾誥；更有以羅馬字而兼標義符的，如劉繼
善等。最後，依照浙江會員馬裕藻、朱希祖、許壽裳、錢稻孫及周
樹人（部派員）的提議，以「統一讀音，不過改良反切，故以合於
雙聲韻的簡筆漢字最為適用」，將會中審定字音暫用的「記音字母」
正式通過為注音字母。這套字母，大致為章炳麟創始，為「取古文
篆籀徑省之形」的簡筆漢字。1918 年，擬定注音字母注音字母普
遍受到國人注意。1918 年 4 月，胡適發表〈建設的文學革命論〉，
提出「國語的文學，文學的國語」為口號，使「文學革命」與「國
語統一」兩大潮流合而為一，以實現「言文一致」的理想為目標，
史稱「雙潮合一」。1918 年 11 月 23 日，教育部公布「注音字母」，
注音字母普遍受到國人注意。計聲母 24 個、介母 3 個、韻母 12
個，另外訂有濁音符號及四聲點法。1918 年 4 月 16 日，教育部據
國語研究會的呈請，以部令公布「注音字母音類次序」，其次序為：
ㄅㄆㄇㄈ万　ㄉㄊㄋㄌ　《ㄎㄺㄏ　ㄐㄑㄣㄒ　ㄓㄔㄕㄖ　ㄗㄘ
ㄙ　ㄧㄨㄩ　ㄚㄛㄝ　ㄞㄟㄠㄡ　ㄢㄣㄤㄥ　ㄦ。（國立臺灣師範
大學國音教材編輯委員會編纂，2002：25～36）

2. 國語統一籌備會

1919 年 4 月 21 日，教育部正式成立「國語統一籌備會」。1920年 5 月 20 日，議決：「ㄛ母之音為〔o〕，若注韻中開口呼之字，則於ㄛ母上方中間加小圓點，其音為〔e〕。」1922 年公布注音字母書法體式中，印刷體與楷書也都一律改作ㄜ。（國立臺灣師範大學國音教材編輯委員會編纂，2002：37）

3. 國語統一籌備委員會

1928 年「國語統一籌備委員會」。同年 9 月 26 日大學院又公布羅馬字拼音法是，與注音字母並行，稱為「國音字母第二式」，而注音字母則稱為「注音字母第一式」。1930 年 4 月 21 日，中國國民黨中央執行委員會第八十八次常會，通過吳敬恆「改定注音字母名稱，改稱注音符號，以免歧誤而利推行」案，函知國民政府照辦；4 月 29 日，國民政府以二四○號訓令，令行政院及各直轄機關，改「注音字母」名稱為「注音符號」。5 月 19 日，教育部以四八三號訓令，令各級教育機關改注音字母為注音符號，通令全國使用。當日全國教育會議通過吳敬恆所提「擬請教育部在最短期內積極提倡注音識字運動」案，並轉送教育部。這使國語普及運動與掃除文盲運動合一而成注音識字運動。1931 年，教育部國語統一籌備委員會重印「國音字母單張」，定國音聲調符號「直行記在末一音的右上角」，使四聲標法得以整齊畫一。1932 年 5 月 7 日，教育部以三○五一號布告，公布國音常用字彙，正式以北平音系為標準國音。（國立臺灣師範大學國音教材編輯委員會編纂，2002：42～44）

　　民國以來，改官話為國語，把注音符號為國音，這是為了要
從字音的統一以達成統一語音的目的，所以把國字的標準音定名
為國音：

　　官話：在官場裡自然形成的通用語言。我國將近千年以北平
　　　　　（北京）為政治中心，所以北平話成為通用的官話。

　　國語：國語是全國遵用的標準語，對內為語言統一的標準，
　　　　　對外為國家語言的代表。目前我國以北平音系為國語
　　　　　標準音的基礎。

　　國音：國音是國家頒定的字音及語音。我國曾用逐字投票的
　　　　　審音方式；但是現在為了便於推行，採用北平音系的
　　　　　音為標準音。（國立臺灣師範大學國音教材編輯委員
　　　　　會編纂，2002：3）

　　國音是由國家頒定的字音及語音，它的目的是為了使全國民眾
有一種簡便的交際媒介，能夠用它來互相傳達消息、溝通情義、普
及教育、教育救國、統一語言，增強漢民族的向心力；看見西方國
家船堅炮利，要學習現代科學技術。

　　注音符號，大致為章炳麟創始，為「取古文篆籀徑省之形」的
簡筆漢字。注音符號是根據漢字取它的形，聲取其聲母，形取其韻
母。如「ㄠ」，像幼兒形，依它取漢字的韻母。與漢字關係非常密
切，學會了它，在漢語世界就有可能「無往不利」。更何況注音符
號的聲母和韻母都取自漢語的「形」，在面對上會增添一分親切感。
如下表所示：

表 3-1-1　注音符號的來源

注音符號	原形義
ㄅ	包的本字。（許慎，1978：437）
ㄆ	持棍小擊。（同上，123）
ㄇ	重覆。（同上，357）
ㄈ	方形的受物器。（同上，641）
ㄉ	像刀狀。（同上，180）
ㄊ	凸出。（同上，751）
ㄋ	乃的本字。（同上，205）
ㄌ	像筋力狀。（同上，705）
ㄍ	中流水聲。（同上，573～574）
ㄎ	像氣要出而受阻狀。（同上，205）
ㄏ	山崖。（同上，450）
ㄐ	糾纏的糾的本字。（同上，89）
ㄑ	小流水聲。（同上，573）
ㄒ	下字的篆文。（同上，2）
ㄓ	像草木初生狀。（同上，68）
ㄔ	小走步。（同上，76）
ㄕ	像陳屍狀。（同上，403）
ㄖ	太陽。（同上，305）
ㄗ	使官所持的瑞信。（同上，435）
ㄘ	七的本字。（同上，745）
ㄙ	私的本字。（同上，441）
ㄧ	數字一。（同上，1）
ㄨ	古文五。（同上，745）
ㄩ	像張口狀。（同上，63）
ㄚ	像羊角狀。（同上，147）
ㄛ	ㄎ的反字。（同上，205）
ㄜ	ㄛ的變形（制定注音符號時增）
ㄝ	女陰。（同上，633）
ㄞ	亥的古文。（同上，759）

ㄟ	像水流狀。（同上，633）
ㄠ	小孩初生的形狀。（同上，160）
ㄡ	右手。（同上，115）
ㄢ	像花含苞狀。（同上，139）
ㄣ	像隱匿狀。（同上，640）
ㄤ	像跛腳狀。（同上，499）
ㄥ	肱的古文。（同上，116）
ㄦ	人的古文奇字。（同上，409）

（資料來源：周慶華，2011a：226）

　　可見教學注音符號，也等於在教學漢語的形／音／義，形同一舉兩得；而這在其他譯音符號拼音中是不可能看到和感受到的。（周慶華，2011a：226）

第二節　注音符號的物質特性

　　雨聲、腳步聲、喇叭聲、馬達的轟鳴聲、動物的吼叫聲……這些都是「聲音」，人類的說話也是一種聲音，而且是人類社會中最重要的聲音。人類說話的聲音就是「語言」。如果沒有有聲的語言，人類就無法表達各自的思想，無從協調彼此的行動，社會就會陷於混亂甚至崩潰。語音是人類發音器官發出來的，具有一定意義、能起社會交際作用。大自然中的各種聲音不能叫語音，因為這些聲音並不是人類發音器官發出來的；咳嗽、打噴嚏、打呵欠雖然是人類發音器官發出來的，也不能叫語音，因為這些聲音只是人類本能的生理反應，並不表示任何意義，也不起社會交際作用。語言的聲音和它所代表的意義是相互依存的統一體。不代表任何意義的聲音，不能稱為語音；意義必須借助於聲音才能表達出來。任何聲音都是物體顫動時產生聲波形成的。聲音是一種自然物質，所以語音是語

言的物質基礎，沒有語音，語言就失去了它所依附的客觀實體。如果沒有語言，就不會有人類文明，人類利用發音器官發出聲音，發音器官是人體的一部分，隨時使用而不影響其他活動。有些動物也能利用自己的鳴叫聲傳遞信息，但是所傳遞的信息極其有限，而且牠們這種能力是與生俱來的。人類的語音是後天習得的，而且信息量極為豐富。聾啞人不會說話，絕大部分不是發音器官有毛病，只是因為聽不見聲音才無法學會說話，因此才出現了「十啞九聾」的現象。人類的發音器官雖然相同，但不同的語言所習得的內容並不相同，一種語言所使用的最小語音單位不過幾十個，發音器官卻可以把它組合成種種不同的複雜語音形式，代表無數的語詞，使語言能夠有無比豐富的表現能力。（林燾、王理嘉，1995：1～6）

　　人類器官能起發音作用的是呼吸器官和消化器官的一部分，語音就是人類調節呼吸器官所產生的氣流通過發音器官發出來的聲音。氣流通過的部位不同、方式不同，所形成的聲音就不同。（林燾、王理嘉，1995：19～20）

　　在分析漢語的語音時，大都使用「聲母」、「韻母」、「聲調」這類的術語，而不用「輔音」、「元音」這樣的名稱。構成語言的每個漢文字，都是由三個物質性的因素合成。這三個因素就是聲、韻、調。

（一）聲：是聲母，一個字開始的音。它規定一個字開頭發音時口
　　　腔中一定的發音部位和發音方法。聲母是字音不能自成音
　　　節，具有辨義作用的輔音。最普通的聲母，是輔音聲母，就
　　　是由ㄅ、ㄆ、ㄇ、ㄈ、ㄉ、ㄊ、ㄋ……等輔音組成的聲母。
　　　因為很多漢字的發音，都是用輔音開始。一般講到聲母，常
　　　是指輔音聲母。但也有些字是用一、ㄨ、ㄩ、ㄚ……等元音
　　　開始的，稱為「零聲母」。（楊蔭瀏，1988：6）輔音，英語

叫作 consonant，這字源出於拉丁文，本意是「協同成聲」
的意思。因為當它獨立發音而不附元音的時候，音量微弱，
所以人們讀輔音的時候，習慣上會加拼一個元音。像注音符
號ㄅ、ㄆ、ㄇ、ㄈ後頭拼「ㄛ」或「ㄜ」；ㄉ、ㄊ、ㄋ、ㄌ、
ㄍ、ㄎ、ㄏ後頭拼「ㄜ」；ㄐ、ㄑ、ㄒ後頭拼「ㄧ」；ㄓ、ㄔ、
ㄕ、ㄖ、ㄗ、ㄘ、ㄙ後頭拼帀。這樣讓聽話的人容易聽清楚。
聲母可以按兩大幅度來分類：一個是發音的「部位」，一個
是發音的「方法」。「發音部位」是講在發音器官哪一部分發
生阻礙。例如ㄅ、ㄆ、ㄇ都是受上下脣阻礙而發音，是屬於
同部位的音；ㄉ、ㄊ、ㄋ、ㄌ都是受舌尖跟上齒齦阻礙而發
音，是屬於同部位的音；而ㄅ、ㄉ因為不是同部位的，不屬
同一類的音。「發音方法」是講發音的時候，阻礙的狀態程
度怎樣，聲音是怎麼出來的。例如ㄍ、ㄎ、ㄏ以發音部位來
說，隨然同屬於舌面後音，但是它們「成阻」、「除阻」的方
式卻不同，所以不能算是同類的音；ㄅ、ㄉ、ㄎ的發音部位
雖然不同，但是它們的「成阻」、「除阻」的方式卻是相同，
所以算是同類音。聲母按發音部位的分類可分為：1. 雙脣
音：是氣流受上下脣的阻礙而成的音。有ㄅ、ㄆ、ㄇ三個。
2. 脣齒音：是氣流受下脣跟上齒的阻礙而成的音，國音裡
只有一個ㄈ。3. 舌尖前因：是氣流受舌尖跟齒背的阻礙而
成的音，國音裡有ㄗ、ㄘ、ㄙ。4. 舌尖音：是氣流受舌尖
跟上齒齦的阻礙而成的音，國音裡有ㄉ、ㄊ、ㄋ、ㄌ四個。
5. 舌尖後音：又叫翹舌音，是氣流受舌尖背後跟前硬顎的
阻礙而成的音，國音裡有ㄓ、ㄔ、ㄕ、ㄖ四個。6. 舌面前
音：是氣流受舌面前跟前硬顎的阻礙而成的音，國音裡有
ㄐ、ㄑ、ㄒ三個。7. 舌面後音：又叫舌根音，是氣流受舌

面後跟軟顎的阻礙而成的音，國音裡有ㄍ、ㄎ、ㄏ三個。發聲母的時候，氣流通路會受到阻礙，從行成阻礙起到解除阻礙止，分成三個階段：1. 成阻：指阻礙的開始形成。2. 持阻：指阻礙的繼續保持。3. 除阻：指阻礙的解除、破除。聲母按發音方法的分類可分為：1. 塞音：又叫塞爆音，是口腔中某兩個器官，先行緊密靠攏，同時軟顎抬起，使通往鼻腔的孔道閉塞，然後解除口腔的阻塞，氣流從口腔迸裂而出。這樣先塞後爆的就是塞音。有雙唇塞音：ㄅ、ㄆ；舌尖塞音：ㄉ、ㄊ；舌根塞音ㄍ、ㄎ。2. 擦音：也叫摩擦音，是口腔中某兩個器官互相接近，把通路變得很窄，甚至於只留下一條縫隙，氣流從縫隙中擠出來，發出帶有摩擦成分的語音。唇齒擦音ㄈ；舌尖前擦音：ㄙ；舌尖後擦音：ㄕ、ㄖ；舌面前擦音：ㄒ；舌根擦音：ㄏ。3. 擦塞音：氣流到口腔後，先受到某兩部分發音器官的阻礙，等到氣流要出來的時候，發音器官緩慢分開，氣流從夾縫中摩擦出來。這類音在成阻、持組的階段是塞音，到了除組的發音階段變為擦音，因而成為擦塞音。有舌尖前擦塞音：ㄗ、ㄘ；舌尖後擦塞音：ㄓ、ㄔ；舌面前擦塞音：ㄐ、ㄑ。4. 鼻音：氣流到了口腔，受到某兩部分發音器官的阻礙，這時軟顎跟小舌下垂，通往鼻腔的孔道開放，氣流因而改從鼻腔逸出，就成了鼻音。有雙唇鼻音：ㄇ；舌尖鼻音：ㄋ。一般鼻音總是帶有樂音成分。5. 邊音：氣流到口腔後，舌尖上升，跟上齒齦接觸，氣流在口腔中央的通路遇到阻礙，改由舌體兩旁邊的間隙流出，就成邊音。舌尖邊音：ㄌ。以上除了發音部位、發音方法外另外還有兩個調節聲母發音的主要因素，一個是清音和濁音：氣流從肺部出來，通過聲門的時候，如果聲門關閉，左

右兩個聲帶閉攏，通過的氣流會使聲帶發生顫動，發出的聲音就是「濁音」；如果聲帶鬆弛，聲門敞開，通過的氣流不受節制，就不會顫動聲帶，它所發出來的音就是「清音」，國音中只有「ㄇ、ㄋ、ㄌ、ㄖ」四個濁音。另一個是送氣不送氣，任何語音都是由氣流的流出所造成的，不過氣流的送出有強弱的差別，所謂「不送氣」並不是沒有氣流出來，只是所流出來的氣比「送氣」的氣流弱。送氣和不送氣的聲母只發生在塞音和擦塞音二類中，它也是辨別意義的一個重要因素。一共有六組送氣跟不送氣的聲母，分別是：ㄅ—ㄆ；ㄉ—ㄊ；ㄍ—ㄎ；ㄐ—ㄑ；ㄓ—ㄔ；ㄗ—ㄘ。綜合上述，以下表列可以清楚的看出發音部位、發音方法、送不送氣以及清濁音：

表 3-2-1　國語聲母表

發音方法　聲母　發音部位	狀態	塞音		塞擦音		鼻音	邊音	擦音	
	聲帶	清音		清音		濁音	濁音	清音	濁音
	氣流	不送氣	送氣	不送氣	送氣				
雙唇音　上唇　下唇		ㄅ	ㄆ			ㄇ			
唇齒音　上齒　下唇								ㄈ	（万）
舌尖音　上齒齦　舌尖		ㄉ	ㄊ			ㄋ	ㄌ		
舌根音　軟顎　舌面後		ㄍ	ㄎ			（ㄫ）		ㄏ	
舌面前音　前硬顎　舌面前				ㄐ	ㄑ	（广）		ㄒ	

舌尖後音	前硬顎 舌尖後			ㄓ	ㄔ			ㄕ	ㄖ
舌尖前音	齒背 舌尖前			ㄗ	ㄘ			ㄙ	

（資料來源：吳金娥等，2003：89）

（二）韻：是韻母，又叫後音，因為在一個音節裡，它總是在後頭
　　發音。因此，一個音節如果除去聲母，剩下的部分就是韻母
　　了。從舌頭的前後、舌位的高低、脣形的圓展等三個幅度來
　　分析。韻母的發生是由於帶音的氣流進入口腔後，受到口腔
　　的開合、舌位的升降、舌頭的前後、嘴脣圓展的節制和共鳴，
　　但不受發音器官任何的阻塞。1. 舌頭的前後：從舌頭活動
　　部分的前後，可以分為：前元音、央元音（用「央」字使有
　　別於高低元音之間的中元音）、後元音。2. 舌位的高低：根
　　據舌位的高低，可以分為高元音、次高元音、半高元音、中
　　元音、半低元音、次低元音、低元音等，共七類。3. 脣形
　　的圓展：脣形大體可以分為兩類，突斂而成圓形的，叫做「圓
　　脣」；舒展而成扁平型或保持自然狀態的，叫做「展脣」或
　　「不圓脣」。因此，元音就有「圓脣元音」跟「展脣元音」
　　的差別。舌頭的位置跟嘴脣的圓展有很大的關係。舌面後部
　　升得越高，脣形就越圓突；舌面前部升得越高，脣形就越扁
　　平。所以發「後高元音」時，嘴脣要收斂成圓形才自然：發
　　前高元音時，嘴脣成扁平才自然；發低元音時，不論前後，
　　嘴脣既不全展，也不全圓，有人叫它為「自然脣」。響度又
　　叫「盈耳度」，聲音因構成的方法不同，音的響度也就不同，
　　口腔張得大的比口腔張得小的響度大，元音比輔音響；低元
　　音比高元音響；後元音比前元音響；濁音比清音響；清擦音

比濁塞音響。（國立臺灣師範大學國音教材編輯委員會編纂，2002：151～157）

　　國音韻母共分四大類：單韻母「ㄧ、ㄨ、ㄩ、ㄚ、ㄛ、ㄝ」；複韻母「ㄞ、ㄟ、ㄠ、ㄡ」；聲隨韻母「ㄢ、ㄣ、ㄤ、ㄥ」；捲舌韻母「ㄦ」總共 16 個。另外，還有一個空韻「帀」。單韻母：一個韻母從發音開始直到發音結束，舌頭的前後、舌位的高低、嘴脣的圓展，一直都不改變。也就是說，發音時，脣舌的位子始終不變，稱作「單韻母」。在國音裡有 7 個舌面元音「ㄧ、ㄨ、ㄩ、ㄚ、ㄛ、ㄜ、ㄝ」，就是單韻母。此外，還有 1 個舌尖元音「帀」（空韻）也是單韻母。複韻母：從發音開始到發音結束，舌頭的前後、舌位的高低、嘴脣的圓展，有了改變，所發出來的韻母音值也就起了變化，可以聽得出來這個韻母是由兩個音複合而成的，這種韻母就叫「複合韻母」，簡稱為「複韻母」。複韻母是由兩個單韻母組合而成的，例如ㄠ＝ㄚ＋ㄨ，國音的複韻母有「ㄞ、ㄟ、ㄠ、ㄡ」等四個，都是響度從大到小的元音，所以叫做「下降複元音」，不是「舌位」下降。如以「舌位」來說，正好是「上升」，把兩個不同的單元音結合為一個音節，這就是「二合元音」。聲隨韻母：聲隨韻母是因為在這類韻母的後頭附隨著一個聲母而得名的。凡是元音後頭附有輔音收尾的韻母都是這一類。聲隨韻母可以分為二類：一類是「鼻聲隨」，凡是附有[m]、[n]、[ŋ]等鼻輔音的都是這類的；一類是「塞聲隨」，凡是附有[p]、[t]、[k]等塞輔音的（中古音及南方音的入生）都是這類的。國音裡只有鼻聲隨的，而沒有塞聲隨的，而且只有[n]跟[ŋ]尾而沒有[m]尾。國音裡有「ㄢ、ㄣ、ㄤ、ㄥ」四個聲隨韻母；捲舌韻母：國音裡只有一個捲

舌韻母「ㄦ」，發音的時候，小舌向上向後靠，關閉通往鼻
腔的孔道，同時聲門合攏。氣流從肺裡出來，經過喉頭，使
聲帶顫動，然後帶音的氣流進入口腔。這時候舌面央部向上
升起，升到正中的位置，發[e]音；同時舌尖向上捲起，對
著中顎，但不跟中顎發生摩擦音，發出[r]音。[e]跟[r]緊密結
合，就是發出「ㄦ」音。（國立臺灣師範大學國音教材編輯
委員會編纂，2002：158～189）

　　國音以脣的形狀作分類，有「開口呼」：是指字音不是
「ㄧ、ㄨ、ㄩ」作介音的，或是主要元音不是「ㄧ、ㄨ、ㄩ」
的，都叫作「開口呼」，例如發（ㄈㄚ）、撥（ㄅㄛ）；「齊齒
呼」：是指字音裡有「ㄧ」作為介音或主要元音的，都叫作
「齊齒呼」，例如西（ㄒㄧ）、央（ㄧㄤ）；「合口呼」：是指
字音裡有「ㄨ」作為介音或主要元音的，都叫作「合口呼」，
例如威（ㄨㄟ）、姑（ㄍㄨ）；「撮口呼」：是指字音裡有「ㄩ」
作為介音或主要元音的，都叫作「撮口呼」，例如居（ㄐㄩ）、
暈（ㄩㄣ）。（國立臺灣師範大學國音教材編輯委員會編纂，
2002：190）

　　結合韻：韻母按構成的成分——介音、主要元音、韻尾
的不同，可以分三類。第一類韻母只具主要元音一個部分，
像單韻母「ㄧ、ㄨ、ㄩ、ㄚ、ㄛ、ㄜ、ㄝ」。第二類韻母包
括介音或韻尾跟主要元音兩部分，如家（ㄐㄧㄚ）、誇（ㄎ
ㄨㄚ）、缺（ㄑㄩㄝ），其中的ㄧ、ㄨ、ㄩ是介音；又如拍（ㄆ
ㄞ）、高（ㄍㄠ），其末尾的[i][u]叫元音韻尾。後者如奔（ㄅ
ㄣ）、方（ㄈㄤ），其末尾的[n][ŋ]叫輔音韻尾。第三類韻母
包括三個部分：介音、主要元音、韻尾組成。其中的介音、
主要元音和韻尾，也可依次稱為韻頭、韻腹、韻尾。韻尾可

以是元音韻尾——在這種情形下，介音、主要元音和元音韻尾稱為三合元音；也可以是輔音韻尾。例如交（ㄐㄧㄠ）、乖（ㄍㄨㄞ）、金（ㄐㄧㄣ）、江（ㄐㄧㄤ）。以單元音韻母的發音二合或三合韻母的發音相比，有兩個不同點：1. 唇舌位置活動的方向。在單元音韻中，是前後不變的；在二合或三合韻母中，則是依著前後元音的轉變而轉變的。2. 發音的響度，在單元音韻母中，是前後一致的；在二合或三合韻母中，則依著所含元音和輔音性質的不同而前後的響度不同。（國立臺灣師範大學國音教材編輯委員會纂編，2002：192；楊蔭瀏，1988：33～36）

表 3-2-2　國音韻母及結合韻表

	單韻母					複韻母				聲隨韻母				捲舌韻母
開	帀	ㄚ	ㄛ	ㄜ	ㄝ	ㄞ	ㄟ	ㄠ	ㄡ	ㄢ	ㄣ	ㄤ	ㄥ	ㄦ
齊	ㄧ	ㄧㄚ	ㄧㄛ		ㄧㄝ	ㄧㄞ		ㄧㄠ	ㄧㄡ	ㄧㄢ	ㄧㄣ	ㄧㄤ	ㄧㄥ	
合	ㄨ	ㄨㄚ	ㄨㄛ			ㄨㄞ	ㄨㄟ			ㄨㄢ	ㄨㄣ	ㄨㄤ	ㄨㄥ	
撮	ㄩ				ㄩㄝ					ㄩㄢ	ㄩㄣ		ㄩㄥ	

（資料來源：國立臺灣師範大學國音教材編輯委員會編纂，2002：396）

聲母與韻母，是全世界各國都有的，除了少數聲母和韻母在世界各國之間略有差異外，絕大多數的聲母和韻母都是

各國所共有；但是以單音節文字的特點來說，韻母在我國歌
唱中的作用，的確與很多別的國家有所不同。在用單音節文
字寫歌詞時，因為不像多音節文字那樣，一個字裡面的一個
音節常受著它前後音節的牽制，所以在聲母與韻母的運用
上，有著充分的自由。中國的詩人很早就見到聲、韻變化對
於表達思想內容的重要性。他們善於運用聲、韻上的變化，
來加強歌唱的效果。他們能夠在歌詞中放進聲韻上有著豐富
變化、多樣對比的字句。舉蘇東坡〈念奴嬌〉中的兩句歌詞
為例：大江東去，浪淘盡千古風流人物。它們又能利用雙聲、
疊韻使感情的表達，在某些句子上更加凸出。如王實甫《西
廂記》中有這樣的一句：忽聽一聲，驚！它能使驚惶的神情，
活躍的突現出來。他們會用疊字格描寫出來急迫的情調。
如洪昇《長生殿》中有這樣的一段：早則是驚驚恐恐，倉
倉卒卒，挨挨擠擠，搶搶攘攘，出延秋西路……無論聲韻
變化，雙聲、疊韻或疊字，在用得適當的時候，都能使聲
韻的色彩更加呈現出來。這也只有像我們漢文這樣單音節
文字中才有可能辦到。我國漢族語言文字中的平仄、四聲，
他們本身就包含著音樂上的旋律因素，每一個字各有高低
升降。如果能注意字調，同時能發揮音樂上的獨特性，不
受字調的束縛，則寫成的作品必然有更高的價值。（楊蔭
瀏，1988：33～36）

（三）聲調：是指聲音的高低升降的調子而說的。字有字調、詞有
　　　詞調、句有句調、語有語調，各有各的調子，但是一般說的
　　　聲調都是指「字調」。構成聲調的因素有二：主要是音高；
　　　次要是音長。它規定字音高低上下的音樂傾向，在北京語言
　　　系統中，有四種字調，就是陰平、陽平、上聲、去聲——簡

稱陰、陽、上、去。（楊蔭瀏，1988：6）但是入聲讀法還是
應該兼存，因為諷誦前代的韻文，講究平仄分明（平─平聲，
仄─上、去、入聲），否則音律失諧，美感消減。（詳見第二
章第二節）劉復把漢語的語音分成「頭」、「頸」、「腹」、「尾」、
「神」五個部分，實際上就是：聲母、介音、主要元音、韻
尾、聲調五個部分。前四個是構成音節的因素，最後一個成
分─聲調，就是漢字讀音的高低升降。而這五個部分之中，
最重要的是主要元音和聲調，因為在任何一個漢字都少不了
它們。聲調包含：「調值」、「調類」、「調型」、「調域」。調值，
華語聲調表現出來的高、低、長、短，音高的頻率代聲音調
的高低度（實際相對的高低），時間的長短代表聲調得長
度。現在記錄漢語最實用方法，當推趙元任的「五度制調
值標記法」：55：起頭高，完的時候也高；35：起點中，到
後來就升到最高；214：半低起頭，低到最低，再上來，不
完全到頂高；51 起頭最高，到後來就降到最低（詳見第二
章第一節）。為了容易看出當中的差異及其標示法，可以圖
示如下：

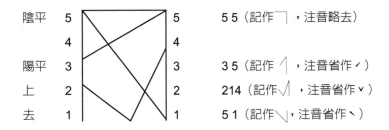

圖 3-2-1　五度制調值標記

（資料來源：周慶華，2008：149）

　　漢語的語詞都有聲調，形成聲調的主要因素是音高。把音高的高低作適切的調配，就能產生節奏，這種節奏的形成在於音高，因此大家就稱這種音律為「高低律」。前人所為的「前有浮聲，後須切響」，就是指音高的調配必須恰當，使其產生優美的音律的意思。尤其是漢語的律詩，把平仄字音的音節作規律的規定，如「平平仄仄仄平平，仄仄平平平仄仄。」（謝雲飛，1987：114）

　　從形成語言音律的原因來看，語言音律的形成有兩個原因：一是生理上的需求要有音律；二是語意上的需求要有音律。生理上的需求：說話和人的呼吸活動有著極密切的關係，呼吸供給說話時所需的空氣量，不呼吸，人便不能說話。人的呼吸是有一定的規律的，呼吸有一定的時間上和量度上的限度。說話為了配合呼吸上的要求，不得不有節奏。為適應著人的呼吸上的要求，人在說話的過程中，就不得不作適當的停頓或間歇；否則人的生理上就有不自然和不舒服的感覺。

　　語意上的需求：說話除了與人的呼吸相關以外，同時也和人使用語言的目的有關。人類使用語言的目的是為表情達意，以完成交際、思想交流、使人與人之間能互相了解。要想清楚地、明確地傳達思想和情感，使對方能清楚的了解，就必須用盡方法使自己的語詞之間作適切的停頓、抑揚，就是使語意更顯明化的一種方法，這樣也就自然而的產生語言的音律了。（謝雲飛，1987：111～112）

　　音律就是一種節奏，也就是在一定的時間內，規則化的重覆某種感覺的印象。

　　無論任何人在說話的時候，他不是把要說的話一口氣地、不分高低地、不停頓地說完的，而是要有適切的停頓或間歇，配以適當的高低抑揚，把話分成若干小的段落，很有效率地說出來的。例如：

從前│有一回│北風跟太陽│兩個人在那兒爭論│到底是誰
的本事大│北風說│我的本事才大呢│世界上的東西│沒有
不怕我的│我能吹得滿天都是黑雲│把你的臉兒│嚴嚴兒地
蓋起來│弄得你│什麼都看不見│（引自謝雲飛，1987：110）

　　這種適切的停頓和間歇，不完全是標點符號斷句的地方，而且
每個人說話停頓的地方可能不完全一樣，但說話必須有適切的停頓
和間歇，再配以抑揚頓挫，把它生動地表達出來。這是天經地義的
事，這就是語言的音律。在語言中，適切的發揮音律，是人們清楚
和準確的表情達意的一個重要的輔助手段。在詩歌的語言中，音律
更被特別的強調，因為音律是詩歌的生命。但是詩歌中的音律，實
際上就是語言的音律，因為詩歌的音律主要是透過語言的音律來形
成的。只是從詩歌的藝術成就來說，它比普通語言更強調音律而
已。（謝雲飛，1987：110）

　　音色也就是音質，詩歌中所謂的「押韻」，就是用音色去表
現音律的一種方法。如我們做一首押「陽」韻的詩，讓那些跟有
「陽」字同音色的詞在某些必須出現的地方，給它們作規律性的
出現。如：

風吹柳花滿店香，吳姬壓酒勸客嘗；金陵子弟來相送，欲行
不行各盡觴；請君試問東流水，別意與之誰短長。（引自謝
雲飛，1987：115）

　　這其中的「香、嘗、觴、長」就是同音色的音節的重複出現。
「介音」不同是可以不管的。把語言的節奏表現在「節拍」上，就
叫做語言的「節拍律」。在詩句裡重複均勻地出現，而形成詩的節
奏。（謝雲飛，1987：115～116）

　　人們說話的時候，不可能每個字的輕重強弱都相同。多音節的詞語，如果中間不停頓，各個字的輕重，通常是最後一個字最重，第一個其次，中間的最輕，例如「山海關」。最後一字最重，第一個次重，其他的都輕。有些重音，表現在某一個詞彙裡頭或一句話內，隨內容的需要而變更的，叫做特強重音。有兩個相同的句子，句義卻不同，就得利用特強重音來表達。例如這是「一」個人的生活。（表示不是「兩」個人的生活）；這是一個「人」的生活。（不是「畜牲」的生活）。（國立臺灣師範大學國音教材編輯委員會編纂，2002：255～256）

　　注音符號的物質特性，大抵如上所述。它從被製定以來，就以這一兼具聲／韻／調的物質性，被人所直接經驗。其中固然會有局部「成分分析」在研究者所見各不相同，但整體上還是相當穩定的。也就是說，有關注音符號的物質性，在大家的經驗中不致有什麼大差異，因為它就是「如實」存在著。至於為什麼會有這種物質性，那就不能僅從表面現象來了解而必須擴及其他（詳見後節）。

第三節　注音符號的精神性義涵

　　如前節所述，注音符號能被我們所直接經驗的不出聲、韻和調，這些統稱為注音符號的物質特性。注音符號除了這些物質特性以外，還會有精神特性。也就是說，注音符號的聲、韻和調，它們不會只是我們可以聽得見的一些物質性的特徵，而是有意義在傳達的。這意義就包含心理意義、社會意義、審美意義和文化意義，可以統稱為注音符號的精神性義涵。這些精神性義涵有別於注音符號的物質性義涵。而我們只有把注音符號的精神性義涵和注音符號的物質性義涵合在一起，才能對注音符號有完整的認識。

　　這一節就是要談注音符號的精神性義涵。而精神性義涵，所包括的不出心理、社會、審美和文化範圍。心理是指在使用注音符號的時候，所發出的聲音，它是有企圖的，它不會無緣無故的隨便發一個音。也就是說，它選擇任何一個音，都是有用意的；這個用意是跟內在的心理因素有關。如聲調，它跟聲音的高低、聲音的強弱有著極密切的關係。明釋真空在其〈玉鑰匙歌〉中說：平聲平道莫低昂，上聲高呼猛烈強，去聲分明哀遠道，入聲短促急收藏，（那宗訓，1959：33）大致說出了四聲的特色。我們說陽平調的時候，音波振動次數由少到多，音調就上揚；說去聲調的時候，音波振動次數由多到少，聲調就下降。注音符號裡的心理義涵，例如我們叫小孩子：「過來！」／「來呀！」，它們的差別在哪？它們與聲音的大小、聲音的高低、聲音的強弱有關。「過來！」，「過」是四聲，急促且重，後一字尾音稍長而可以「延聲易聽」，所以說的時候聲音大且傳得遠，是命令的語氣，很明顯是用在高階對直屬低階的吆喝（它可能是自己的兒子、女兒、孫子等）；而「來呀！」，「來」平聲哀而安，語氣溫婉，而後一字輕短（為現代漢語附帶的輕聲，記作‧），屬比較客氣的口吻，很明顯是用在高階對非直屬低階，沒有把對方視為低階的。「來呀！」輕聲講就可以了，不可能大聲喊「來呀！」如果大聲喊「來呀！」它的音調就會變，一定是大聲喊「過來！」。「過來！」／「來呀！」，這裡就有心理狀態的不同。一個大人對小孩的呼喚：高階對低階的和非高階對低階之間的差別，心理上是不一樣的。又如「滾蛋！」／「走吧！」，「滾」發三聲全上，「蛋」是四聲，聲音大而且急促，討厭它，希望他在你的視線消失；「走吧！」，走的聲音沒有發足，吧是輕聲，「走吧！」這個代表欣慰的語氣，因為走是發前半上，說出來聲音就溫和輕小。很顯然注音符號是有心理義涵的。而社會義涵，我們會考慮語

音的發處，要怎麼被接受。在某種程度上，社會性義涵比心理性義涵複雜。在心理性義涵方面：我就是一個命令式的，我的用意是你接受；在社會性義涵方面，它會看對方的接受或希冀對方的接受而作調整，也就是它要在人際關係的網絡裡面去作界定。例如鄰居的小孩翻牆過來偷摘你家的芒果，被你發現了，你會大聲說「兔崽子，你竟敢來偷摘芒果！」「兔崽子」的「兔崽」聲音都會發足，發足時聲音就會很大聲；而講這麼大聲如同嘴巴加了一支擴音器，他不只是講給偷摘芒果的小孩聽，他最主要的用意是講給這個小孩的父母聽，希望家長對這個小孩能加以管束。又如自己班上的孩子跟別班的孩子起衝突回來，在走廊上你會當著別班的孩子或老師的面大聲說：「跟你講過多少遍了，叫你不要欺負別人你又欺負別人。」諸如此類的話，他所選的語音就不一樣，發大聲的特別是聲調。四聲很多，又急促又大聲，字音又很重。學生在你的面前，其實只需要跟他說下次不要欺負別人，就可以了，但所以要說這麼大聲最主要目的就是要罵給隔壁的老師及小朋友聽，表示我有在訓誡班上的孩子。我們會選擇比較能發大聲的語音、聲調，這是社會情境的考量：表示我有在處理這件事情，讓他們知道。這個就是社會性義涵。當然聲、韻也不會只有物質性義涵，它也有精神性義涵，例如緊、監、堅、見……當發「緊」的時候，喉嚨緊縮，會有緊張的感覺。我們會發現當有「ㄧ」音的時候就會比較緊；有「ㄨ」的音會比較鬆，如鬆、公、冬……它們都會依不同的社會情境而被考慮選用，可見注音符號具有社會性義涵。而審美義涵是見於表現系統。語音美妙動人，有人得天獨厚，生就一副金嗓子，說起話來如黃鶯出谷般的清脆悅耳；但只憑清脆悅耳仍不夠，還必須留意輕重緩急、抑揚頓挫，才能達到美妙動人的地步。審美義涵在應用的時候，它的審美性有兩種：一種是口語階段，它本身就可以製造這種調配抑揚

頓挫，讓人聽起來很舒服；還有一種是進入到文章裡頭，如果在文
章內，可以調配平仄製造較高難度的抑揚頓挫的審美效果，特別是
調和過類似音樂的旋律和節奏，唸起來就有一種特殊的美感，讓人
比較有深度的感受。中國的詩人很早就見到聲、韻變化對於表達思
想內容的重要性。他們善於運用聲、韻上的變化來作詩詞歌賦。如
白居易的〈白河南經亂〉詩和李白的〈夜泊牛渚懷古〉詩，它們的
調平仄如下：

白河南經亂　　白居易

時難年荒世業空，弟兄羈旅各西東。
仄仄平平仄仄平　　平平仄仄仄平平

田園寥落干戈後，骨肉流離道路中。
平平仄仄平平仄　　仄仄平平仄仄平

弔影分為千里雁，辭根散作九秋蓬。
仄仄平平平仄仄　　平平仄仄仄平平

共看明月應垂淚，一夜鄉心五處同。
平平仄仄平平仄　　仄仄平平仄仄平

（王力，1981：52～53）

夜泊牛渚懷古　　李白

牛渚西江夜，青天無片雲。
平仄平平仄　　平平平仄平

登舟望秋月，空憶謝將軍。
平平仄平仄　　平仄仄平平

余亦能高詠，斯人不可聞。
平仄平平仄　平平仄仄平

明朝掛帆去，楓葉落紛紛。
平平仄平仄　平仄仄平平

（啟功，1993：173）

　　這些唸起來都韻律諧美，溫耳清聽。可見注音符號不只有物質性義涵，它還有審美性這種義涵。至於文化義涵，它是從注音符號的心理義涵、社會義涵、審美義涵等，再用深層性的文化就是世界觀來檢視它，才使它具有文化義涵。物質義涵、心理義涵、社會義涵、審美義涵，也是文化義涵，只是都是淺層的文化義涵（詳見第五、六章）。因為注音符號也是人創造的，只要是人創造的，它都具有文化性，而這裡講的文化義涵，是指深層的文化義涵，就是世界觀。世界觀是在觀念系統裡，它是文化的最深層次。雖然它上面還有一個終極信仰，但終極信仰已內在觀念系統，我們只要上溯到世界觀就可以掌握文化的最深層次。因此，我們是用世界觀來統攝其他淺層的文化，而構成一個完整的文化體系。換句話說，這裡的文化義涵是指深層的文化性，跟本脈絡所講的文化演現稍有不同。文化演現是指整體性的，包括物質義涵、心理義涵、社會義涵和審美義涵在內。這些物質義涵、心理義涵、社會義涵和審美義涵都是淺層的文化性，只有世界觀才是深層的文化性；而文化演現則是涵蓋這些成一整體。如圖所示：

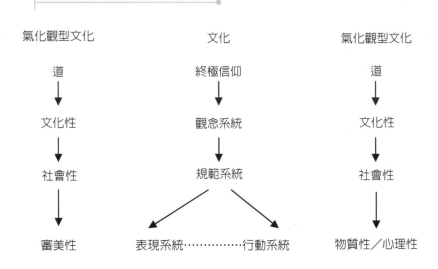

圖 3-3-1　語音符號的物質性、心理性、審美性、社會性、文化性的關係圖

　　這裡的文化性是指世界觀。世界觀可以來區別文化的系統，所以我們會把世界分成西方的創造觀型文化、東方的中國傳統氣化觀型文化、印度發展出來的緣起觀型文化。這些將在第六章詳述，這裡僅略舉例子來證明注音符號它所有的精神性義涵裡的文化義涵。如罵自己的班上的學生欺負別班學生，罵鄰居的小孩偷摘芒果（心理義涵），都是要讓對方的家長和對方的老師知道。這個背後就是群居的觀念。群居是我們的家族生活的延伸。我們的社會是以家族為單位，延伸出來就會有學校、宗教團體、企業團體、政治體制等等。在一個家族裡講話，沒有私密性，如果偷偷摸摸講話，會讓家族其他成員懷疑你藏有什麼私心，所以在講話的時候，考慮到希望別人都會來聽你講，這是挈情作用。這個可以從自己的家族延伸到別的家族或者是家族以外的相關的團體。就像罵翻牆過來偷摘芒果的小孩，基本上是罵給他家裡的人聽，讓他家人來管束；而我們罵自己班上的學生不可以欺負別班的學生，也是要讓別班的學生

或老師知道我們有在教訓自己的學生，免得老師之間會有心結。而為什麼會這樣？我們知道，西方國家，人跟人之間個別講話是私人的事情，不會牽扯到其他人。因為他們是個別人組成社會，不必像我們這種家族社會必須要在講話的時候考慮到挈情的作用，講得特別大聲，以致有抑揚頓挫的聲調出現，所以他們的語言自然就沒有聲調，講話平平的。他們跟人講話，只要對方聽得見就可以了；而我們講話要給許多人聽的，講話會比較話大聲重（聲調自然就出現了），希望周遭的人都可以聽得見。而這完全跟氣化觀這種世界觀有關係。也就是說，氣化觀是指精氣化生宇宙萬物，而化生後的人與人都糾結在一起，想過有秩序的生活，就得分「親疏遠近」，所以我們的社會是一個家族、一個家族組成的。在我們的傳統社會裡，家族是社會最基本的單位，跟西方以個別人為社會的基本單位是不一樣的。他們的世界觀是創造觀，該一個別人組成社會的觀念是仿自造物主，造物主所造的每樣東西都清清楚楚，所以每一個人都應是獨立的個體，不需要大家團夥為生，跟我們的情況不一樣。這也就是為什麼我們講話需要挈情、需要很多人都來聽，原來背後跟我們的世界觀有關。而世界觀是深層的文化性。例如叫小孩「滾蛋」，表面上只講給對方聽，但想像中還是有旁人在，也形同是講給旁人聽。此外，心理義涵和社會義涵是有交集的。如叫小孩滾蛋，事實上也是講給可能聽得到的人聽；即使只有你跟小孩在家裡，叫他滾蛋，也是先前已經假設有人在的情況下講過這樣的話，現在即使沒有旁人在，先前的經驗還是會延續到現在，仍然會假設會有聽到討厭這個小孩叫他滾蛋。又如叫他人小孩「來呀！」口氣委婉，也是假想說有他的家人在旁邊，藉以表示好感。所以心理義涵基本上是夾在社會義涵裡頭。還有審美義涵中也有心理義涵、社會義涵。如跟人講話調節音量，選擇那種沒有刺激性的語音，考慮的也

是別人的接受度。而這背後則由深層的文化性加以統攝。也就是說，人為什麼會要選擇一種聽起來舒服一點的話語，為的是要建立良好的人際關係，同時也給旁人認識到你的修養；而寫文章給人看，更是要達到這個目的，希望能夠擴大效應。因此，這四種義涵：物質義涵、心理義涵、社會義涵和審美義涵，統統都可以被文化義涵所統包。整體就叫作「注音符號的文化演現」。當中文化性是深層的文化，而物質性、心理性、社會性、審美性則是淺層的文化，整體的表演呈現或演出現示叫做「文化演現」。由此可知，注音符號的精神性義涵，也就是注音符號的整體的文化演現情況。　而這可以圖示如下：

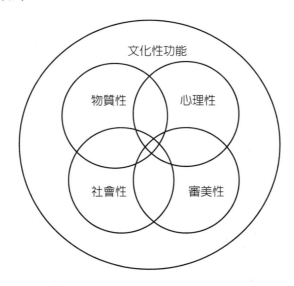

圖 3-3-2　注音符號的精神性義涵

第四章　注音符號與拼音符號的比較

第一節　注音符號在發音上的特殊性

　　一位旅居在德國的媽媽說，只要注音符號學得好，用注音學中文，就不會被當地的語言發音所干擾，可以讓海外的小孩子學一口標準的中文。她認為她的小孩能說標準的中文，這種能力不是來自小孩的聰明，而是注音符號可以讓小孩精準的發出正確的國語音調。國外很多父母讓他們的孩子學漢語拼音以羅馬字母為準，日後還可以方便小孩學當地的英文或是德文，是一舉兩得的美事。但是她指出漢語拼音的拼音規則是很容易跟當地的外語拼音規則相牴觸。如果他們先學會漢語拼音，再學當地語言的小孩，通常他們都會把英文或是德語當成中文唸。用漢語拼音唸出來的英文或是德語根本就是中國發音；而那些已經上學學過當地語言拼音的小孩，他們一拿起漢語拼音所發出來的中文音，也是怪腔怪調，因為他們全都把自己在學校學的發音規則直接用在漢語拼音上。（桂夫人，2009）這就如同注音符號是專為拼注中華語音而設計的，它只適合拼注華語，不適合拼注其他的方言或外語。學習語言一定要有一個精確的拼音系統。使用一種符號來標注兩種文字，如果適用第一種語言，那麼對第二種語言，一定會欠缺一些符號，造成學習的困擾。（賴明德，1999）

　　《大紀元》2006 年 5 月 22 日有篇報導，提到住在美國康乃迪克州的周佩佩有關注音符號與漢語拼音的看法，她說注音符號基本上就是從漢字萃取出來的，有 37 個，每一個字可以代表準確的漢字發音，也可以拿來當作漢字的建構的材料，也就是漢字的最小的零件。在學寫整個漢字的過程中，學了這些注音符號，就比較容易學整個漢字。譬如說這個「ㄆ」字，它這個是一個手，他拿了一根竹棍子拍打ㄆㄆㄆ！這個字它已經有聲ㄆ，拍、「ㄆ」而且還有意符。可是如果我們學漢語拼音的話，P 跟這個字有什麼關係？顯然它跟漢字一點關係也沒有。她還說，學注音符號在發音上比較不會有語音干擾。因為以前在國內的孩子，剛開始還沒有學英文，他就先學注音符號，而在國內大家講的是普通話，所以他也沒感覺到什麼語音干擾。尤其在美國的孩子那更是了。明明 women 在美國學校是女人的意思，到了中文學校變成我們，那他就是搞不清楚。比如 J 這個音是漢語拼音，但 J 的英文發音有一個 u 的聲音，而其實在漢語發ㄐ是一個很乾淨、很清的音，那他就不容易發。而這個ㄐ就是注音符號，叫ㄐ是一個清音，比如說糾正、糾察，這個音就很清楚了，它不用跟 J 去混淆起來。西方人現在如果學中文，也是同樣的道理。如果他能夠直接有中文的這樣的字形、這樣的思維來學中文，就比他用英文翻譯成中文去學會快得多。因為沒有另外的干擾，在學習注音符號的過程中，因為它是一個圖像，彷彿經過把圖片、故事整個印在腦裡，所以在學注音符號時候有筆順、筆劃的規則、字形的結構以及組合都有了，完全跟學 ABCD 不一樣。注音符號是所有的漢字都能夠發出音，如果用羅馬漢字拼音有些聲音就發不出來。比如說ㄩ，它找不到對應的羅馬拼音；還有它也很難寫，要在 u 上加兩點，平常打字打不出來。因為不是通常英文就有的發音。（新唐人電視臺，2006）

　　前中央研究院院長李遠哲，他在院長任內代表「教改會」提出以「羅馬拼音」取代「ㄅㄆㄇㄈ」的建議，引發了各界人士的議論與關心。（華語處處通，1999）為了使更多在海外從事華語文教育的教師了解此問題，許兆琳‧薛意梅在華語處處通中，特別將國內外報刊所載各地學者專家的學術理論及實際經驗摘錄下來。例如收錄李振清於〈國語注音的優越性〉中提到任何人在學習外語時均會受到母語的干擾，對海外出生的華人子弟而言，英語是他們的母語，當他們看到拼音字母時，不管聲調標得再仔細，他們的腦神經反應一定是回應英語的發音與音調。使用注音符號則可讓學生在心理與生理上擺脫此種心理語言學所忌諱的母語干擾。（同上）注音符號有助書寫能力，注音符號的 37 個聲符與韻符都是中國文字的部首或跟部首有關的延伸符號，比對下列的國語注音符號與國字，就可知學習注音符號的好處：

表 4-1-1　注音符號與漢字的關係表

ㄅ包	ㄆ皮	ㄇ冒	ㄈ匚	ㄉ刀	ㄊ台	ㄋ了	ㄌ力
ㄍ瓜	ㄎ可	ㄏ亥	ㄐ糾	ㄑ七	ㄒ下	ㄓ出	ㄔ彳
ㄕ尸	ㄖ日	ㄙㄙ	ㄚㄚ	ㄡ又	ㄠ幼	一 一	

（資料來源：華語處處通，1999）

　　使用注音符號的中小學生在書寫國字方面有相當的方便處，當遇到不會寫的字時，就自然地以注音符號取代。曾為加州大學河濱校區的語言心理與神經學家的曾志朗教授也認為中國字和國語注音符號在書寫方面的確較費勁，但在學習理論上卻較易於記憶與辨認，不會像拼音字母或簡化字常引起混淆。（華語處處通，1999）注音符號與文字的緊密關係以及其與中國語文學習的正面關聯性，也可從語言與文化認同方面加以肯定。環顧在我們社區的猶太

民族與日僑，他們從未想到以拼音來取代希伯來文，平假名與片假名或漢字。理由很簡單，語言與文化認同不應因政治或外來的詮釋而加以否定。而作為炎黃子孫，我們更不可因貪圖沒有理論架構基礎的表面方便或因受到誤導而放棄深具語言學理與文化內涵的中國文字。（同上）葉德明在〈從中文教學立場談標音符號問題〉中認為，注音符號應作為初學中文者的啟蒙符號，原因是注音符號在發音部位與方法上乃沿用中國古代傳下來的音韻系統，用來教發音可以徹底根除西方學生依賴母語的習慣及其帶來的干擾。注音符號大部分取自古文簡筆漢字，其中 16 個符號實際具有字音與字義的字，在形體上有中國文字的根據，使學者能了解到中國文字字形構造及寫法的基本字素，幫助學生認字、寫字，進而引起學生繼續學習中文的興趣。注音符號在配合印刷排版方面使用便利，無論橫寫或直寫都能標音。注音符號的音系配合十分富有邏輯性，從脣音開始，每個部位所產生的音，以互補分配的關係在發音上自成系統。漢語拼音和英文 ABC 有不同發音的規範，漢語發音會影響英文的發音不準，同時中文也會有干擾。例如 women（我們），fan（飯），jude（有的）……大陸小學生從一年級開始學漢語拼音字母，養成發音的習慣後，及至學英文時，造成英語發音漢音化的效果。（同上）黃麗儀從語言學家與外語教學家的觀點看中文的記音符號，她說注音符號是一音一符，拼寫也很規則，不像拼音，有很多一符多音與不規則的拼寫方式，造成很多學習上的困難。（同上）張孝裕則認為拼音符號發音與國語不會完全相同，會導致兩相干擾，臺灣國語推行成功，就是靠注音符號為工具的教學效果，不要輕言廢除。（同上）元婷婷曾以在美國僑界中文學校所體認的經驗，於《民生論壇》上發表〈ㄅㄆㄇㄈ與雙語教育〉一文。表示母語教學與外語教學、雙語教學不可混為一談。尤其為了推展雙語而廢除母語教

育中行之有年的標音系統，浪費多年累積的社會資源（包括師資、教資等），實乃不智之舉。所謂「國際化」，「多元化」首先該肯定自我的文化價值與體系，然後才能和世界各國平起平坐，相互交流，互擷所長。如果連自己的語言系統都要尾隨他人之後，先學異國語言的符號系統，再來拼寫自己的語文，箇中謬誤處，不待辯論已知是非所在！（同上）林良指出英文字母並不完全等於英文音標，用英文字母來標示中國語言的聲音，是一種複雜的借用過程，借用有借用的原則，這新訂的原則連習慣使用英語的人也一樣會受到困擾。孩童學習中文的最大困擾是一字多音，用英文字母標注國語的聲音，會使學童學習英語的時候，發現許多英文字母都成為破音字母，那種困擾更大。（同上）曲鵬翼指出注音符號最大的優點是能與國字密切結合來注音國字，至今還沒有任何一種音標能取代。（同上）柯劍星提出第二式拼不出英語，他說李遠哲認為可以用羅馬拼音來取代注音符號，讓小學生同時用來學習英語和國語，事實上羅馬拼音只是幫助外國人學國語，並不能拼出某些英語子音，如何用它作學英語拼音工具？（同上）王旭指出羅馬拼音不符合漢語結構。（同上）吳美慧提出語言文字不該分家，注音符號的學習，真正的目的是讓學生學會後能夠提早閱讀，提升自動學習的能力，同時透過符號將生活記錄下來，這是語文教育的起步。如果以拼音來作為拼音符號，試想有無可能達到這樣的學習效果？說中文時，就該是中文的思考圖像。她到海外巡迴教學五年，發現以注音符號為起始學習者，說寫中文時，思考圖像是中國式；以羅馬拼音為起始者，思考圖像是英文，必需再轉譯成中文。（同上）何金針指出羅馬拼音取代注音問題多，以羅馬拼音代替注音符號，不見得對英語教學有直接的幫助，硬要用一種符號來學習兩種語言，可能產生發音錯誤、混淆、矛盾和不正確的學習結果。（同上）

　　1999 年 4 月 25 日於國立臺灣師範大學禮堂舉辦「國語注音符號的回顧與展望」座談會，由賴明德主持，邀請眾多專家學者，探討推行了已近八十年的注音符號，以及和羅馬拼音符號作一比較。賴明德指出注音符號，是漢字的重要偏旁，大部分是現行字典中的部首，由於和漢字形體一致，透過它學習漢字，對了解漢字筆畫和結構效果良好，事半功倍。用注音符號為我們的國字注音，正確精準，易學易懂。國語注音符號經過八十年來的實踐，造福學子無數，對國語文的教學具有無與倫比的貢獻與價值。（華語處處通，1999）林良認為在有漢字的環境裡學習注音符號，會比較在同樣的環境中去學習 a、b、c 更容易相應。其次，使用一種符號來標注兩種文字，如果這種符號用來標注第一種語言，對第二種語言而言，會欠缺一些符號，造成學習的困擾。（同上）李鍌指出 1996 年李遠哲在教改會曾提出用 a、b、c、d 這些羅馬拼音標來學習國語、英語、客語、閩南語，但排除了原住民語言。；而於同年李鍌發表一篇文章，〈a、b、c、d 不是萬靈丹〉，直指漢語拼音的不是。（同上）美國的積丹尼說，他在臺灣已經住了很多年，對中國的聲韻學很有興趣，非常認同注音符號的價值。他認為對內用注音符號，對外用漢語拼音，是一種比較折中的方法，但是不能因為主張漢語拼音，就把注音符號廢掉。（同上）張傑是一個在臺灣教外國人中文的外國人，他說學習國語（含本地人和外國人），需要一個精確的拼音系統。他認為教老外學中文時發覺最有效的系統是注音符號第一式（ㄅㄆㄇㄈ）；漢語拼音「奇怪的地方」，遠比注音符號第二式多。（同上）張正男認為如果要真正學習中華語文，研究中華文化的精髓，一定要從注音符號學起。（同上）何淑貞指出注音符號可標在國字的上邊或右邊，漢語拼音只能上下，則國字非橫排不可；漢語拼音無法拼出變音音值。（同上）邱耀初認為羅馬拼音無法解決一

符多音的衝突，所以不適於國人學習英語等多語文教學，也不適合外國人學習中文；而注音符號真正的價值是解除一符多音的衝突。因為羅馬 26 字母被許多語文廣泛應用，導致同一字母所表音值各不相同，多語教學時，一符多音將陷學習者面對同一字母無從判斷其發音的情形。（同上）陳正治指出注音符號由漢字精簡而來，如ㄅ為包字上半形體演化而來，所以注音符號是中國的產物；跟羅馬拼音法相較，它來得精確且效果好。（同上）謝金美說注音符號可直排，方便印刷直式與橫式書籍；好認、好學、好教、好用，不易與 abcd 字母混淆。（同上）簡明勇說他在韓國國立忠南大學講學一年，用注音符號教韓國人學習，相當精準，並無窒礙難行的地方。（同上）張文彬觀察注音符號大多是中文的初文，因此多半與中文同形或者是小小的變形。也就是無論是形體、筆順、音讀方面都與中文符合，因此在學習上容易而且不困難；外國人學注音符號可以避免一符多音的問題。（同上）李鍌指出注音符號是從 1913 年開始制訂，1918 年公布，到 1931 年才全面推行，這其中準備實驗幾近二十年，是何等慎重；而且注音符號標音方式最為簡單而靈活，每一個音只有一個符號（不論聲母、韻母），每一個字音最多只有三個符號，最少一個符號，就可以拼寫清楚。（同上）最後蔡宗陽對此次的座談會提出看法：初學注音符號雖然稍微困難一些，可是經過短時期的練習以後，也就習以為常了。權衡利弊，還是用注音符號好。更何況漢字字形繁多，如果羅馬拼音跟漢字完全分開，彼此無法照應，學習漢字就更困難。學生學會了羅馬拼音字，再學漢字，認字的困難依然存在。唯有注音符號時常跟漢字接觸，才能記得牢，不會忘。（同上）

　　漢字自始就和歐美文字循著不同的方向在發展，漢字由象形走上形聲的路。形聲字初造時，漢字也有表音的作用，但是漢字是用

既成的字作表音符號，而不是用音標或字母作表音符號；既成的字，它的發音會隨著時代而改變，以致到了後世，看聲符唸字，就不一定正確了，所以就需要有注音來幫助了解各字的發音。（竺家寧，1989：57）一個民族的共同語言，常隨著它所屬的環境而改變，當時空的條件發生了變化，語言的現象也會跟著變化。滿清末年強權入侵，一些愛國志士，認為國家積弱的原因是教育不普及。國字缺乏科學的標音符號，語言和文字脫節，是普及教育的一大障礙，所以要立一個標準，讓不會說「國語」的人有遵循的依據；使全國百姓有相同的語言，來傳達思想溝通情感，進而對文化知識和科學技術，凝聚更多的智慧，作更深入的研究。因此，有共同的語言，對民族的團結、教育的普及、文化的進展、科技的日新又新息息相關，不可分離。（羅肇錦，1992：19）於是紛紛創製各式各樣的注音符號，作為普及教育的利器。如黎氏的《國語運動史綱》、羅常培的《國音字母演進史》等，都有這樣的主張。中國人最早創製羅馬字母拼音的是盧戇章，他創製「切音新字」，主要是用簡單的拼音文字，去「掃除文盲」，為的是普及教育。而開簡字先河的是吳稚暉，他認為我國「書同文」還可以勉強過得去，但「字同音」則距離太遠，於是在民國初年盡全力研究，並推行統一國語運動。章炳麟的〈紐文〉、〈韻文〉二文，駁中國用萬國新語說中定紐文36、韻文 22 都取古文籀篆迤省之形。滿清政府對於推行拼音文字始終「虛與尾蛇」，不願徹底實施。於是勞玉聯合一般名流，如趙炳麟、汪榮寶等在北京發起「簡字研究會」，後來又得到江謙、嚴復的支持，推行簡字主張幾近成功。爾後，方還、汪榮寶、嚴復等三十二人，同時有畿輔、江西、四川各地學界，和京官等聯合起來向資政院請願頒行拼音文字，並推廣官化簡字，推嚴復作特認股元長，從事審查，結果「謀國語教育，則不得不添造音標文字」、「將

簡字正名為『音標』、「由學部審擇修訂，奏請欽定頒行」。武昌起義，這案子也就無法施行了，但是經過這麼長期的醞釀，統一國語運動，在全國知識分子心目中，成了刻不容緩的要務。於是 1911年 7 月 10 日，教育部召集臨時教育會議，很自然的透過採用字音字母案，成立「讀音統一會」。（張博宇，1976：48～58）8 月 7日通過「採用注音字母」案，確立國字注音的基本方針，也成為制定注音字母（注音符號）的根據。1913 年 2 月 15 日，讀音統一會正式開會依照浙江會員馬裕藻、朱希祖、許壽裳、錢稻孫及周樹人（部派員）的提議，以「統一讀音，不過改良反切，故以合於雙聲韻的簡筆漢字最為適用」，將會中審定字音暫用的「記音字母」正式通過為注音字母。這套字母，大致為章炳麟創始，為「取古文篆籀徑省之形」的簡筆漢字。1919 年 4 月 21 日，教育部正式成立「國語統一籌備會」。1928 年「國語統一籌備委員會」。1930 年 5 月 19日，教育部以四八三號訓令，令各級教育機關改注音字母為注音符號，通令全國使用。注音符號經過這麼長期的醞釀、這麼多的專家會商研討，修正再修正，直到 1931 年才推行，是何等的慎重。（國立臺灣師範大學國音教材編輯委員會編纂，2002：23～43）它是簡筆漢字、由漢語的音韻而來，專注漢字的標音符號。

漢語拼音由中國大陸教育部於 1958 年公布，並在 1963 年三次審定普通話異讀詞，1979 年出版《現代漢語辭典》作為標準音的根據。這套符號採取 25 個羅馬字母作為拼讀漢字的發音符號，並在國際語音學會註冊登記，取代從前的威翟式符號，方便在世界各國普遍使用。它的優點是以詞為單位的連寫合於現代漢語的口語習慣，並能強調漢語具有多音節語詞；對初學中文的外國人來說是一種簡便的工具。它的缺點有：b、d、g、j、zh、z 代表國語中清音ㄅ、ㄉ、ㄍ、ㄐ、ㄓ、ㄗ不甚妥貼。因為 b、d、g、j、zh、z 這些

字母在許多語言中代表濁音，會嚴重影響學習者正確的發音；舌面前送氣塞擦音以 q 代表ㄑ， x 代表ㄒ， c 代表ㄘ對歐美人而言是十分陌生的；以 i 代表ㄧ又代表舌尖前及舌尖後的空韻帀，一個符號有三個發音，也會造成混淆；以 e 代表ㄜ和ㄝ，u 代表ㄨ和ㄩ，雖上有附加符號「　＾」「 ‥」代表不同的讀音，但礙於打字印刷，時有遺漏的錯誤。（國立臺灣師範大學國音教材編輯委員會編纂，2002：436～444）其實，「漢語拼音方案」是中國文字兩項改革之一；另一項改革是 1956 年公布的「漢字簡化方案」。「漢語拼音方案」最終目的是漢字拼音化，但是在試用推展時遇到了重重的阻力，多數人認為：如果改用拼音文字，就要變成文盲。因此，「漢語拼音方案」立法時，它的主要功能是設定在「法定的注音符號，不是代替漢字的拼音文字，而是給漢字注音和拼寫普通話的」。中國大陸在制定「漢語拼音方案」時，正值五十年代中蘇蜜月期，所以漢語拼音是以蘇聯音作為發音的模式，並非英美 KK 音標的發音習慣，所以許多會說英文的人，學漢語拼音時，對於 q、x 的發音都很陌生。「漢語拼音方案」在制定時，只考量漢字的拼音，是一種「有音有字」的識字拼音方案，並沒有將其他「有音無字」的語言拼音考量在內。（黃瑞田・寫作部落格，2011）

　　音韻學是確認某一特定語言中的音韻系統以及這個系統中各個音位的對比關係。薛鳳生指出一般人常誤解注音符號的性質，連飽學的老宿也在所難免。當時對國際音標的博大精深自然不敢妄議，但私下總不免有些疑問。如果說注音符號作為標音工具，果真是沒有多少道理可講的，為什麼運用起來那麼簡便與準確？他到美國以後，開始教美國學生說中國話，發現有些美國學生一旦學會了注音符號以後，也運用自如，愛不忍釋。其理由是：我國傳統音韻學的主旨是區別字音以及標明不同字音間的韻類與聲類等關係，它

的基本精神與音韻理論可以說是不謀而合。注音符號是由傳統音韻學演變而來的，也可說是傳統音韻學現代化的初步，因此我們也就可以肯定它是很有道理的。以北京音系的語言作為全國共同的語言，北京化的音韻結構所表現的也就是這種語言的「原鄉人」對於語音的感受。可以由以下幾點來驗證：（一）精當地解釋押韻的現象。凡是可以押韻的音節（字），必然具有相同的主要元音和相同的韻尾。（二）明確的說明雙聲現象。也就是說，必須可以解釋為什麼原鄉人覺得它們是雙聲。（三）中國傳統音韻學把字音分析成五個組成分，就是聲母、韻頭、韻腹、韻尾和聲調，這個具有近千年歷史的傳統，當然不是平空捏造的。（四）傳統的音韻學把字音區分為「開、齊、合、撮」的所謂四呼分類法；以及「洪、細」的兩分法。薛鳳生認為這些分類法也是原鄉人語感的具體表現。很顯然注音符號的設計是相當符合原鄉人的語感的，因為它本來就是由作為原鄉人的學者根據千百年來的傳統而設計出來的。（薛鳳生，1986：114～121）

第二節　其他漢語拼音的問題

譯音符號依它的功用可以分為兩大類：一類是為研究語音而設計的，例如國際音標。是世界各國語言學家共同採用的一套標準記音符號，這種符號適用於記錄各國的語音，每個符號有著固定的音值，不因國家不同而發音不同；另一類是中文的譯音符號，這類符號是為了外國人學習中文的方便而制定的。因為中文是方塊字，不是拼音文字，對那些使用拼音文字的外國人來說學習中文常不得其門而入，於是將中文的發音，依其母語的音值一一記下，整理一套

羅馬字母，作為拼音符號藉以認識中文字。（國立臺灣師範大學國音教材編輯委員會編纂，2002：389）

　　國際音標：每個國家都有自己的一套語音符號，這種符號只能代表它自己本國的語音特質，卻不能作為一種標準符號用來研究其他國家的語音，因為它代表的因素範圍是有限的。如漢語、德語中都有ㄩ、y音，而英語中沒有，那麼就不能用英語字母來表示中文的發音。人們為了要研究各種語言的問題，就必須從繁複的世界語言中歸納出一些共同的音素，制定出一套精確的音標。這種音標真正代表單一的音值，讓全世界的語言學家可以共同使用，來標注各類的語音，這就是國際音標。現在通行的國際音標，是在十九世紀末法國人巴西（P. Passy）、英國人鍾斯（D. Jones）等人所提倡的，在 1888 年正式公布，以後時加修改。這套音標可以應用在各國的語言上作譯音符號，各國的語言不同，倘若是使用國際音標標注，就可以明瞭其所代表的音值。國際音標制定的原則是以羅馬字母（拉丁字母）小寫的印刷體為主。如〔a〕、〔b〕、〔d〕、〔e〕、〔f〕、〔h〕、〔i〕〔j〕等。還有以羅馬字母大寫的形式小寫的尺寸，如〔R〕表示法語的〔小舌 r〕；羅馬字母的書寫體如〔ɑ〕表示〔後 a〕；借用其他字母，如丹麥字母〔ɣ〕可以用來代表我國語音中的「ㄜ」；羅馬字母倒寫，如「倒 e」〔ə〕表示「央、中、展脣元音」就是國字輕聲「了」、「的」、「吧」的元音；羅馬字母變形，如〔ŋ〕可以表示國音中的舌根鼻音韻尾，〔ç〕可代表國字「西」的前輔音；附加的符號，如鼻化元音〔ã〕，字母上的〔～〕是表示鼻化，〔ʅ〕下面的〔⌐〕是齒音化，〔t〕上面的〔ʼ〕表示送氣記號，長音記號〔：〕。國際音標的每一個一符號只代表一個音，不能代用，因此不會有混淆的現象。研究語音學、記錄各種語音、比較各類語音上的異同、推展語音學在社會人文科學上的功用，必須藉國際音標作為工具；

國際音標是幫助學習發音的工具。音標的優點是表裡如一,用音標記音,沒有模稜兩可的問題。為了更切合我們的需要,按照國際語音協會的規定,把這套音標略加調整,增加了具有漢語特色的送氣符號〔ʻ〕以及塞擦音〔tɕ〕、〔tɕ〕、〔tʂ〕、〔t͡ʂ〕、〔t s〕、〔t͡s〕。國際音標的聲調採用趙元任設計的五度制座標法。(國立臺灣師範大學國音教材編輯委員會編纂,2002:390～397)

表 4-2-1　注音符號聲母與國際音標對照表

實用順序			1	2	7	3	6	5	4
發音部位（上阻）			上唇	上齒	齒背	上齒顎	前硬顎		軟顎
（下阻）			下唇		舌尖		舌尖後	舌面前	舌面後
狀態	聲帶	簡稱 氣流	雙唇	唇齒	舌尖前	舌尖	舌尖後	舌面	舌跟
塞	清	不送氣	ㄅ〔p〕			ㄉ〔t〕			ㄍ〔k〕
		送氣	ㄆ〔pʻ〕			ㄊ〔tʻ〕			ㄎ〔kʻ〕
塞擦	清	不送氣			ㄗ〔ts〕		ㄓ〔tʂ〕	（ㄐ）〔tɕ〕	
		送氣			ㄘ〔tsʻ〕		ㄔ〔tʂʻ〕	（ㄑ）〔tɕʻ〕	
鼻聲	濁		ㄇ〔m〕			ㄋ〔n〕		（ㄦ）〔ɳ〕	ㄫ〔ŋ〕
邊音	濁					ㄌ〔l〕			
擦	清			ㄈ〔f〕	ㄙ〔s〕		ㄕ〔ʂ〕	（ㄒ）〔ɕ〕	ㄏ〔x〕
	濁			万〔v〕				（ㄖ）〔ʐ〕	

(改自資料來源:羅肇錦,1992:42)

表 4-2-2　注音符號韻母與國際音標對照表

韻母＼呼別					複韻母				聲隨韻母				捲舌韻母
					收一		收ㄨ		收ㄋ		收兀		
開口呼	市[ɿ]	ㄚ[A]	ㄛ[Ω]	ㄜ[ɤ]	ㄝ[E] ㄞ[ai]	ㄟ[ei]	ㄠ[au]	ㄡ[ou]	ㄢ[an]	ㄣ[ən]	ㄤ[aŋ]	ㄥ[əŋ]	ㄦ[er]
齊齒呼	一[i]	一ㄚ[iA]	一ㄛ[iΩ]		一ㄝ[iE]	一ㄞ[iai]		一ㄠ[iau]	一ㄡ[iou]	一ㄢ[ian]	一ㄣ[iən]	一ㄤ[iaŋ]	一ㄥ[iəŋ]	
合口呼	ㄨ[u]	ㄨㄚ[uA]	ㄨㄛ[uΩ]			ㄨㄞ[uai]	ㄨㄟ[uei]			ㄨㄢ[uan]	ㄨㄣ[uən]	ㄨㄤ[uaŋ]	ㄨㄥ[uəŋ]	
撮口呼	ㄩ[y]				ㄩㄝ[yE]					ㄩㄢ[yan]	ㄩㄣ[yən]		ㄩㄥ[yəŋ]	

（齊齒呼、合口呼、撮口呼合稱「結合韻母」）

（資料來源：羅肇錦，1992：78）

　　拉丁字母是現在世界上最通用的字母，它原來是古拉丁文的字母，源出於希臘，形成於羅馬，所以也叫羅馬字母。拉丁字母隨著羅馬軍隊征服廣大土地，歐洲國家都採用拉丁字母為文字符號，又隨著傳教士傳到世界各地。（鬱乃堯：2008：195）國語羅馬字，是注音符號第二式（原名為國語羅馬字拼音法式）。1892 年至 1918 年有盧戇章等八位熱心推行國語運動的學者，各自制成一套譯音符號，推展國民教育，因這些符號太過繁複難學，又始終停留在知識分子的小圈內，有的又不合音理。雖然沒有流傳下來，卻奠定了中國人利用羅馬字母編寫注音符號的基礎。1918 年注音符號公布後，有些語言學家以仿照西洋教士所創的羅馬拼音符號來代表漢

字，或輔助漢字發音。其中錢玄同、趙元任、周辨明、林語堂等學者都各自創造了一套羅馬字母或符號，其中最具代表性的是趙元任的國語羅馬字。教育部在 1925 年組織「國語羅馬字拼音研究委員會」，以錢玄同、趙元任、黎錦熙、林語堂、劉復、汪怡、周辨明等七人為委員，從事羅馬字母的議定，歷時一年，開了 22 次會議，擬定了「國語羅馬字拼音法式」，於 1928 年正式公布，國語羅馬字於是成為國語注音符號第二式，1940 年國語推行委員會決議改名為「譯音符號」。國語羅馬字逐漸發展為國內各中文字典內注音、人名、地名等的標準譯音符號。制定原則：（一）一個符號可以有兩種以上的讀法：1.h：（1）h 代表ㄏ；（2）代表濁音聲母（ㄇ）m、（ㄋ）n、（ㄌ）1.（ㄖ）r 的陰平調號；（3）代表單韻母（ㄚ）a、（ㄛ）o、（ㄜ）e、（ㄝ）è的去聲調號。2. j：（1）與 i 連讀為ㄐㄧ；（2）與 y 連讀為ㄓ。3.1：（1）代表ㄌ；（2）代表ㄦ化韻尾。4. r：（1）代表ㄖ；（2）代表開口韻的陽平調號。5. y：（1）代表ㄧ、ㄩ陰平以外的形式 yi、yu；（2）代表空韻帀；（3）代表ㄞ、ㄟ去聲時的調號。（二）一個符號有兩種形式：1. ㄧ：（1）單獨用陰平調時是 i，陽平、上聲、去聲調時是 yi；（2）當作介音，陰平、上聲、去聲調時是 i；陽平調時是 y。2. ㄨ：（1）單獨用，陰平調時是 u，陽平、上聲、去聲調時是 wu；（2）當作介音，陰平、去聲調時是-u，陽平調時是-w，上聲調時是-o，作結合韻母韻頭在陽平、上聲、去聲調時都是 w。3. ㄩ：（1）單獨用，陰平調時是 iu，陽平、去聲調時是 yu，上聲調時是 yeu ；（2）當作介音，陰平、去聲時是-iu，陽平時是-yu，上聲調時是-eu。（三）用濁音字母當清音不送氣的音 b—ㄅ、d—ㄉ、g—ㄍ。（四）聲母不獨用，如詩—shy、資—tzy。（五）加聲調字母算字形的一部分，不加聲調調號。（六）合詞連寫。（七）音節重疊時以符號代替：1. 以 X 代表重疊的音節，如天天 tiantian

改為 tianX。2. 以 V 代表隔一個音節的重疊，如翻一翻 fan i fan 改為 fan i V。3. 以 VX 代表兩個音節都重疊，如商量商量，shang liang shang liang 改為 shang liangVX。（國立臺灣師範大學國音教材編輯委員會編纂，2002：401～404）

表 4-2-3　國語羅馬字聲母語注音符號對照表

b- （ㄅ）	p- （ㄆ）	m- （ㄇ）	f- （ㄈ）	(v-) （万）
d- （ㄉ）	t- （ㄊ）	n- （ㄋ）		l- （ㄌ）
g- （ㄍ）	k- （ㄎ）	(ng-) （π）	h- （ㄏ）	
j (i) （ㄐ）	ch- (i) （ㄑ）	(gn-) （广）	sh (i) - （ㄒ）	
j- （ㄓ）	ch- （ㄔ）		sh- （ㄕ）	r- （ㄖ）
Tz- （ㄗ）	Ts- （ㄘ）		s- （ㄙ）	

（資料來源：國立臺灣師範大學國音教材編輯委員會編纂，2002：404）

　　聲調：（一）陰平，不加符號，用基本的形式，如八 ba、趴 pa、發 fa；在濁音聲母 m、n、l、r 後加 h，如媽 mha、那 nha、拉 lha、扔 rheng。（二）陽平，在開口韻 a、o、（ㄜ）e、（ㄝ）é、ai、ei、au、ou 等後面加 r，如拔 bar、婆 por、河 her、孩 hair、誰 sheir、豪 haur、軸 jour；在聲隨韻母 an、en、ang、eng 的主要元音後面加上 r，如盤 parn、晨 chern、旁 parng、橫 herng；在濁音聲母 m、n、l、r 後的韻母保持原狀，如麻 ma、拿 na、仍 reng；單韻母 i、u、iu 作單韻母注音時改為 yi、wu、yu，如移 yi 鼻 byi、無 wu 壽 dwu、余 yu 局 jyu，作介音時改為 y、w、yu，如銀 yn 琴 chyn、唯 wei 國 gwo、圓 yuan 裙 chyun。（三）上聲，單元音與聲隨韻母中的主要原因雙寫，如把 baa、也 yéé、只 jyy；（ㄞ）ai、（ㄠ）au、（一ㄚ）ia、（ㄨㄟ）uei、（ㄩ）yu 等音中的介音或韻尾—i、u 改寫為 e、o，如海 hae、好 hao、賈 jea、悔 hoei、與 yeu；（一ㄝ）ie、（ㄟ）ei、

（ㄨㄛ）uo、（ㄡ）ou 等音中的主要元音雙寫，如且 chiee、給 geei、
火 huoo、口 koou：結合韻母單獨注音，無聲母時，i 改為 ye，u 改
為 wo，iu 改為 yeu，如雅 yea、偉 woei、雨 yeu、但「也」用 yéé，
「我」用 woo。（四）去聲，單韻母（ㄭ）y、（ㄚ）a、（ㄛ）o、（ㄜ）
e、（ㄝ）é、（一）i、（ㄨ）u、（ㄩ）iu 等音後，加上 h 作為調號，
如志 jyh、炸 jah、綽 chuoh、這 jeh、借 jieh、意 yih、勿 wuh、玉
yuh；韻尾為 -i、-u、-n、-ng、-l 等音時，各依次改
為 -y、-w、-nn、-nq、-ll，如塞 say、晝 jow、站 jann、正 jenq、
二 ell。（五）輕聲，用基本形式，不加任何符號，如上頭 shangtou、
房子 farngtz 及儿化韻，（ㄚ）a、（ㄛ）o、（ㄜ）e、（ㄠ）au、（ㄡ）
ou、（ㄤ）ang、（ㄥ）eng 等韻及其結合韻在讀陰平調時，後面直
接加上「l」為儿化韻尾；有 i、n 韻尾的（ㄞ）ai、（ㄟ）ei、（ㄢ）
an、（ㄣ）en 等韻，以「l」代替 i、n，如孩兒 harl、味兒 well、乾
兒 gal、根兒 gel；（ㄭ）y、（一）i、（ㄩ）iu 等韻，在原韻後加 el，
如事兒 shell、印兒 yell、雨兒 yeuel。原先公布的譯音符號，音四
聲拼法變化複雜，若干聲母及韻母符號也不合歐美人士拼音習慣，
以致國內外學習我國語文的外籍人士或僑胞子弟，甚感不便。教育
部有鑑於此，於 1984 年 2 月邀請國內精通語文的專家、學者：張
希文、何景賢、李壬癸、張孝裕、李振清、李鍌、吳國賢、劉興漢、
劉森、陸震東等十二人，成立「修訂國語注音符號第二式專案研究
小組」，進行比較分析研究。研究小組首先比較威妥瑪式、耶魯式、
林語堂氏、羅馬譯音符號，以及國外可以見到的其他拼音法式的優
劣繁簡，精研究小組多次審慎的討論，經修訂的國語注音符號第二
式（羅馬譯音符號），於 1984 年公布試用一年，再檢討修正，教
育部於 1986 年 1 月 28 日臺(75)社字第 03848 號文公告正式使用。
（國立臺灣師範大學國音教材編輯委員會編纂，2002：404～446）

表 4-2-4　國語注音符號第一式與國語注音符號第二式對照表

	國語注音符號第一式	國語注音符號第二式
	聲母	
脣音	ㄅ　ㄆ　ㄇ　ㄈ	b　　p　　m　　f
舌尖音	ㄉ　ㄊ　ㄋ　ㄌ	d　　t　　n　　l
舌根音	ㄍ　ㄎ　ㄏ	g　　k　　h
舌面音	ㄐ　ㄑ　ㄒ	j（i）　ch（i）　sh（i）
翹舌音	ㄓ　ㄔ　ㄕ　ㄖ	j　　ch　　sh
舌齒音	ㄗ　ㄘ　ㄙ	tz　　ts　　s
	韻母	
單韻① 單韻② 單韻③ 複韻 聲隨韻 捲舌韻	（帀） ㄧ　ㄨ　ㄩ ㄚ　ㄛ　ㄜ　ㄝ ㄞ　ㄟ　ㄠ　ㄡ ㄢ　ㄣ　ㄤ　ㄥ ㄦ	r，z -i，yi，-y，-u，wu，w-，-iu，yu a　　o　　e　　é ai　　ei　　au　　ou an　　en　　ang eng er
	結合韻母（前有聲母時用）	
齊齒呼	ㄧ　ㄧ　ㄧ ㄚ　ㄛ　ㄝ	ia　　io　　ie
	ㄧ　ㄧ　ㄧ ㄞ　ㄠ　ㄡ	iai　　iau　　iou
	ㄧ　ㄧ　ㄧ ㄢ　ㄣ　ㄤ　ㄥ	ian　　in　　iang ing
合口呼	ㄨ　ㄨ　ㄨ　ㄨ ㄚ　ㄛ　ㄞ　ㄟ	ua　　uo　　uai uei
	ㄨ　ㄨ　ㄨ　ㄨ ㄢ　ㄣ　ㄤ　ㄥ	uan　　uen　　uang weng-ung
撮口呼	ㄩ　ㄩ　ㄩ　ㄩ ㄝ　ㄢ　ㄣ　ㄥ	iue　　iuan　　iun iung

聲調		
陰平聲	（不加）	一
陽平聲	／	／
上聲	∨	∨
去聲	＼	＼
輕聲	·	（不加）

（資料來源：國立臺灣師範大學國音教材編輯委員會編纂，2002：447）

　　拼音方法：（一）聲母符號 b、d、g、j-（i）、j、tz 為清音不送氣；p、t、k、ch（i）、ch-、ts-為清音送氣。（二）舌面前聲母與翹舌聲母符號雖同為 j-、ch-、sh-，但舌面聲母僅可與細音韻母「i」、「iu」拼音；而翹舌聲母不能與「i」、「iu」拼音，所以 j-、ch-、sh-的後面一定沒有「i」、「iu」的音，因此不會混淆。（三）空韻「帀」有二式，在翹舌音，寫作「r」；在舌齒音，寫作「z」。（四）聲母翹舌音 jr、chr、shr 及舌齒音 tsz、sz 與其他韻母拼音時，應節略其符號中已有的空韻「r」或「z」。（五）捲舌韻母「ㄦ」的拼法是 er。如「兒」拼作「ér」；但在拼寫ㄦ化韻時，僅須在該ㄦ化詞韻母符號後加「-r」表示，省略「e」字母。（六）結合韻母符號「ㄨㄥ」與聲母拼音時為-ung。（七）非開口呼韻母，例如單韻母一、ㄨ、ㄩ等單獨使用時為 yi、wu、yu；與其他聲母拼音時為–i、-u、-iu；當作結合韻母的前音出現時為 y-、w-、yu-。（八）單韻母「ㄝ」符號單獨使用時作「é」；與一、ㄩ拼音時則作「e」。（九）四聲調號採用以公布通行的注音符號第一式所用的，陰平「一」、陽平「／」、上聲「∨」、去聲「＼」，加注在韻母的主要元音上端；不加任何調號者為輕聲。（十）採用詞類連書時，倘若前後二音節有相混可能的，以隔音短橫「-」加在其間，作為音界線。（十一）我國人名譯音，依照我國姓名習慣，姓在前，

名在後，不只一字者，二字音節間應加音節線。（十二）專有名詞，如人名、地名，第一個字母應採用大寫。（國立臺灣師範大學國音教材編輯委員會編纂，2002：449～450）至於它的缺失，則將詳述於本章第三節。

漢語拼音由中國大陸教育部於 1958 年公布，並於 1963 年三次審定普通話異讀詞，1979 年出版《現代漢語辭典》作為標準音的根據。這套符號採取 25 個羅馬字母作為拼讀漢字的發音符號，並在國際語音學會註冊登記，取代從前的威翟式符號，方便在世界各國普遍使用。符號制定的原則：（一）用 25 個羅馬字母來表示各種中國的聲母和韻母，把聲母與韻母拼合為音節，用音節來給漢字注音，聲母、韻母是音節的組成部分，字母是用來表示聲母、韻母的符號。（二）一個符號可以有兩種以上的讀法。如 1. i：可讀作元音「ㄧ」，如七 qi；舌尖後空韻[i]，如吃 chi；舌尖前空韻[i]，如茲 zi。2. e：可讀作元音ㄜ，如遮 zhe；ㄝ，如接 jie。3. y：同時代表ㄧ與ㄩ的半輔音，如衣 yi、迂 yu。4. r：同時代表舌尖後濁音聲母ㄖ與ㄦ化韻尾，如認 ren、人兒 rer。5. h：代表聲母ㄏ，如好 hao；用作橋舌聲母ㄓ、ㄔ、ㄕ的第二個符號，如之 zhi 、吃 chi、師 shi。（三）一個符號有兩個形式。1. [i]ㄧ：單獨用時是 yi，醫如 yi；前拼聲母時是-I，如基 ji。2. [u]ㄨ：單獨用時是 wu，如屋 wu；前拼聲母時是-u，如鋪 pu。3. [u]ㄩ：單獨用時是 yu，如淤 yu；前拼聲母時是-ü，如女 nü。4. [er]ㄦ：單獨用時是 er，如兒 er；作韻尾時是-r，如花 huar。5. [in]、[ing]ㄧㄣ、ㄧㄥ：單獨用時是 yin，ying，如音yin、應 ying；前拼聲母時是-in、-ing，如親 qin、輕 qing。6. [uen]、[ueng]ㄨㄣ、ㄨㄥ：單獨用時是 wen、weng，如溫 wen、翁 weng；前拼聲母時是-un、-ong，如諄 zhun、中 zhong。7. [üen]、[üeng]ㄩㄣ、ㄩㄥ：單獨用時是 yun、yong，如暈 yun、傭 yong；前拼聲母

時是-un、-iong。如均 jun、窮 qiong。(四)用濁音字母當清音不送氣的音，如 b-ㄅ、d-ㄉ、g-ㄍ。(五)介音ㄧ i、ㄨ u、ㄩ ü 作韻頭時全部改為 y-、w-、yu，如言 yian、灣 wan、元 yuan。(六)隔音符號：以 a、o、e 開頭的音節連接在其他音節後面時，倘若音節界限發生混淆時，用隔音符號(，)隔開，如嫦娥 chang'e。(七)省略：韻母-iou、-uei、-uen，前面拼聲母時，中間省略一個字母，寫成-iu、-ui、-un，如流 liu、虧 kui、諄 zhun；ü ㄩ上面的兩點，再拼ㄐ j-、ㄑ q-、ㄒ x-時可以省略，但ㄋ n-、ㄌ l-拼音時不得省略，如女 nü、旅 lü。(八)標調法：聲調符號，陰平(－)、陽平(ˊ)、上聲(ˇ)、去聲(ˋ)，必須標在主要元音上，如家 jiā、連 lián、補 bǔ、怪 guài。(九)在省略結合韻母-iu、-ui 中，聲調應標在後面的-u、-i 上，如秀 xiú、輝 huī。(十)-i 在標調時，上面的一點可以省略，如異 yì、金 jīn。(十一)輕聲字不標調號，用基本形式。如孩子 háizi。(十二)合詞連寫，兩個音節可以獨立成詞的就連續注音，如餅乾 bǐnggān、電腦 diànnǎo。(十三)大寫：句子開頭的字母應大寫，如我們買了 Women maile；專有名詞開頭字母必須大寫，如臺中 Taizhong；標題可以全部大寫，也可以每個詞開頭大寫，如世界大同 SHIJIEDATONGPIAN 或 Shijie Datong Pian。(國立臺灣師範大學國音教材編輯委員會編纂，2002：436～439)漢語拼音除了有單獨使用和非單獨使用的差別；還有與華語的語音結構無法全部相同；韻母拼法混同；有些符號，電腦的鍵盤不能打出來；大陸幅員廣大，地名同音或音近而造成困擾。而注音符號是專為學習中文而設計的，它是由簡筆漢字而來，有助漢字書寫和辨識。如下表所示：

表 4-2-5　注音符號和漢語拼音對照表

標音方式 聲韻	注音符號	漢語拼音	備註
聲母	ㄅ	b	
	ㄆ	p	
	ㄇ	m	
	ㄈ	f	
	ㄉ	d	
	ㄊ	t	
	ㄋ	n	
	ㄌ	l	
	ㄍ	g	
	ㄎ	k	
	ㄏ	h	
	ㄐ	j	
	ㄑ	q	
	ㄒ	x	
	ㄓ	zh	
	ㄔ	ch	
	ㄕ	sh	
	ㄖ	r	
	ㄗ	z	
	ㄘ	c	
	ㄙ	s	
韻母	ㄧ	-i	yi（單獨使用時）
	ㄨ	-u	wu（單獨使用時）
	ㄩ	-ü （跟 n、l 拼時）	-u（跟 j、q、x 拼時） yu（單獨使用時）

	ㄚ	a	
	ㄛ	o	
	ㄜ	e	
	ㄝ	e	
	ㄞ	ai	
	ㄟ	ei	
	ㄠ	ao	
	ㄡ	ou	
	ㄢ	an	
	ㄣ	en	
	ㄤ	ang	
	ㄥ	eng	
	ㄦ	er	兒化韻時，只用 r
結合韻母	ㄧㄚ	-ia	ya（單獨使用時）
	ㄧㄛ		
	ㄧㄝ	-ie	ye（單獨使用時）
	ㄧㄞ		
	ㄧㄠ	-iao	yao（單獨使用時）
	ㄧㄡ	-iu	you（單獨使用時）
	ㄧㄢ	-ian	yan（單獨使用時）
	ㄧㄣ	-in	yin（單獨使用時）
	ㄧㄤ	-iang	yang（單獨使用時）
	ㄧㄥ	-ing	ying（單獨使用時）
	ㄨㄚ	-ua	wa（單獨使用時）
	ㄨㄛ	-uo	wo（單獨使用時）
	ㄨㄞ	-uai	wai（單獨使用時）
	ㄨㄟ	-ui	wei（單獨使用時）
	ㄨㄢ	-uan	wan（單獨使用時）
	ㄨㄣ	-un	wen（單獨使用時）
	ㄨㄤ	-uang	wang（單獨使用時）

	ㄨㄥ	-ong	weng（單獨使用時）
	ㄩㄝ	-ue	yue（單獨使用時）
	ㄩㄢ	-uan	yuan（單獨使用時）
	ㄩㄣ	-un	yun（單獨使用時）
	ㄩㄥ	-iong	yong（單獨使用時）

（資料來源：周慶華，2011a：233～234）

　　漢語拼音除了有單獨使用和非單獨使用的差別，還有其他規則，包括：（一）聲調：以ー／∨＼標在「主要元音」上面（i 需把小點去掉），輕聲不標。（二）連寫：基本上以詞為拼寫單位；凡是表示整體概念的雙音節、三音節結構，要連在一起拼寫，如「對不起」作 duibuqǐ。（三）隔音：詞彙連寫時如果會發生混淆，那麼就必須使用隔音符號，如「西安」作 xi'an。（黃沛榮，2003：63～65）不論華語文教學採用漢語拼音是否「比較方便」（可以跟音系文字的發音接軌），都應該告知學習者注音符號是「原汁原味」，學會了它，在華語文世界就有可能「無往不利」。（周慶華，2011a：234）

　　在美國最早設立中文課程的是耶魯大學，耶魯大學的一些語文教育專家們為了時勢的需要編製了耶魯式拼音系統，杜伯瑞、王方宇、李抱忱等人利用這套拼音符號系統編寫了《說中國話》、《華語對話》、《華文讀本 I、II》、《漫談中國》等書，使耶魯式拼音風行歐美三十餘年。（國立臺灣師範大學國音教材編輯委員會編纂，2002：415）

　　明代末年，有一批歐洲國家的傳教士，隨著歐亞兩洲航路的開通，紛紛來到中國傳教。由於漢字的繁難，它們試用拉丁字母為漢字注音，來學習漢語和漢字。1858 年義大利天主教傳教士利瑪竇到中國傳教，他來前曾在南洋、澳門學習中文。利瑪竇在北京出版了一部系統的漢語音譯書《西字奇蹟》；法國耶穌會傳教士金尼閣

在杭州寫了一部以拉丁字母為譯音工具的專著《西儒耳目資》。這是當時最具權威性,用來學習中國語文的教科書。鴉片戰爭後,各國傳教士湧入中國,為了讓中國教徒直接閱讀《聖經》,便按各地方言,用羅馬字翻譯《聖經》。(鬱乃堯:2008:184)三百七十多年來,中文譯音符號經過多次有心人士的改進,其中高本漢所著《官話注音讀本》曾列舉英、法、德諸式字母,與他所使用的龍德爾字母對照。教會羅馬字經過數十年的演變,其中威妥瑪式拼音最具代表性。威妥瑪式拼音符號是清末英國威妥瑪氏將明、清兩代傳教士所使用的教會羅馬字整理歸納編成的。後來英國翟歐斯編寫漢英字典,再加以修訂成為現在的威妥瑪、翟歐斯式系統,簡稱威翟式。近代歐美各國學者使用這套符號譯註中國所有的政治、歷史、文學、哲學等文獻資料,歷久不衰。(國立臺灣師範大學國音教材編輯委員會編纂,2002:422~423)

第三節　注音符號與拼音符號的優劣比較

　　語言是文字的基礎,文字離不了語言,一個民族的文字必須以這個民族的語言為基礎。勉強把拉丁字母來移花來接漢語的木,不合的原因有:(一)語音結構基本不同,中國語言文字以單音節為主,往往一個字就是一個詞的意思,如果漢語拼音文字採用拉丁字母,要使文字定型化制定詞彙,就得編寫幾萬條乃至十幾萬條,比起原來常用漢字四、五千個要麻煩,且不經濟。(二)同音字數量多少不同,如英文 three、free 及 no、know 和 all、oll 等為數極少,而中國文字同音字特別多,但因為漢字音同字不同,不致混淆不清。趙元任曾用一個四聲不同的同音字,寫了一篇名為〈施氏食獅史〉的小故事:

石室詩士施氏，嗜獅，誓食十獅。施氏時適市視獅，十時，適十獅適市。是時，適施氏適市。氏視是十獅，恃矢勢，使是十獅逝世。氏拾是十獅屍，適石室。石室濕，氏使侍拭石室，石室拭，氏始試食是十獅，食時，始識是十獅，實十石獅屍，失食。（引自鬱乃堯，2008：189）

　　這唸起來雖會結舌但仍清晰可辨。（三）方言複雜程度不同，英美國家裡，各地區方言也不少，但有一種通用語，基本上可說語言是統一的，這是實行拼音文字的有利條件。中國在秦始皇時代曾統一過文字，但從來也沒有統一過語言。事實上，語言是難以統一的，方言是無法消滅的，這是實行漢語拼音化難以克服的問題。（四）漢語拉丁化清規戒律太多，漢語拼音 26 個字母是從英文字母抄襲過來的，在字母表裡用ㄅㄆㄇㄈ注音，是所謂的字母名稱音，其中僅有 a ㄚ，o ㄛ，e ㄝ，i ー，x ㄨ，u ㄩ 6 個字母的名稱與聲韻母的讀音一致，其餘 20 個子音字母的名稱音與聲母韻母的讀音不一致。（郭泰然，1997：47～65）

　　注音符號的優點：注音符號是專家為學習中文而設計的符號，最適合中文發音，符號與羅馬字母完全無關，不會產生混淆；注音符號的音標是由古今漢字提煉而出，學習符號有助於漢字的書寫與辨識。學會注音符號同時也掌握了漢字書寫的一些規律；使用注音符號，每個字的著音都不超過三個字母。因此，注音符號可以與文字混排而不致影響版面，也就是可以直排也可以橫排；尤其中國的五言、七言詩歌，在加上注音後仍能保持整齊，這種優點是漢語拼音無法做到的。因為用漢語拼音拼出來的符號或長或短，加上詞彙連寫的規定，所以五、七言詩原來的「整齊之美」將被破壞無遺。臺灣出版界利用帶有注音符號的字，出版日報、周刊、兒童讀物，

可以讓兒童循音識字，小小年紀就有能力唸懂書報，對於語文教學有很大的貢獻。但是注音符號除了國語教學以外，使用的範圍很窄，而且對於海外的華語文教學來說，使用注音符號也有許多不便的地方：海外中文學校只在周末上課，教學時數太少，練習的機會不多，這星期教的學生到下星期大概會忘記一半，而且必須花許多時間來學習音標的寫法，音標教學的時間常拖得很長。而用注音符號來教導外國成人，讓他們花費很多時間來學 37 個符號，是一種沉重的負擔，有許多外國人學習中文的目的是以口語為主，而且要求速成，教他們注音符號有點不切實際，如ㄅ與ㄧㄅ、ㄥ與ㄧㄥ等符號，在整體音韻結構上不夠完美。（黃沛榮，2003：65～67）

　　漢語拼音的優點，借用外來字母來學漢語，海外的學生不必花時間學習符號的寫法，可以專心學習發音，而且部分發音可以通用，比較容易看到學習的成效。從心態上說，這種快速的成就感，對於海外華人和外國人來說，會產生吸引作用；漢語拼音已經國際化，歐美大學的中文教學幾乎都採用漢語拼音。此外，漢語拼音也可以用在許多領域，不但可以用來學習中文，也是一套世界通行的中文譯音符號，可以作為人名、地名、街道名、車站名等等的拼寫標準，在現代化、國際化的情況下，這種譯音符號是不可或缺的。中國大陸出版的工具書大多根據漢語拼音編製索引，學會漢語拼音，就可以大量使用大陸工具書；對於使用電腦的大陸民眾和海外人士而言，利用漢語拼音來輸入中文，是一種較為便捷的方法。但是漢語拼音也有不少的問題：漢語拼音的體系有不完美的地方，例如「村」的拼音是 cûn，「君」是 jûn，韻母的拼法混同；「端」是 duān，「宣」是 xuān，韻母的拼法也混同。但是 cûn 與 duān 中的 u 是「ㄨ」，jûn 與 xuān 中的 u 是「ㄩ」。注音符號中「村」的韻母是ㄨㄣ，「君」是ㄩㄣ，「端」是ㄨㄢ，「宣」是ㄩㄢ，全可區別。漢

語拼音是借用外語的音標符號來學習華語，當然與華語的語音結構無法全部相合，例如ㄅ、ㄉ、ㄍ原是清音，b-d-g卻是濁音，cqx及zh等符號與華語的發音更是全然無關，純屬硬配。韻母方面，也有很多問題，例如英文long vowel是唸本音，如lake，five等都是；short vowels唸短音，cat、ten、but等都是。這都跟漢語拼音的a（ㄚ）、e（ㄝ）、i（一）、o（ㄛ）、u（ㄨ）不同，將造成困擾。又如兩個母音相連，英語是唸第一個字母發音，如wait中的ai唸a，pie中ie唸i，這又與漢語拼拼音中的ai（ㄞ）、ei（一ㄝ）相混。此外，英語的ant與fan中的an，發音與漢語拼音an（ㄢ）不同；until與gun中的un發音與漢語拼音un（ㄨㄣ）不同。德國的語音，他們很容易發出ü、a、ai、ung等音，因為德語本來就有。而Deutchland的簡寫為De，如果不記聲調，用漢語拼音唸起來正好是「德」的音，這算方便處，但是聲母的j（ㄐ）、q（ㄑ）、x（ㄒ）、z（ㄗ）、ch（ㄔ）等，與德語完全不同，就要花費一番工夫。韻母中的ei（ㄟ）、ie（一ㄝ）更易與德語的ei（唸ai）、ie（唸i:）相混。這對初學者來說容易產生干擾。中國政權十多年來不斷宣揚民族主義，處處與西方別苗頭，為何偏要借用一套來自拉丁語系的拼音方式，來教導國民學習「普通話」，而且到了非用漢語拼音就無法教學的地步（況且「主權」、「領土」、「人民」、「語言」、「文字」都是國家重要的象徵），實在費解。日本數十年來也致力於現代化與國際化，但是卻能夠顧全國家、民族的尊嚴，保存了自己的あいうえお；為什麼中國卻做不到？用漢語拼音拼寫人名和地名，雖有它方變的地方，但是中國幅員廣大、人口眾多，異地同音或音近的情況在所難免。例如河南省有「襄城」又有「項城」，二者的拼音都是XIANGCHENG，只好「襄城」用XIANGCHENG，「項城」則作XIANGCHENGHN，後面的HN適河南的縮寫；此外也有三

地同名的，例如湖南有「常寧」，四川有「長寧」，雲南有「昌寧」，為求區別，就把「常寧」拼作 CHANGNINGHN，「長寧」拼作 CHANGNINGSC，「昌寧」拼作 CHANGNINGYN，在地名後面加注省名的縮寫來表示。不過，大家會發現上面河南、湖南都用 HN，實在有點勉強。這些都是漢語拼音本身無法克服的障礙。目前一般電腦鍵盤並不能打出 àáâãǎěēèéīìíí 等帶有聲調的符號，以及ㄩ的音（即 ü 及 ùúû 等），因此在電腦中所儲存及顯示的文本，都不帶聲調符號，反而造成混亂。（黃沛榮，2003：67～70）

　　耶魯式拼音的優缺點：以詞為單位的連寫，合乎現代漢語的口語習慣，並能強調漢語，具有多音節語詞；對學習者僅為初學階段的一種簡便工具；以 b、d、g、ji、jr、dz 等代表國語中清音的ㄅ、ㄉ、ㄍ、ㄐ、ㄓ、ㄗ不甚妥貼；以 p、t、k、chi、chr、ts 等代表國語中送氣的ㄆ、ㄊ、ㄎ、ㄔ、ㄑ、ㄔ符合英美人士的發音習慣，但對拉丁語系以及東南亞各語言來講，上列字母與送氣並沒有關係，會引起語不送氣的ㄅ、ㄉ、ㄍ、ㄐ、ㄓ、ㄗ等音互相混淆的現象，以致無法分辨送氣的有無。送氣的有無，在中國的語音裡具有分辨意義的作用；以 yu、yw 代表國音的ㄩ，以及用 e 代表ㄝ、ㄜ二音，都可能引響學習這正確的發音；y、w 的用法會造成許多子音群，這與我國傳統上把音節分為前聲後韻兩部分，而聲母只有一個因素的觀念不符合。（國立臺灣師範大學國音教材編輯委員會編纂，2002：420）

　　由以上的比較，注音符號的優點集中在國語文的學習上，漢語拼音則有利於外國成人以及其他方面的使用。黃沛榮認為二者的優劣問題，應該分從「學習」與「使用」的角度來著眼，不同的學習對象也應該有不同的做法。（黃沛榮，2003：70）

　　臺灣推行國語的成功，注音符號的教學功不可沒。因此，從教學效果來說，注音符號應該持續使用；倘若從師資、教材、教學法以及兒童讀物等方面來說，注音符號更具有無可取代的優勢。但是綜合衡量整個海外，華文教學的現況以後，臺灣的語文學家也逐漸傾向不反對歐美地區的中文教學可在當地兼用漢語拼音。因此，漢語拼音是否值得海外中文教學所採用，已經變成教學本身的問題，而不是政策的問題。但是黃沛榮指出：注音符號在海外教學上較為不利，並非由於音標本身問題，而是受制於當地的教學環境。因此，臺灣本土與海外教學可採用分離的方式，而且華裔子弟與外國成人的中文教學也應該有所區分：教外國成人使用注音符號來學習中文，未必有此需要；華裔子弟如果從小學習中文，仍應使用注音符號為宜，除了可以達到「區隔學習」的目的外，也有助於漢字的讀和寫。（黃沛榮，2003：71～72）

　　除了國際音標是記錄語音音值的符號，在研究語音學時必須使用之外，其他的各種譯音符號，如耶魯式、威翟式都不是中國本位的符號，大家為了能快速的進入學習場域，用自己熟悉發音符號拼讀中國文字，卻容易受到原來母語的干擾，使得發音不夠精準。而且它沒有中國歷史文化背景作基礎，禁不起時間的考驗，只能用於一時，不能長久存留。各種羅馬拼音字母的缺失：（一）種類繁多，經常改變，使學者無所適從。（二）世界上有不少國家的文字是以羅馬字母為基礎，而各字母在各種語言中的實際音值因國而異。如用羅馬拼音，學習者實在難以擺脫各字母在其母語中的音值的影響，而無形中成為學習中文正音的重大障礙。對不熟悉中國語音的外籍人士，各種羅馬拼音字母對學習中文並無多大價值。（三）羅馬字母在視覺上仍然是蟹行文字，只能橫寫，用以為直寫的中文注

音，非常不便。(國立臺灣師範大學國音教材編輯委員會編纂，
2002：453～454)

　　威翟式的優缺點：以送氣記號強調中國語音的特點，使學習者
容易記憶；分音細密、注重音值，因此符號繁瑣；以[-ǔ]代表舌尖
前空韻，[-ih] 代表舌尖後空韻不十分確切，無法融會貫通；加添
記號，如 ü、ê 等，在打字印刷上十分不方便；這套符號在麥氏漢
英字典中，保留部分方音、尖團音，與現在標準國語發音差別很大。
(國立臺灣師範大學國音教材編輯委員會編纂，2002：427)

　　語言文字是有祖國的，拉丁字母只能作為漢字注音的輔助工
具，注音符號的音標是由古今漢字提煉而出，是專家為學習中文而
設計的符號，最適合中文發音，學會注音符號同時也掌握了漢字書
寫的一些規律。可見教學注音符號，也等於在教學華語文的形／音
／義，形同一舉兩得；而這在漢語拼音中是不可能看到和感受到
的。因此，就「要學就得學全套」的立場來說，學習者學注音符號
才是上策，不必再經過「現代格義」的轉換。根據上述，華語文文
化模式寫字教學在語音部分，自然就得以注音符號為主，而以漢語
拼音為輔。(周慶華，2011a： 226)

第五章　注音符號中聲調的作用

第一節　聲調的界定

美國著名語音學家 K. L. Pike 在他的《聲調語言》(*Tone language*) 一書中曾經指出：「一種聲調語言可定義為，在這種語言裡，每個音節的聲調之間存在著詞彙意義方面的對立，並且彼此相關。」(引自郭錦桴，1993：2) 如果說人類語言的詞和句子，最初是由語調發展出來；而這種語調後來又發展成各種音段，那麼所有的語言都具有語調或聲調的高低變化的「底層」性質。沒有一種語言不廣泛利用音調的高低來表達意義或情感的。布龍菲爾德 (L. Bloomfield) 曾指出：在英語和歐洲一般的語言裡，音高是音響的特徵，並非區別性的，可是與語氣變化一樣在交際中起作用，也很近似真正的語言差別。我們使用聲音的高低，來表示語氣，例如我們說話時有時急躁、激動、憤怒、開心、悲傷等等。然而，作為聲調語言的「聲調」，它的高低音具有語言區別性，它有區別詞彙的意義或不同的語法意義的作用；它不是只用來表示不同的語氣，聲調在語言中是主音位，而不是次音位。聲調語言的聲調是屬於音節的，它的每個單音節都有聲調，而非聲調語言的聲調並不屬於每個單音節，有的幾個音節共有；有的屬於語句的語調。在漢語中，每個單音節都有聲調。顯然所謂聲調語言，實際上是音節聲調語言。聲調語言的聲調具有模式或類型特點，它們之間的區別是相對的，

不是個人自由的音高變化或某些語音的自然音高差別。聲調模式是
社會公認的音高區別特徵，如漢語聲調有四種模式：高平調（一
聲）、中聲調（二聲）、曲折調（三聲）、高降調（四聲）等。這四
種聲調模式是漢語歷史發展的產物，並為社會所流傳，成為漢語音
高音位的區別特徵，這些聲調音高的差別是相對的。而且各種聲調
語言的聲調模式是十分有限的，如漢語有四種；漢語廣州話有九種
聲調是很罕見的。（郭錦桴，1993：2～4）

　　在語言發展過程中，語音結構的簡化，如複輔音聲母的簡化；
豐富的輔音韻尾的消退；某些語音成分功能的弱化或消失。這些語
音變化都可能致使聲調發揮補償作用，成為替補成分，並進一步成
為獨立語音的區別手段。許多語言聲調的產生都是經過漫長的歷史
過程，在聲調產生之前，作為語音音素成分的音高現象，不過是語
言的伴隨物。後來經過語音結構的簡化，語音某些音段的音位區別
功能的消失，音高變化才逐漸取得有區別作用的聲調地位，成為獨
立的調位。一般語言開始只有高低兩種對立聲調，經過多次分化逐
漸增多。學者認為，上古漢語有平、上、去、入四種聲調；到了中
古漢語，由於聲母清濁對立的消失，每個聲調又分化為陰調（高）
和陽調（低），逐漸發展為八種聲調。然而，多音節詞的大量增加，
語音詞單位語音結構複雜化，聲調的區別作用將發生弱化，這可能
導致聲調數目的減少。近代漢語湧現大批單音節詞，聲調趨於簡
化，如現代漢語的聲調只有四聲。語音是語言的符號，語音符號的
發展受語言社會交際需要的潛在支配，社會語言交際不需要的語音
符號，自然要被淘汰；社會語言交際需要的語音符號自然要發展。
聲調的產生和發展，一方面受到社會語言交際需要的潛在支配；一
方面受到語音結構內部各個要素之間互相制約、平衡、補償的內在
關係的支配。（郭錦桴，1993：28～29）

劉復用一般動物來比喻一個漢字的字音，分成五個部分，名稱分別為：頭、頸、腹、尾、神。這種說法比唐鉞分成起、舒、縱、收四個部分，多出了一個部分，就是聲調，他抓對了漢語的特色。以「神」來代表聲調，確實是非常貼切，一個人的身體，頭、頸、腹、尾固然重要，但不賦予精神的話，那麼這副軀殼只是一具行屍走肉，有了精神以後才真正有了生命。同理，一個漢字字音有聲母、介音、主要元音、韻尾以外，必須賦予聲調，才算漢語；否則漢語的「親琴寢沁」、「央楊養樣」要如何分辨？從字音結構上看，少了聲調就無法辨義，這個語詞就沒有意義。最早聲調類別如何？各家說法不一，但是不論哪一種說法，肯定上古有兩個以上的聲調。也就是說，古今學者一致認為漢語本來就有聲調，縱使後來多所變化，依然靠聲調的變化來辨識詞義，否則就不能稱為聲調語言了。在《切韻》書中，陸法言的序文說「吳楚時傷清淺，燕趙多涉重濁」、「秦隴去聲為入，梁益平聲似去」，都是從聲調的角度去看方音的差異。聲調的重要性在古人對語音分析不很詳盡的年代，就非常重視它了。漢語是單音結構的孤立語，所以漢字的字音結構在聲調、聲母、介音、主要元音、韻尾五個部分，都有各自獨立的成分。這些成分，無論哪個部分發生改變，字音也會跟著改變（它的結構圖，詳見第一章第二節）。一個字音中，聲調、聲母、介音、主要元音、韻尾五個音素，唯獨聲調及主要元音是絕不可少的，其餘的可以自由選擇，這也是語言學界把聲調排在最上頭的理由。我們也可以把它(C)(M)V(E)／T 這樣表示，更能看出聲調的重要。這裡的 C 表示聲母（consonant），M 表示介音（medial），V 表示主要元音（vowel），E 表示韻尾（ending），T 表示聲調（tone）。括號（　）裡的音素表示有選擇性，(C)(M)(E)三個因素可有可無，沒有括弧的 V、T 是必要的音素。而聲韻學家把它分成頭、面、頸、腹、尾、神六個部

分，他們把「調」（或稱「神」）特別區隔開來，主要用意在表現它的特異性。以上可以看出聲調在漢字字音結構的輕重關係：聲調都是最超然、最凸顯的，是單音字絕不可少的成分。因此，聲調是漢語辨義要素中的第一要素，是漢語的神。在世界通用的語言當中，只有漢藏語系屬於聲調語言，尤其是漢語，更是聲調語言的代表，不管是使用的人數，或文物記錄的數量，都遠超過其他語系，因此漢語是最具代表性的聲調語言。以聲調的不同來區別詞或語素的詞彙意義的不同，在聲調語言中，一個音節往往由於聲調的不同，它所表示的意義就不同。聲調的分辨，最好先找各聲母、韻母完全相同，只有聲調有差別的字去作分辨，才能真正掌握這個漢字的聲調。如「敲、橋、巧、峭」聲母、韻母相同，聲調不同，意義就不同。聲調的確定，最小對比是最重要的設定，學任何漢語，第一要掌握的就是這個語言的聲調。（羅肇錦，1994：164～167）聲調它具有物質性義涵。

　　構成聲調的物質性要素有音高（調值）、音型（調型）、音長三個。人類語音的音高決定於聲帶的長短、鬆緊、厚薄。聲調在華語中的特點就是音高與音長的變化、就是不同的頻率在時間上的變化。在發出陰、陽、上、去四聲時，聽起來有非常明顯高低不同變化的調值、調域，它是外籍人士最難掌握的部分。其中「音高」是聲調的基本要素，它是相對的音高，而不是絕對的；單發出一個音，無法辨別聲音的高下，必須要有兩個以上的音來作比較，才能分出音高。如「溝」字與「狗」字才會引起詞義的改變。音節與音節相對的音高才是語言的聲調。詞如優等—油燈、包袱—報復、史詩—誓師—逝世—實施，都是靠不同的聲調來辨別它的意義。「音型」是聲調的重要音素，不同音型在聽覺上不難分辨，例如讀作高而平的「英」—英雄；讀作向上升的「贏」—輸贏；讀作降而後升的「影」

一電影；讀作自高而下的「硬」—軟硬等，都是清楚容易分辨的音型。「音長」是聲調的次要因素。四聲中，上聲是最長的調，其他的調都比它短。也因此，上聲是最容易引起變調的一個調。當然，其他的調在句子連接說出來的時候，也有音長縮短、調域模糊的現象。因此，音長有的時候容易分辨，有的時候不容易分辨。聲調不管如何變化，都在音高、音型、音長之中變化。音長在表達情態的作用比較明顯，當憂鬱、悲痛、失望、猶疑、冷淡的時候，話會說得慢一些，字音也會拉得長一些；當興奮、快樂、激動、憤怒、慌亂、緊張的時候，話就會說得快一些，字音也會縮短；女音要比男音高，童音要比成年人的聲音高，但這樣的高低不起構詞、辨義的作用，主要在表達情態。（羅肇錦，1994：168～170；程祥徽，田小琳，1992：18～64）可見聲調具有心理性義涵。

四聲是南朝齊梁時候的沈約、周顒等人最先提出的，認為漢語有平上去入四聲的區別。但對四聲的性質了解很模糊，漢語最大特色就在於聲調的內在變化，是靠以心傳心的辦法才能體悟出聲調的本質。站在古代感覺來說，聲調是「只可意會，不可言傳」的高層境界，所以學習漢語必須先體悟出這高層的原則—聲調，才能真正把漢語學好。而以一個非聲調語言的外國人來說，學講漢語，掌握不到漢語的聲調規則是理所當然的事。就如同沒學過音韻學的人，問他閩南語有幾個聲調，大部分的人也說不出個所以然來。這證明聲調是高層的原則，而且是隱藏的原則，所以一般人不容易體會。（羅肇錦，1994：168～170）

聲調語言中的每個音節都有聲調，每一種聲調都附著在音節之上，聲調和音節這種相互依存性，使得一個音節的長度，常常相等或相似於它的聲調長度。這樣在語言的連續群裡，音節的界線，便常常表現在不同聲調之間的分界線上，和聲調的界線相一致。從一

種聲調變為另一種聲調，必然也是從一個音節變為另一個音節。顯然聲調具有音節的分界功能。漢語中，由於有聲調的作用，不同的音節有不同的音高特徵，所以從聽感上很容易分別音節的分界。如坐火車，坐是去聲，火是上聲，車是陽平，它們的聲調各不相同，音高變化很不一樣，區分這些音節便很容易。又如銀河，儘管兩個音都是讀陽平調，但它們的實際音高變化是有區別的，所以要區別這兩個音節毫無困難。然而，印歐語言或其他沒有聲調的語言中，音節的分界，有時是不清晰的，如英語 galactic（gəlæktik，銀河的）中，－kt－的音節歸屬便有些模糊不清。（郭錦桴，1993：98～99）

　　《書經・虞舜典》記載「詩言志，歌永言，聲依永，律和聲，八音克階，無相奪倫，神人以和」，在這說明詩歌的精神中，似可證明當時中原的語言已有聲調的存在，而且詩歌都有顯明美妙的押韻。（黃天麟：1987：38）聲調與語言起源的時代一樣不明，不過聲調可以增加音型，有助於解決單音節語言的同音異語問題。吳楚輕淺，燕趙重濁，清楚的點出「吳楚」與「燕趙」，一南一北，聲調一定有差別。聲調的起源，是奠基於音高的差別，而音高的差別奠基於地理水土的不同，也就是地理水土左右了聲調的變化。在語言發展過程中，有很明顯的內部變化規律，如「濁音清化」、「入聲消失」，是漢語變化的規律，同時會帶動其他因素也發生變化。語言聲調的差異和內部變化的規律，是文化深層結構裡的特質，要了解這語言必先掌握這些內部規律和聲調差異，才能學好這種語言。中古有平上去入四個聲調；然而上古有調，各家說法不一。羅肇錦認為，漢語最原始時應該沒有聲調，後來由於地理水土的不同，而發音的高低發生變化，於是不同的聲調產生了，再加上語言內部變化規律的不同，所以又產生了新的聲調。明清以來的學者，對上古聲調的研究，提出許多不同看法，從「古無四聲」到「上古與中古

四聲相合」是從押韻字四聲通押的情況作分析。因此，古有四聲調的說法，差不多已成定論。(羅肇錦，1994：170～173)

　　一種良好信息符號系統應該具有良好的通訊性能，它易於產生、發送、傳達並且易於接收和解釋。漢語的語音，作為漢語信息的代碼系統，它有良好的通訊性能。它不僅語音結構經濟、簡單、容易產生和發送，很重要的是它有聲調，在語言交際的傳遞過程中，有較強的抗干擾能力。趙元任在〈談談漢語這個符號系統〉一文中說：

> 聲調是使漢語特別適宜於物理通訊的要素之一，聲調主要涉及嗓音基本音高，在不利的音響條件下，它是最便於傳送的。由於原因和輔音是要靠陪音來刻畫它的特性，我們可以說漢語既靠基音又靠陪音來表達信息的基本要素；而不用聲調的語言，例如英語，卻只靠陪音來表達信息的基本要素（詞）。至於語言的傳遞，以聲調作為載體比元、輔音優越，便利在嘈雜的環境裡傳送。(引自郭錦桴，1993：100)

　　漢民族緣於氣化觀的集聚謀畫的生活形態，以家族為單位，沒有個別組成分子私自說話的餘地，一切都得「顧全」周遭家族人的感受（即使擴大到外面泛政治階層制的聯盟圈，也不例外）。漢語聲調不只具有辨義功能而已，其緣於挈情而發生，它還有「攝眾聽取」的考量。(周慶華，2008：150)而聲調語言在傳遞的過程中可以保持很高的清晰度，讓人聽懂所傳的訊息。聲學家們透過實驗證明，聲調在漢語傳遞過程中具有很強的抗干擾能力。這主要表現在很強的噪音干擾下以及在語音失真的情況下，聲調仍可保持很高的清晰度，語言訊息便可透過聲調進行傳遞。顯然在傳遞條件惡劣，以致使語言失真的情形下，音節、聲母、韻母都很難讓人聽清楚，

但聲調卻可以保持很高的清晰度，讓人聽懂所傳的訊息。由此可證聲調具有很強的抗干擾能力，它在提高語言的可懂度方面發揮著重要作用。（郭錦桴，1993：100～101）是知聲調具有社會性義涵。

　　語言不但是人類用來作為交際的工具，它也會因著社會的發展而產生變化，只是它的變化是慢慢進行的，不是瞬間改變的。不管社會有多大的轉變，既有的語言模式都不會被消滅，或是完全採用新的模式，會被採用的就是改良現有的語言。語言中最活躍的因素是詞彙，隨著社會及生活的發展產生變化，它就會有立即的反應，這說明它的發展和變化是原原本本地呈現了社會及生活的改變。於是在交際的時候語言就成為我們事半功倍的工具。

　　漢語屬於漢藏語系，英語屬於印歐語系，二者語系不同。英語沒有對偶、沒有平仄、沒有駢文、沒有五七言等詩句。漢語語音具有聲調、抑揚頓挫、輕重緩急、有自然的平仄、有高低種種的聲調，用口語表達時，可以把話說得美妙動人。使用在文學作品中，更可以美化語言，如唐朝詩人李商隱的〈夜雨寄北〉詩：

　　　君問歸期未有期，巴山夜雨漲秋池。何當共剪西窗燭，卻話
　　巴山夜雨時。（引自黃振民，1980：574）

　　短短的幾句，敘述兩地別離思念，有著濃濃情愫表達無疑。又如徐志摩的〈再別康橋〉：

　　　輕輕的我走了，正如我輕輕的來；我輕輕的招手，作別
　　西天的雲彩。

　　　那河畔的金柳，是夕陽中的新娘，波光裡的豔影，在我
　　的心頭蕩漾。

　　軟泥上的青荇，油油的在水底招搖；在康河的柔波裡，
我甘心做一條水草。

　　那樹蔭下的一潭，不是清泉，是天上虹，揉碎在浮藻間，
沉澱著彩虹似的夢。

　　尋夢？撐一支長篙，向青草更青處漫溯，滿載一船星
輝，在星輝斑斕裡放歌。

　　但我不能放歌，悄悄是別離的笙簫；夏虫也為我沉默，
沉默是今晚的康橋！

　　悄悄的我走了，正如我悄悄的來；我揮一揮衣袖，不帶
走一片雲彩。（徐志摩，2007：259～260）

　　全詩共七節，每一節的二、四押韻，抑揚頓挫，琅琅上口。這
優美的節奏像漣漪般蕩漾開來，有著尋夢的跫音，又契合著詩人感
情的潮起潮落，韻律在其中徐行緩步地鋪展，有一種獨特的審美快
感。文字中有許多繪畫的美，如夕陽、雲彩、新娘、榆蔭、星輝、
夏虫；色彩如：彩、金、青、斑斕……隱喻如那河畔的金柳，是夕
陽中的新娘；移情入景如夏虫也為我沈默，沈默是今晚的康橋！又
如朱自清〈荷塘月色〉其中的一段：

　　月光如流水一般，靜靜地瀉在這一片葉子和花上，薄薄的青
　　霧浮起在荷塘裡，葉子和花彷彿在牛乳中洗過一樣；又像籠
　　著輕紗的夢。雖然是滿月，天上卻有一層淡淡的雲，所以不
　　能朗照；但我以為這恰是到了好處──甜眠固不可少，小睡
　　也別有風味的。月光是隔了樹照過來的，高處叢生的灌木，
　　落下參差的班駁的黑影，峭楞楞如鬼一般；彎彎的楊柳稀疏
　　的倩影，卻又像是畫在荷葉上。塘中的月色並不均勻，但光

與影有著和諧的旋律，如梵婀玲上奏著的名曲。（引自大紀元文化網，2011）

可見詩句的優美，它撥動了多少人的心絃，如餘音繞樑，久久不會散去。而聲調不只有物質性義涵，它還有審美性這種義涵。至於文化義涵，它是從聲調的心理義涵、社會義涵、審美義涵等，再用深層性的文化就是世界觀來檢視它，才使它具有文化義涵。

文化性跟我們的氣化觀有關，因為人是精氣化生的，大家糾結在一起，必須分親疏遠近，才能過有秩序的生活，所以我們就是以家族作為社會的基本單位，在家族裡講話沒有私祕性，才會講話期待家族人來聽取，自然就話大聲重，而有聲調的變化。到這裡聲調的精神義涵就整體朗現；相對的其他文化中的世界觀不一樣，所以不必有聲調的設計或使用。如圖所示：

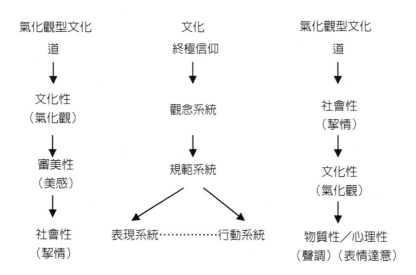

圖 5-1-1　聲調的物質性、心理性、審美性、社會性、文化性的關係圖

（改自資料來源：周慶華，2007：184）

第二節　注音符號中聲調的心理／社會作用

　　語言是人類用發音器官發出一些成系統、有調節的音來表達我們的情義，溝通人和人之間的信息。語言跟情意間的關係是任意的、約定的、而且是會變遷的。語言包括形、音、義三部分。「形」和「音」就是語言的形式，「義」就是語言表達的內容。語言的形，就是文字；語言的音，就是我們所說的話；語言的義，就是「形」、「音」所表達的思想和情意。人與人的交往愈密切，語言的應用愈多，語言表達的技巧也就更重要了（尤其是口說語言）。（胡建雄，1987：216～220）

　　至於聲調，它的性質是由音高決定的；語音的高低升降或不升不降，形成了各種聲調的差別。（王力，1981：40）一般人都知道聲調有區別字義和詞義的功能，在漢語中相同的音節如果它的聲調改變了，音節所表示的意義也隨著改變。如「搭、達、打、大」。其聲母、韻母都相同，唯有聲調不同，其字義就不同。又如汽車—騎車、語言—寓言、出手—觸手、打尖—搭肩，都是靠不同的聲調來辨別它的意義。然而，區別意義並不是聲調唯一的語言功能，它還有構形功能、分界功能、抗干擾功能以及修辭功能。中古漢語的形態表現在聲調的變化上面，同一個詞，由於聲調的不同，就具有不同的詞彙意義和語法意義，主要是靠去聲來和其他聲調對立。以動詞來說，聲調的變化引起詞性的變化特別明顯。凡是名詞和形容詞轉化為動詞，則動詞唸去聲；凡是動詞轉化為名詞，那麼名詞就唸去聲。總括來說，轉化出來的一般都唸去聲。在現代漢語中，用聲調來區別詞性雖然已不盛行了，但並非絕跡，在一部分詞中用去聲來區別詞性的現象仍然存在，這似乎是古漢語去聲的構形功能的

遺存。如名詞或形容詞轉化為動詞的「好人、好心、美好」中的「好」
為三聲好「ㄏㄠˇ」,「愛好、喜好、好動、好學、好奇」中的「好」
唸四聲好「ㄏㄠˋ」;「伯勞、美勞、疲勞、功勞」中的「勞」為二
聲勞「ㄌㄠˊ」,「勞軍、慰勞、」中的「勞」唸四聲勞「ㄌㄠˋ」。
又如動詞轉化為名詞,名詞為去聲的「分別、分割、評分、分開」
中的「分」唸一聲分「ㄈㄣ」,「名分、非分、分量、緣分」中的「分」
唸四聲分「ㄈㄣˋ」;「背(ㄅㄟˋ)上背(ㄅㄟ)著個包袱」。這
些都是聲調的物質功能。是依靠聲調來分辨動詞和名詞。(郭錦桴,
1993:90〜97)聲調的設計或踐履成形,不可能只是單純的為表義
方便而已(如果是那樣,那麼也就不一定要有不同聲調「搭配」來
使用,只要逕直的「依義取聲」就行了),理當還有更實質或更切
要的高檔的「挈情作用」或「攝眾聽取」的考量;而這種挈情性,
就是漢語聲調所以「獨樹一幟」的根本原因。(周慶華,2008:148)

　　語言交際,實際上是由聯結說話人大腦和聽話人大腦的一連串
心理、生理、物理的轉換過程完成的。我們說話是為了給人聽的,
發音器官發出聲音來,透過空氣中聲波的傳遞,到達聽者的耳朵,
聽懂我們說話的內容,達到我們說話的目的(表情達意)。這就是
語言交際的全過程。當說話者說話時,大腦發出指令發音器官發出
聲音,這一個過程是從一個心理現象轉換到生理現象的過程。說話
者所發出的聲音,它是有企圖的,它不會無緣無故的隨便發一個
音。也就是說,它選擇任何一個音,都是有用意的;這個用意是跟
內在的心理因素有關。聲調除了具有辨義的物質功能外,其精神性
義涵,所包括的不出心理、社會、審美和文化。心理是指在使用聲
調時候,它跟聲音的高低、聲音的強弱、聲音的長短有著極密切的
關係。(周慶華,2008:152)

　　關於漢語的聲調與語調的關係，趙元任認為語調跟字調可以並存，它們二者的關係是個代數和。就是正加正越正，負加負越負，正負相消看哪一個多一點就往哪一邊。如「買」是升調，「賣」是降調，在句子中「這個東西我要買」，買成了降調（前半上）問人「你賣不賣呢」，賣字成了升調。（趙元任，1987：87～88）這種「調節」，自然也跟表義是否順暢的心理因素有關。因此圖 5-1-1 就可單獨抽出而標誌聲調的心理作用：

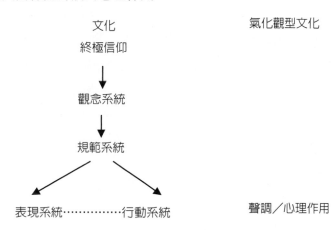

圖 5-2-1　聲調心理作用的位置圖

　　這是說只要有使用「聲調」的支配行動，就有表情達意的「心理作用」（也就是沒有不表情達意的聲調使用）；二者以斜槓連接，正表示它們的一體兩面性。此外，說話「刻意」選擇可以動聽悅耳的聲調語言，那又是這種心理作用的強化版，依然不出行動系統的範圍。

　　任何一級語言單位，不論大小，都是語音和語義的結合體。如語素，就是最小的語音和語義的結合體，好比「天」的意義就由「ㄊ

一ㄢ」這個音節來表示。至於為什麼用「ㄊㄧㄢ」來表示，不用別的音表示，這是由語言的約定俗成性決定的，同一個概念，不同的民族用各自社會約定俗成的語音去表示，可見語言又有社會屬性。而獨有聲調的漢語，它的辨義作用，更實質的領有這社會義涵。

　　聲調的社會義涵，例如我們叫小孩子：「你給我過來」、「你好乖哦」、「給你一個紅包」這些語句會發生的場合，它們的差別在哪？它們與聲音的大小、聲音的高低、聲音的強弱有關。第一句語氣盛怒，發音時前四字急促重（第一、二字變調成前半上、後半上）、後一字尾音稍長而可以「延聲易聽」，很明顯是用在高階對直屬低階的吆喝且希冀旁人都聽見他（指高階者）在訓斥低階（如調皮的兒女或犯錯的部屬）以為自我藉機伸張權威或回應旁人期待他「教導有方」的壓力；第二句語氣溫婉，發音時前三字二連緩（第一字變調成後半上）而末字尾音略長、後一字輕短（為現代漢語附帶的輕聲，記作‧），很明顯是用在高階對非直屬低階的讚美且渴望旁人都知道他（指高階者）很會「做人情」；第三句語氣喜孜，發音時前四字略為抑揚（第一、二字變調成前半上、後半上；第三字變調成陽平）、後二字二連長，很明顯是用在高階對直屬低階或非直屬低階的憐恤且奢求旁人都來感激表揚他（指高階者）的「慷慨」。可見多變化的漢語聲調原就是為了挈情的（不論是為了「諧和人際關係」，還是為了「破壞人際關係」，或是為了「政治造勢」）；它透過個別調值的屈折（特指上聲）以及相互搭配時的抑揚頓挫來達成使命，並且為自己界予了超常的重擔（也就是聲調在漢語裡具有「領音」的作用）。（周慶華，2007：79～80）

　　此地所謂漢語聲調「原就是為了挈情的」，似乎是說漢語聲調是後起的（後於挈情的欲求），其實不是，它應當是在挈情中自然形成的（也就是挈情和說話的聲調是一體成形的）；於是「為了」

的用詞在變換語脈後就形同「緣於」，意思為併起或互根。而漢語聲調所以緣於挈情而發生，乃因為漢人說話沒有私祕性的關係。也就是說，漢人說話所在的情境大多還有第三者，導致說話者必須比較「聲大話重」的發音（尤其是上聲和去聲的發音），以便讓大家「同沾語益」；這樣日子久了就形成古來所見的聲調變化的範式。（周慶華，2007：80）因此，圖 5-1-1 又可以再抽出而標誌聲調的社會作用：

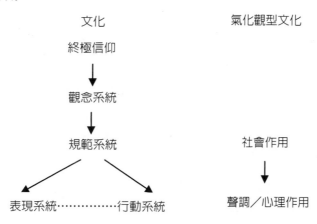

圖 5-2-2　聲調的社會作用位置圖

　　這是說聲調的存在，為了挈情比為表情達意更具優先性。換句話說，在漢語中所有為表情達意的，都是源於「為了挈情」的緣故。如果有對不在場的人說話的（如轉為書面語言），也是由攝眾聽取的考量習慣衍化，形同當下挈情了；否則無法解釋為何會有聲調的使用。

　　相對的，沒有漢民族這種社會／文化背景的地區，就不可能發展出類似漢語的聲調來。雖然有人說聲調並不是漢語所獨有的，而

且「也不是亞洲、東南亞語言所獨有的；非洲也有；美洲有一部分的紅印度語言也有；中美洲、南美洲有的紅印度語言也用聲調作分別……在歐洲各國的語言裡頭，用聲調的比較少，不過也有。比方在北歐立陶宛、瑞典、挪威，都有利用聲調的不同來辨別字的」（趙元任，1987：56～57），但那些類型的聲調幾乎都是「陪襯」性的，而且比較單調（僅有高低／升降以及少數帶有滑音），並不像漢語聲調那樣擔負著語言表述「圓足」的任務。（周慶華，2007：81～82）

　　如白人世界是一個被創造觀籠罩的世界。這種世界觀預設了一位造物主，而所有受造者（人）凜於造物主個別造物的旨意（而不像氣化那樣的「糾結」在一起），白人世界是以「個人」為社會結構的基本單位，以致說話就只侷限於所要互動的對象。也就是說，他們說話只要對方聽得見就可以了，不需要像漢語這樣需要「聲大話重」的對眾人說話。至於後來白人得著了種種的便宜（包括轉體悟造物的美意而積極的模仿造物主的風采去創造事物、被選中的優越感勃發而極力於發展資本主義和殖民主義以及他方世界的妥協臣服而讓他們予取予求等等），需要面對大庭廣眾說話卻不夠「聲勢嚇人」時，他們就發明擴音器、廣播和視訊設備來輔助。相對的，漢人原來最多只對著「同族／同僚」說話（現在學白人擴及對更多人說話，則另當別論），聲音「抑揚頓挫」就行了，根本毋須輔助器材（因為很少有機會聯合異族相處）。因此，倘若說漢語聲調的功能在挈情，那麼白人所操無聲調的語言，就只是單純的為「傳情達意」而已。（周慶華，2008：143～155）這種對比，只要將圖 5-2-2 補入其他成分，就可以藉此看出兩個語言系統的差異：

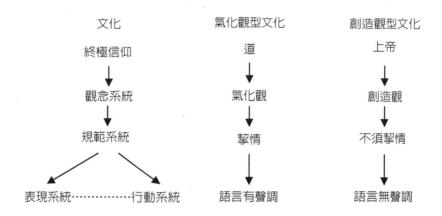

圖 5-2-3　中西兩大語言系統有無聲調對比圖

第三節　注音符號中聲調的審美作用

　　漢語最大特色就在於聲調的內在變化，它有四聲音調，所以有美妙的韻律。語言表達的單位是以合詞為主，漢字雖是獨立的，但每當說話用詞，仍以兩個字的雙音節詞彙，為主要表情達意的語言單位。（葉德明，2006：17）自從漢末因為翻譯外來佛經的關係而有了聲調的察覺以後，中國傳統的言／文系統就開始轉向找到一個「相互美化」或「雙雙雅化」的途徑。而改變了中國人說話／書寫的形態。也就是說，這時語言的交際性已經從泛泛的「表情達意」層次向自覺的特殊的「藝術審美」層次昇華了。（周慶華，2008：145）

　　語言表達的技巧，不只要用字正確、語音標準、遣詞適當、合乎語法，進一步還要講求修辭方法、語意的傳達、身體語言的運用，甚至更要注意口語表達的技巧。（胡建雄，1987：220）如：

　　　　今天我來談一個問題，就是漢語語法方面的事。漢語語法的
　　　　範圍太廣了，從何說起？我要說的，只是古代漢語中的一部
　　　　分語法問題。（啟功，1993：13）

　　這幾句話寫在紙上看不出有什麼旋律變化，但用口語表達時卻
具有抑揚頓挫的效果。如句子中有兩處有「問題」二字，說起來時
那兩個「題」字音的高低肯定是不一樣的，有一強些，有一弱些。
（啟功，1993：13）其餘的搭配在一起，則因為實質的聲調作用，
尤其能引發聽覺上的美感。

　　現今漢語中輕重音影響聲調，所以設立一個輕聲。輕聲短而
輕，又分固定輕聲和非固定輕聲。非固定輕聲可稱作輕聲。另外，
重音可分「邏輯的重音」和「心理的重音」。邏輯的重音，是為了
「表義」，如「少年人」、「老年人」從語義上要加重「少」和「老」
字，「年」字輕一點；又如「我可以給你錢」，在「別人不給你錢，
我可以給你錢」時，應加重「我」；在「明天拿到年終獎金，我可
以給你錢」時，應加重「可以」，在「實在沒辦法的時候，我可以
給你錢」應加重「錢」。（胡建雄，1987：222～223）語調與聲調相
對而言，語調就是抑揚頓挫的腔調。表現在語句上，而不是在字音
節上。語調的節律與句子的結構及說話人的心理、情感、態度有密
切關係。每一種語言都有語調現象。語調可以定義為連續語言中噪
音音高方面發生的變化，也就是聲帶震動時發出的樂音在音高方面
的變化。（郭錦桴，1993：235）而進入書面語，又可以深加調節而
特具藝術審美性。

　　如《詩經》是古代留下來最早的文學作品，從「關關鳩鳩，在
河之洲。窈窕淑女，君子好求……」可以很明顯聽出中國聲韻上的
特徵，也就是古代就已有拼音的觀念了。而這顯現為前聲與後韻及

押韻的特色：聲韻上，用「雙聲疊韻」的字創造了些草、木、蟲、鳥、獸的名子，如蜘蛛、鴛鴦、琵琶、芬芳、逍遙等；至於押韻，因為韻是字音收尾的部分，所以押韻時每個字的收尾相同。（葉德明，2006：7）如古詩之一：

> 行行重行行，與君生別離。相去萬餘里，各在天一涯。道路阻且長，會面安可知。胡馬依北風，越鳥巢南枝。相去日已遠，衣帶日已緩。浮雲蔽白日，遊子不顧返。思君令人老，歲月忽已晚。棄捐勿復道，努力加餐飯。（引自王堯衢，1974：29）

> 庭中有奇樹，綠葉發華滋。攀條折其榮，將以遺所思。馨香盈懷袖，路遠莫致之。此物何足貴，但感別經時。（同上34）

歌謠是與語言結合得很緊密的藝術，而漢字的聲調事實上就與歌謠的旋律一致，只要把漢字的聲調拉長，或給予變化，自然就成為歌謠了。歌謠曲調與歌詞字調密切結合的現象，充分顯示漢字字音結構中，聲調是居於靈魂的地位，主導著整個語言的表達。（羅肇錦，1994：174～175）

倚曲填詞，首先要顧到歌者轉喉發音的自然規律，把每一個字都安排得十分恰當，才不會拗嗓或改變字音。因此，創作歌詞時，必須對陰陽上去四聲特別注意，甘受這些清規戒律的束縛，為的是使唱的人利於喉吻，唱得字字清晰，能夠獲得珠圓玉潤的效果；而聽的人感到鏗鏘悅耳，並且沒有音訛字舛的毛病。可見聲調在曲調中的結合，確實須費心經營。而運用平、上、去、入四聲作為調整文學語言的準則，使它更富有音樂性，是從沈約、王融、謝脁等人開始的。經過許多作家的努力，累積許多寶貴的經驗，建立了「約句準篇，回忌聲病」的近體律詩，就是為了便於長言永嘆，增強詩

歌的感染力。清朝黃周星在它注的《製曲枝語》中曾經說到：「三
仄更須分上去，兩平還要辨陰陽。」由此可知，唐、宋詞中，平聲
的陰陽還不夠嚴格，只是上、去、入三聲的安排，不論在句子中間
或韻腳上，都比律詩要講究得多。一般韻腳是平入獨用、上去通協。
（龍沐勛，2000：125～126）

　　樂曲中，詞曲要能感動人，它的句度長短、字音輕重、韻位疏
密等，有著密切的關係。歌詞所要表達的喜怒哀樂、起伏變化的不
同情感，須與曲調中的聲情恰相諧會，才能使得音樂與語言、內容
與形式緊密結合，使聽者受到感染，達到「能移我情」的效果。有
的適宜表達激昂情緒的，如辛棄疾所作〈為陳同甫賦壯詞以寄之〉：

> 醉裡挑燈看劍，夢回吹角連營。八百里分麾下炙，五十絃翻
> 塞外聲，沙場秋點兵。馬作的盧飛快，弓如霹靂弦驚，了卻
> 君王天下事，贏得生前身後名，可憐白髮生。（引自龍沐勛，
> 2000：27）

　　這個調子的聲情所以激壯，主要在前後闋的兩個七言偶句，平
仄相同，構成拗怒，使陰陽不調和，形成激越的情調；如果是平仄
相反，就會顯示和婉的聲容。而蘇辛派常使用的〈念奴嬌〉、〈賀新
郎〉、〈桂枝香〉等曲調，所以構成拗怒音節，表現豪放一類的思想
情感，它的關鍵就在於幾乎每一句都用仄聲收腳，選用短促的入聲
韻，才能情與聲會，讀它時有慷慨的效果；如果把許多腳的字調都
改用平聲，就立刻使人感到音節諧婉，富有雍容華貴的情調，如〈滿
江紅〉改作平韻，姜夔曾在巢湖用為迎神送神的歌曲：

> 仙姥來時，正一望千頃翠瀾。旌旗共亂雲俱下，依約前山。
> 命駕群龍金作軛，相從諸娣玉為冠。向夜深、風定悄無人，
> 聞佩環。○○神奇處，君試看。奠淮右，阻江南。遣六丁雷

電，別守東關。卻笑英雄無好手，一篙春水走曹瞞。又怎知、
人在小紅樓，簾影間。（引自龍沐勛，2000：28）

又如岳飛的〈滿江紅〉：

怒髮衝冠，憑闌處、瀟瀟雨歇。抬望眼、仰天長嘯，壯懷激
烈。三十功名塵與土，八千里路雲和月。莫等閒、白了少年
頭，空悲切！靖康恥，猶未雪。臣子恨，何時滅？駕長車踏
破，賀蘭山缺。壯志饑餐胡虜肉，笑談渴飲匈奴血。待重頭、
收拾舊山河，朝天闕！（引自大紀元文化網，2011）

上下這兩首〈滿江紅〉的作品對讀，一舒徐、一緊促，風格是
絕不相同的。有的適宜表達清柔婉轉、往復纏綿情緒的長調，如秦
觀的〈滿庭芳〉：

山抹微雲，天粘衰草，畫角聲斷譙門。暫停征棹，聊共引離
尊。多少蓬萊舊事，空回首、煙靄紛紛。斜陽外，寒鴉數點，
流水繞孤村。銷魂！當此際，香囊暗解，羅帶輕分。謾贏得
青樓，薄倖名存。此去何時見也？襟袖上、空惹啼痕。傷情
處，高城望斷，燈火已黃昏。（引自龍沐勛，2000：29）

從聲韻組織、平仄安排以及對偶關係來看，它是適合表達柔情
的。有的適宜表現蒼涼鬱勃情緒的長調，如辛棄疾的另一闋〈摸魚
兒〉：

更能消、幾番風雨。匆匆春又歸去。惜春長恨花開早，何況
落紅無數。春且住。見說道、天涯芳草迷歸路。怨春不語。
算只有殷勤，畫簷蛛網，盡日惹飛絮。長門事，準擬佳期又
誤，蛾眉曾有人妒。千金縱買相如賦，脈脈此情誰訴。君莫

舞。君不見、玉環飛燕皆塵土。閒愁最苦。休去倚危樓，斜
陽正在，煙柳斷腸處。（引自龍沐勛，2000：30～31）

這個長調的音節用「欲吞還吐」的吞咽式組成，關鍵在於開端
運用一個上三下四的逆挽句式，加上前後闋都使用三言短句，接著
一個上三下七的特殊句式，使得呈現一種低回往復、掩抑凌亂的姿
態；韻位安排忽疏忽密，顯示著「欲語情難說出」的哽咽情調，並
且使用上去聲，使人低吟密詠。短調小令適宜書寫幽咽情調，如歐
陽修的〈蝶戀花〉：

庭院深深深幾許。楊柳堆煙，簾幕無重數。玉勒雕鞍遊冶處。
樓高不見章臺路。雨橫風狂三月暮。門掩黃昏，無計留春住。
淚眼問花花不語。亂紅飛過鞦韆去。（引自龍沐勛，2000：
32）

全闋除四言句外，整個都用仄聲字收腳，呈現拗怒的聲容，也
飽含欲吞還吐的情調；詞中接連使用三言短句，構成繁音促節。有
的適宜表達激昂慷慨的壯烈情感，如陸游所作〈釵頭鳳〉：

紅酥手。黃縢酒。滿城春色宮牆柳。東風惡。歡情薄。
一懷愁緒，幾年離索。錯錯錯。
春如舊。人空瘦。淚痕紅浥鮫綃透。桃花落。閒池閣。
山盟雖在，錦書難託。莫莫莫。（引自龍沐勛，2000：38）

上下闋各疊用四個三言短句，兩個四言偶句，一個三字疊句，
而且每句都用仄聲收腳，上闋以上換入，下闋以去換入，構成整體
的拗怒音節，顯示一種情急調苦的姿態，適合表痛苦的心情。（龍
沐勛，2000：23～39）

　　漢語聲調有抑揚起伏、高低升降的旋律性變化，古人很早就認識到聲調這種特點，並把它運用到文學詩詞歌賦的創作中，以增加語言的旋律性，取得良好的藝術效果。聲調在古典詩詞歌賦創作中的這種藝術作用，體現了聲調的修辭功能。除此以外，許多模聲詞中，聲調也具有模擬自然界的聲音，增加語言的生動性。換句話說，聲調可以使語言的表述富於形象性、生動性、增加語言的美感。如杜甫的〈登高〉詩中「無邊落木蕭蕭下，不盡長江滾滾來」這兩句，不僅文辭對仗工整，而且平仄聲調抑揚起伏，也安排得井然有序，讀起來優美動聽；上句聲調「平平仄仄平平仄」，下句聲調「仄仄平平仄仄平」。這裡上句和下句平仄互相對應：平對仄，仄對平，這是按照詩律而精心安排的，它使詩句富有音樂的旋律美。聲調的這種作用，便屬於修辭功能，讓詩句更加優美動人，而不僅是辨義功能或構形功能罷了。模聲詞，它的音、調和意義融合在一起，富有生動的情味。在詩句或文句中，它比一般的詞語更能生動、形象的再現自然情景的音響。如杜甫的〈兵車行〉：「車轔轔，馬蕭蕭，行人弓箭各在腰」，「轔轔」─車聲；「蕭蕭」─馬鳴聲，如果把這詩句改為車行、馬嘶，那麼原詩的生動性頓失殆盡。白居易〈琵琶行〉的詩句中：「大絃嘈嘈如急雨，小絃切切如私語」，「嘈嘈」、「切切」繪聲繪影地表現琵琶聲的旋律變化。這些都是運用模聲詞使詩句更加生動；而這些模聲詞中，聲調的模擬具有重要作用。（郭錦桴，1993：101～103）

　　利用聲調來增加詩歌的韻律美，使語詞表達更加悅耳動聽。詩歌是最接近音樂的文學體裁。清朝的沈德潛在《說詩晬語》中說：「詩以聲為用者也。其微妙在抑揚抗墜之間，讀者靜氣按節，密詠恬吟，覺前人聲中難寫，響外別傳之外，一齊俱出。朱子云：諷詠以昌之，涵濡以體之，真得讀詩趣味。」中國古詩中，力求詩歌聲

音的和諧美，既注重詩句的押韻，而且也重視聲調相互配合的和諧性。古詩中，一些詩人為了體現詩歌的音樂性格律，不惜違反語言習慣去適應聲調的平仄配合關系。如唐代的詩歌講究聲調平仄的協調關系，並影響後代的詞曲、詩詞的格律，其中一個主要內容就是講平仄問題。從聽感上分辨，平聲和仄聲有長短和輕重的不同，仄屬於短促調，平屬於持續調；平聲聽起來音輕，仄聲聽起來音重。古人為了使詩詞賦予音樂的旋律性，可誦、可吟、可歌、可唱，便制定了一套平仄格式，使得不同的詩體有不同的平仄格式。如李緒的〈聽箏〉和王昌齡的〈從軍行〉：

> 鳴箏金粟柱，素手玉房前。欲得周郎顧，時時誤拂絃。
> 平平平仄仄　　仄仄仄平平　　仄仄平平仄　　平平仄仄平
>
> 大漠風塵日色昏，紅旗半捲出轅門。前軍夜戰洮河北，已報生擒突谷渾。
> 仄仄平平仄仄平　　平平仄仄仄平平　　平平仄仄平平仄　　仄仄平平仄仄平

（引自郭錦桴，1993：104）

　　詩詞的平仄格式體現聲調的修辭功能，每個詩句中的平仄安排交替有序，必須平仄交替，不可都用平聲或都用仄聲，以發揮聲調的多樣性、和諧性。詩詞形成波浪式的韻律，有起有伏、有揚有抑、和諧整齊、流暢均衡，彷彿一首優美歌曲，委婉動聽，可吟可誦。（郭錦桴，1993：103～105）而這種情況，整體上是從挈情延伸來的。因此，圖 5-1-1 還可以在抽出而標誌聲調的審美作用：

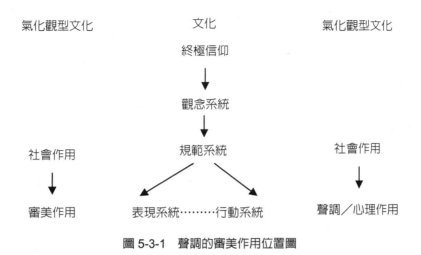

圖 5-3-1　聲調的審美作用位置圖

　　這是說聲調的挈情作用，可以轉為作「溫慰人心」或「激盪人心」的審美訴求，而使得聲調的功能發揮到極致。本來在口說時，注意聲調變化已經可以「打動人心」，現在進入詩詞歌賦裡更加講究聲調的調節，這無異要讓漢語的社會義涵叩上「獨一無二」的藝術品味。它一樣是為挈情的，只不過這種挈情得接受者提升審美能力來感應。

　　至於 5-3-1 中所缺的終極信仰和觀念系統內涵，將於第六章中填列，以見整體注音符號的文化演現情況。換句話說，漢語因為有挈情需求，才發展出聲調來；而聲調所領音的現象，背後就由氣化觀在一起定調（而自然氣化過程的道就內在其中），以致圖 5-3-1 出缺的部分就留到第六章再細談。

第六章　注音符號的整體表現

第一節　文化的界定

　　「文化」這個名詞（culture），相對漢語來說，它是外來語，來自動字（culere），是西賽羅（Cicero）開始使用，有耕耘、栽培、修理農作物的意思。泰勒（E.B.Tylor）重新為文化下定義，說文化是一種複雜叢結的全體；這種複雜叢結的全體，包括知識、信仰、藝術、法律、道德、風俗以及任何其他人所獲得的才能和習慣。（殷海光，1979：31）依文化學者的研究，文化這個概念已經可以從不同的角度來追溯它的類型學上的起源，如（一）文化為一智識或認知的範疇：文化被理解為一普遍的心態；（二）文化為一種更包容和集體的範疇：文化代表著社會中知識或道德的發展狀態；（三）文化為一敘述和具體的範疇；文化被視為任一社會中藝術和智識作品的集合體；（四）文化為一社會範疇：文化被視為是一個民族的整體生活方式。（簡克斯〔C. jenks〕，1998：23〜25）文化的詞義雖然古來說法紛紜（貝克〔C. Barker〕，2004；李威斯〔J. Lewis〕，2005），但把它設定為「一個歷史性的生活團體表現他們的創造力的歷程和結果的整體」（沈清松，1986：24）總有方便指稱和收攝材料的好處。它還可以據理分出終極信仰、觀念系統、規範系統、表現系統和行動系統等五個次系統。也就是說，文化在此地被看成一個大系統，而底下再分成五個次系統。這五個次系統的

內涵分別如下：終極信仰是指一個歷史性的生活團體的成員，由於
對人生和世界的究竟意義的終極關懷，而將自己的生命所投向的最
後根基，如希伯來民族和基督宗教的終極信仰投向一個有位格的創
造主，而漢民族所認定的天、天帝、道、理等等，也表現了漢民族
的終極信仰；觀念系統是指一個歷史性的生活團體的成員，認識自
己和世界的方式，並由此而產生一套認知體系和一套延續並發展它
的認知體系的方法，如神話、傳說以及各種程度的知識和各種哲學
思想都是屬於觀念系統，而科學以作為一種精神、方法和研究成果
來說也都是屬於觀念系統的構成因素；規範系統是指一個歷史性的
生活團體的成員，依據他的終極信仰和自己對自身及世界的了解
（就是觀念系統）而制定的一套行為規範，並依據這些規範而產生
一套行為模式，如倫理、道德等等；表現系統是指用一種感性的方
式來表現該團體的終極信仰、觀念系統和規範系統等，因而產生了
各種文學和藝術作品（包括建築、雕塑、繪畫、音樂、甚至各種歷
史文物等）；行動系統是指一個歷史性的生活團體的成員，對於自
然和人群所採取的開發或管理的全套辦法，如自然技術（開發自
然、控制自然和利用自然的技術）和管理技術（就是社會技術或社
會工程，當中包含政治、經濟、社會三部分：政治涉及權力的構成
和分配；經濟涉及生產財和消費財的製造和分配；社會涉及群體的
整合、發展和變遷以及社會福利等等問題）等。上述這個定義，當
然不是沒有問題。如五個次系統既分立又有交涉，要將它們併排卻
又嫌彼此略存先後順序，總是不十分容易予以定位；又如表現系統
所要表達的除了終極信仰、觀念系統、規範系統等等，此外當還有
呈現它自身，也就是由技巧安排所形成的美感特徵，而這都在一個
「表現」（將終極信仰、觀念系統、規範系統現出表面來或表達出來）
概念下被抹煞或被擱置了。（周慶華，1997：74-75）雖然如此，這個

定義所涵蓋的五個次系統，作為一個解釋所需的概念架構，確有相當的實用性，所以這裡也就不捨得放棄了。(周慶華，2004：124-125)

　　注音符號的文化演現，是把注音符號所體現的文化特徵視為一個動態過程，也就是把文化當作一個動態概念，而有別於靜態概念的界定。而所謂的文化演現，就是指文化的表演呈現或演出現示它的多方資產。一般的文化界定者表示文化是一個動態的概念或是傾向靜態概念，但都不出這範圍；而我個人是專取動態性概念。至於文化的演現則是整體性的，就是用五個文化次系統「終極信仰、觀念系統、規範系統、行動系統、表現系統」來呈現。這裡面又可分深層性文化和淺層性文化：深層性文化是指觀念系統的世界觀；而淺層性文化則是指規範系統、行動系統、表現系統。由於終極信仰已內在觀念系統中，所以才把觀念系統中的世界觀視為深層文化，也因此才有辦法來區別各種不同的系統，包括稱西方的創造觀型文化、東方中國傳統的氣化觀型文化、印度佛教的緣起觀型文化。

　　就世界現存的三大文化系統來說，彼此的特徵互有不同：在創造觀型文化方面，它的相關知識的建構（及器物的發明），根源於建構者相信宇宙萬物受造於某一主宰（神／上帝）；如一神教教義的構設和古希臘時代的形上學的推演以及近西方擅長的科學研究等等，都是同一範疇。在氣化觀型文化方面，它的相關知識的建構，根源於建構者相信宇宙萬物為自然氣化而成；如中國傳統儒道義理的構設和衍化（儒家／儒教注重在集體秩序的經營；道家／道教注重在個體生命的安頓，彼此略有「進路」上的差別），正是如此。在緣起觀型文化方面，它的相關知識的建構，根源於建構者相信宇宙物為因緣和合而成（洞悉因緣和合道理而不為所縛就是佛）；如古印度佛教教義的構設和增飾（如今已傳布至世界五大洲），就是這樣。(周慶華，2001：22)而這就可以依上述的五個次系統分別

增列內涵而標出三大文化系統的特色：而由此也可見，三大文化系統的文化形式為一而文化實質卻大有差別（詳見圖 1-2-5）。

　　注音符號可分物質性義涵與精神性義涵。當中注音符號能被我們所直接經驗的聲、韻和調，這些統稱為注音符號的物質性義涵。而精神性義涵，所包括的不出心理、社會、審美和文化範圍（詳見第三章）。精神性義涵有別於物質性義涵，可以用文化來統括，所以本研究叫作注音符號的文化演現，表示這精神性義涵是由物質性義涵所蘊含透顯的。為什麼文化可以統攝精神性義涵？注音符號是人創造的，只要是人創造的，它都具有文化性；而這裡講的文化義涵，是指深層的文化義涵，就是世界觀。世界觀是在觀念系統裡，它是文化的最深層次。雖然它上面還有一個終極信仰，但終極信仰已內在觀念系統，我們只要上溯到世界觀就可以掌握文化的最深層次。換句話說，我們是用世界觀來統攝其他淺層的文化，而構成一個完整的文化體系，所以我們才會用世界觀區別其他文化系統（它們之間的關係圖，詳見第三章第三節）。

　　語言因為人類的實踐方式的不同而形成許多的語族（董同龢，1987；宋光宇編譯，1990）；而這些語族又可以歸結出孤立語、屈折語和粘著語等三種形態。所謂孤立語，是指它的中詞本身不能顯示跟其他詞的語法關係，它的形式也不受其他詞的約束，因而具有孤立的性質。這種語言的主要特點是：在一個詞裡面只有詞根，沒有詞態，詞的本身沒有變化，所以各種詞類在形態上缺乏明顯的標記，句子裡詞和詞的關係透過詞序、輔助詞等語法手段來表示。這最顯著的例子，就是漢語。所謂屈折語，是指當中詞除了表示詞彙意義的詞根，還有表示語法意義的附加成分，詞根和附加成分結合得非常緊密。這種語言的主要特點是：依據內部屈折和外部屈折來形成詞的語法形式。所謂內部屈折，是指替換詞根中的某些音位，

如英語的 foot（腳）是單數名詞，複數是 feet，它的單、複數就有元音的交替 u－i。所謂外部屈折，一般是指詞尾的變化，如英語詞尾的-ly、-ed、-s 等等；所謂粘著語，是指當中詞也具有表示詞彙意義的詞根和表示語法意義的附加成分，但它們彼此的結合並不緊密，附加成分好像是粘附在詞根上似的，所以叫做粘著語。這種語言的主要特點是：將具有一定語法意義的附加成分接在詞根或詞幹上來形容語法形式和派生詞。如土耳其語動詞詞根 sev-表示愛，附加成分-dir 表是第三人稱，-ler 表示複數，miš 表示過去時，-erek 表示將來時，那麼 sev-miš-dir-ler 就是「他們從前愛」的意思，sev-erek-dir-ler 就是「他們將要愛」的意思。（北京大學語言學教研室編，1962：12、81～82、76～77）由於有語言類型的不同，連帶也使得各類型語言中的語音和語法等成分互有差異。在此所關係的語音部分，所體現異質的主要事實是：（一）音位（原音和輔音）的發音特質：如英語的 r，跟俄語的 p 不同；華語實際上不存在 r，r 音譯為爾，但爾的音標是 er。華語中也不存在邊音 l 及齒舌音 θ 等等；英語中則沒有華語的知（zhi）、癡（chi）、日（ri）、尸（shi）。（二）內部屈折：如華語完全不具備，英語則不完全具備。（三）聲調：如華語有平、上、去、入四聲以及平仄（仄包括上、去、入）交替組合的規律，英語沒有。（四）重音：如英語有詞的重音和句的重音，漢語只有句的重音。（五）音調法則：如英語有升調、降調、升降調規則，華語中沒有升降調，升降的規則也不同於英語。（李瑞華主編，1996：24～25）

　　至於聲母與韻母，是全世界各國大家都有的，除了少數聲母和韻母在世界各國之間略有差異外，絕大多數的聲母和韻母都是各國所共有；但是以單音節文字的特點來說，韻母在我國歌唱中的作用，的確與很多別的國家有所不同。在用單音節文字寫歌詞時，因

為不像多音節文字那樣，難以切分，一個字裡面的一個音節常受著它前後音節的牽制，所以在聲母與韻母的運用上，有著充分的自由。無論聲韻變化，雙聲、疊韻或疊字，在用得適當的時候，都能使聲韻的色彩更加呈現出來。（楊蔭瀏，1988：33）如朱自清〈槳聲燈影裡的秦淮河〉中的：

> 大中橋外，頓然空闊，和橋內兩岸排著密密的人家的景象大異了。一眼望去，疏疏的林，淡淡的月，襯著蔚藍的天，頗像荒江野渡光景；那邊呢，鬱叢叢的，陰森森的，又似乎藏著無邊的黑暗：令人幾乎不信那是繁華的秦淮河了。（引自大紀元文化網，2011）

席慕容的〈野馬之歌〉：

> 請不必再說什麼風霜　我已經習慣了南方的陽光
> 所有的記憶都已模糊　我如今啊是沉默而又馴服
> 只剩下疾風還在黑夜的夢裡咆哮　誰能聽見那生命的悲聲呼號
> 生命的渴望何曾止息　只有在黑夜的夢裡在黑夜的夢裡
> 我的靈魂　才能還原為一匹野馬
> 向著你向著北方的曠野狂奔而去
> 只有在黑夜的夢裡啊　在黑夜的夢裡（席慕蓉，2006：132）

漢語中每一字、每一音節都能傳達相當完整的意義，以致在歌詞中會有較多的由一個字構成的歌句，在歌唱中，在字上往往會用上漫長、婉轉的拖腔，又會運用漢語特有的「頭、腹、尾」聲韻因素，層次分明，便於歌者用來曲折的傳送他的歌音的一種技巧。如席慕容的〈出塞曲〉：

請為我唱一首出塞曲　用那遺忘了的古老言語

請用美麗的顫音輕輕呼喚　我心中的大好河山

那只有長城外才有的景象　誰說出塞曲的調子太悲涼

如果你不愛聽　那是因為歌中沒有你的渴望

而我們總是要一唱再唱　草原千里閃著金光

想著風沙呼嘯過大漠　想著黃河岸啊　陰山旁

英雄騎馬啊　騎馬歸故鄉（席慕蓉，2000：12）

　　就因漢文字可以獨立存在的單音字，所以可以分，也可以合，便於造成各種長長短短的句和逗，一字句、二字句、三字句……一字逗、二句逗……甚至還有人利用這一特點，寫成寶塔詩。這也只有像我們漢文這樣單音節文字中才有可能辦到。（楊蔭瀏，1988：35）如浙江東康縣寶塔詩碑：

```
山  山
裡  八
有  第      山
轉  到      路
彎  我      高  山
響  說      水  流  山
潺  人      潺  深  百
聲  參      聲  鳥  行
山  孤      路  上  人
華  勸      步  步
好  道
山  人
華  日
間  客
日  君
游
莫
作
山
在
雲
作
```

（引自楊仲揆，1997：75）

　　說話是人類特有的交際工具，也是日常生活不可或缺的技能，這項技術用途廣泛，效力宏大，許多人對它的神奇和運用的玄妙，就用「藝術」二字來形容。事實上，說話也是人類用心思而造成的，

有時候也的確具備美的觀感和價值，所以把說話當作一種藝術。（國立臺灣師範大學國音教材編輯委員會纂編，2002：481）

　　我們的祖先，很早就認為語言是音樂的根據。《禮記·樂記》中說「詩，言其志也；歌，詠其聲也；舞，動其容也。三者皆本於心然後樂器從之。」從這裡可以看出，用語言表達思想感情，首先就有了詩；接著才依次有了歌曲、舞蹈和樂器。（楊蔭瀏，1988：8）中國傳統「抒情」味濃厚的詩詞曲賦式的文學創作，也就是同稟一源而更事「超」交際（見前）的演出了。所謂「詩言志，歌永言，聲依永，律和聲。八音克諧，無相奪倫，神人以和」（孔穎達，1982：46）音樂藝術反映現實生活；因為氣化觀型文化講求和諧、自然，所以現實生活中一方面有符合於有規則的節奏聲音和比較自由的動作。我國好多地方戲曲，表演起來，其腔調和動作雖然不像西洋芭蕾舞那樣符合於嚴格的節奏，但在國人聽起來、看起來會感覺它表達得特別地自然而深刻。群眾的喜愛、興趣、欣賞習慣以及美學觀點，是長期在現實生活中形成的，雖然可以不斷提升，但始終只能從它原有的基礎上提高，而不能是別的。（楊蔭瀏，1988：86）

　　注音符號，大致為章炳麟創始，為「取古文篆籀徑省之形」的簡筆漢字。注音符號的物質特性，如第三章所述。它從被製定以來，就以這一兼具聲／韻／調的物質性，被人所直接經驗。其中固然會有局部「成分分析」在研究者所見各不相同，但整體上還是相當穩定的。注音符號除了這些物質特性以外，還會有精神特性。也就是說，注音符號的聲、韻和調，它們不會只是我們可以聽得見的一些物質性的特徵，而是有意義在傳達的。這意義就包含心理意義、社會意義、審美意義和文化意義，可以統稱為注音符號的精神性義涵。

　　當我們說話的時候，心理會考量要如何說才能達到說話的目的，而這心理義涵讓我們選擇話語，該如何有效的傳達，如語音的大小聲、聲調、聲韻。中國所創是氣化觀型文化，而氣化觀是指精氣化生宇宙萬物；而化生後的人與人都糾結在一起，想過有秩序的生活，就得分「親疏遠近」，所以我們的社會是一個家族、一個家族組成的。大家團夥為生，講話需要挈情、需要很多人都來聽，所以我們會考慮語音的發處要怎麼被接受，這是社會情境的考量，而這個就是社會性義涵。此外，它還有其他的精神性義涵，如最基本的表情達意的心理義涵和為求美感特效的審美義涵以及總綰各義涵的文化義涵。當中審美義涵在應用的時候，它的審美性有兩種：一種是口語階段，它本身就可以製造抑揚頓挫的效果，讓人聽起來很舒服；還有一種是進入到文章裡頭，可以調配平仄製造較高難度的抑揚頓挫的審美奇效，唸起來有一種特殊的美感，讓人比較有深度的感受。文化演現是指整體性的，包括物質義涵、心理義涵、社會義涵、審美義涵和文化義涵在內。當中物質義涵、心理義涵、社會義涵和審美義涵都是淺層的文化性，只有世界觀才是深層的文化性；而文化演現則是涵蓋這些成一整體。

　　注音符號基本上就是從漢字萃取出來的，有 37 個，每一個字可以代表準確的漢字發音。注音符號是一音一符，拼寫也很規則，不像拼音，有很多一符多音與不規則的拼寫方式，造成很多學習上的困難。注音符號與文字的緊密關係以及其與中國語文學習的正面關聯性，也可從語言與文化認同方面加以肯定。所謂「國際化」，「多元化」首先該肯定自我的文化價值與體系，然後才能和世界各國平起平坐，相互交流，互擷所長。我們不可因貪圖沒有理論架構基礎的表面方便或因受到誤導而放棄深具語言學理與文化內涵的中國文字。說中文時，就該是中文的思考圖像。倘若以羅馬拼音為

起始者，思考圖像是英文，必須再轉譯成中文，豈不是多此一舉！注音符號標音方式最為簡單而靈活，每一個音只有一個符號（不論聲母、韻母），每一個字音最多只有三個符號，最少一個符號，就可以拼寫清楚。漢字自始就和歐美文字循著不同的方向在發展，而注音符號運用起來那麼簡便與準確的理由是：我國傳統音韻學的主旨是區別字音以及標明不同字音間的韻類與聲類等關係，它的基本精神與音韻理論可以說是不謀而合。注音符號是由傳統音韻學演變而來的。不論華語文教學採用漢語拼音是否「比較方便」（可以跟音系文字的發音接軌），都應該告知學習者注音符號是「原汁原味」，學會了它，在華語文世界就有可能「無往不利」。

　　語言文字是有祖國的，拉丁字母只能作為漢字注音的輔助工具；而注音符號的音標是由古今漢字提煉而出，是專家為學習中文而設計的符號，最適合中文發音，學會注音符號就同時也掌握了漢字書寫的一些規律。可見教學注音符號，也等於在教學華語文的形／音／義，形同一舉兩得；而這在漢語拼音中是不可能看到和感受到的。因此，就「要學就得學全套」的立場來說，學習者學注音符號才是上策，不必再經過「現代格義」的轉換。根據上述，華語文文化模式寫字教學在語音部分，自然就得以注音符號為主，而以漢語拼音為輔。（詳見第三章第一節）

　　漢語聲調有四種模式：高平調（一聲）、中聲調（二聲）、曲折調（三聲）、高降調（四聲）等。這四種聲調模式是漢語歷史發展的產物，並為社會所流傳，成為漢語音高音位的區別特徵。劉復以「神」來代表注音符號裡的聲調，確實是非常貼切，一個人的身體，頭、頸、腹、尾固然重要，但不賦予精神的話，那麼這副軀殼只是一具行屍走肉，有了精神以後才真正有了生命。在漢字字音結構裡，聲調都是最超然、最凸顯的，是單音字絕不可少的成分。漢語

不僅語音結構經濟、簡單、容易產生和發送，很重要的是它有聲調，在語言交際的傳遞過程中，有較強的抗干擾能力。漢民族緣於氣化觀的集聚謀畫的生活形態，以家族為單位，沒有個別組成分子私自說話的餘地，一切都得「顧全」周遭家族人的感受（即使擴大到外面泛政治階層制的聯盟圈，也不例外）。漢語聲調不只具有辨義功能而已，其緣於挈情而發生，它還有「攝眾聽取」的考量。（詳見第五章第二節）

漢語語音具有聲調、抑揚頓挫、輕重緩急、有自然的平仄、有高低種種的聲調，用口語表達時，可以把話說得美妙動人。使用在文學作品中，更可以美化語言。而聲調不只有物質性義涵，它還有審美性這種義涵。至於文化義涵，它是從聲調的心理義涵、社會義涵、審美義涵等，再用深層性的文化就是世界觀來檢視它，才使它具有文化義涵。因為我們是以家族作為社會的基本單位，在家族裡講話沒有私祕性，才會講話期待家族人來聽取，自然就話大聲重，而有聲調的變化。到這裡聲調的精神義涵就整體朗現。聲調除了具有辨義的物質功能外，其精神性義涵，所包括的不出心理、社會、審美和文化。心理是指在使用聲調時候，它跟聲音的高低、聲音的強弱、聲音的長短有著極密切的關係。多變化的漢語聲調原就是為了挈情的（不論是為了「諧和人際關係」，還是為了「破壞人際關係」，或是為了「政治造勢」）；它透過個別調值的屈折（特指上聲）以及相互搭配時的抑揚頓挫來達成使命，並且為自己畀予了超常的重擔（也就是聲調在漢語裡具有「領音」的作用）。倘若說漢語聲調的功能在挈情，那麼白人所操無聲調的語言，就只是單純的為「傳情達意」而已。（詳見第五章第二節）

漢字的聲調與歌謠的旋律一致，只要把漢字的聲調拉長，或給予變化，自然就成為歌謠了。歌謠曲調與歌詞字調密切結合的現

象，充分顯示漢字字音結構中，聲調是居於靈魂的地位，主導著整個語言的表達。（羅肇錦，1994：174～175）利用聲調來增加詩歌的韻律美，使語詞表達更加悅耳動聽。聲調的挈情作用，可以轉為作「溫慰人心」或「激盪人心」的審美訴求，而使得聲調的功能發揮到極致。本來在口說時，注意聲調變化已經可以「打動人心」，現在進入詩詞歌賦裡更加講究聲調的調節，這無異要讓漢語的社會義涵卯上「獨一無二」的藝術品味。它一樣是為挈情的，只不過這種挈情得接受者提升審美能力來感應（詳見第五章第三節）。

　　注音符號的整體表現，就是從深層性的文化性（世界觀）發端，而凡衍出物質性、心理性、社會性和審美性，合而演現了具涵括性的氣化觀型文化。因此，經過文化的界定而知道注音符號的隸屬後，就可以把圖 5-3-1 補上文化作用的位置而完成注音符號的文化實演圖（包含領音的聲調在內）：

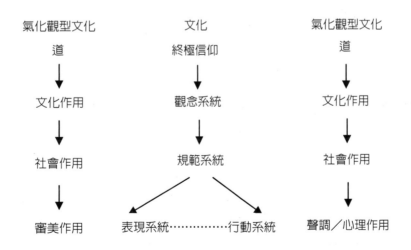

圖 6-1-1　注音符號的文化實演圖

　　後面三節，就要以「強化說明」的方式，來總述相關層面的文化演現要義，包括「注音符號／漢字的圖像化思維」、「聲調的氣化觀／家族倫常的制約」和「音聲高度文飾的綰結人情／諧和自然取向」等。

第二節　注音符號／漢字的圖像化思維

　　在所有的人造符號裡，「／」這個符號有著甚多的用途。如用來分辨註記日期中的月日和區隔百分比裡的分子分母而寫成百分率的形式以及表示一物斜切成兩半和批語強指錯誤（跟打叉同一作用）等等，這些都讓斜槓發揮到判分「／」兩邊的事物或斬絕指涉的符號功能；它的符號性為一，而符號的使用意義卻隨脈絡在易動。這種情況如果在擴及論述，那麼它所徵候的意義就更豐富了。（周慶華，2008：93）

　　且看「舉例來說，陌生人／國王的神話，對玻里尼西亞和印歐文化而言是普遍的」（陳恆等主編，2007：65）、「醫療人類學兼具了學術／應用以及理論／實踐的層面」（科塔克〔C. P. Kottak〕，2007：39）、「世上有種種不同規範行為和態度的常模或價值，這些常模／價值又是在不同的歷史、社會和文化背景下衍生的」（魏明德〔B. Vermander〕，2006：126）、「空間方位如『上下』、『前後』、『開關』、『中心』／邊緣和『遠近』等，為理解以方位表述的概念提供了特別豐富的基礎」（雷可夫〔G. Lakoff〕等，2006：47）、「慶幸的是，迷／學者相互邊緣化的敘事，並未耗盡所有可用以建立二者關係的研究取經」（席爾斯〔M. Hills〕，2005：3）等，像這些斜槓用法有的在區別兩類原不相涉的人（陌生人／國王）；有的在顯示事務的一體兩面性（學術／應用、理論／實踐）；有的在表徵相等概

念或同義詞（常模／價值）；有的在標明主從概念或對立詞（中心／邊緣）；有的在暗喻事物或概念的辯證關係（迷／學者），幾乎已到了「相關」的就無所不用斜槓的地步。（周慶華，2008：93～94）

　　一個單純的「／」符號所以會變化這麼多的用法，想必不是符號本身有什麼「親和力」或「特殊魅力」，而是大家「望符號主義」或「權力意志介入行使」的結果（否則可以採夾槓或其他符號來代替）。這麼一來該斜槓就成了一種可以「任人操縱」的新的類語用規範；它所要規範的事類語用「連繫」的向度（也就是上述那些並列、一體兩面、同義、對立和辯證等等），而我們只要有需要還可以別作衍變驅遣。（周慶華，2008：94）而把這引進本脈絡，則可以取「一體兩面」性來說明注音符號和漢字的關係及其文化演現情況。也就是說，注音符號／漢字事一體兩面的，共同或一起體現了文化內蘊的圖像化思維。

　　我們知道，漢語的物質結構「音」和「形」是世界現存的唯一形系文字，它跟西方的音系文字截然不同。在西方「形」（文字）被看作是「音」（語言）的紀錄，為一種「模擬」的關係；但在使用漢語的中國地區卻剛好相反，變成是「音」對「形」的模擬（至少也是一種後起的限定）。好比日／月／山／川、上／下／凶／八這些獨體的象形、指事字，無不是先造形體再賦予字音；爾後的會意、形聲等合體字，則又從獨體字已賦予的音而命聲，全然有別於西方的「音先字後」觀念。而西方將語言歸諸造物主的授予，那麼它就只能存音（造物主在造人時只能「直接」授予音的能力），文字則是擬仿紀錄音的結果。而這在中國則迥異其趣，文字是人自己仰觀俯察、模擬自然人事而造出來的（許慎，1978）；後來所加諸的音只是便於「共憑」罷了。而它的形系化，從此就跟西方語言的音系化分道揚鑣，自己往加料語音、系統表義和特殊語法等途徑邁

進。換句話說，這裡可以顯現出一種獨有的「文字性」。這種文字性「體大思包」，既不像還可以考得的諸如古埃及的象形文、美索不達米亞的楔形文、克里特的銘文等分布世界各地的古文字遺跡那樣的純為「象形／指事」而已（何況那些古文字還被西方人視為是語言發展過程中屬於較原始且粗糙的階段）（居恩〔G. Jean〕，1994；哈爾門〔H. Haarmann〕，2005），也有別於當今所見的所有音系文字自我稱勝的「言文合一」（可以充分或完整表意）罷了，而是在源頭上就是語言所從出以及廣為徵候著宗教信仰、哲學思想、藝術風格和社會制度等一切結構文化的成分（周慶華，2011a：178～180）：

> 文字的主要功能是紀錄。紀錄思想、感情及經驗，像日記或契約，目的均不在交流，而在「為異日之券」。因此，文字跟口語的不同，在於口語與口語情境關係密切，往往具有指稱環境的作用；文字則陳述經驗內容以供記憶，所以它的內指性較強，「意蘊」遠較口語深刻、豐富。而且索緒爾說過：在漢字這種表意的文字體系中，書寫的詞有強烈替代口說的詞的傾向；有「文字的威望」；文字凌駕於口語形式之上，也遠較表音的文字體系為甚。他說得不錯，但還不夠。在這個體系中，口語只是文字交流的代用品，文字才是經驗再現的工具和資訊交流的工具，口語的結構反過來模仿著文字。（龔鵬程，2001：414）

文可以指辭采文章，也可以指整個文化的體現。《文心雕龍・原道》說：「文之為德也大矣，與天地並生。人為天地之心，心生而言立，言立而文明」，文就是存有的歷程與意義，是道，「道沿聖以垂文，聖因文而明道」。既為展現道的媒材、

為道的示現、又是彰顯道的力量。於是乃有宗經、徵聖、原道、明道、達道、貫道、載道之說，寖假而形成一文字的崇拜。（同上，417）

這種文字崇拜是把「道生一」解釋成氣化自然生出文字，而此文字又為宇宙一切天地人的根本：是創生的根本、也是原理的根本。能掌握這個根本，就掌握了創生萬物的奧秘，可以上下與天地同流、與道同其終始。不能掌握這個根本，則與宇宙便喪失了秩序、顫動不安，從此失去生機；人若離開了創生的原理，人也要銷毀死亡。（同上，172）

　　換句話說，中土的文字來歷是在「氣化」的過程中為諸神靈（精氣的別名）所蘊蓄煥發，導致所有的「進一步」的化成物都有著文敷字的可能性（因為那些化成物都是「二度」的精氣所聚，神靈已經內在其中）；而就在「仰體」自然神力和「踐行」自我神力的雙重經驗中，一悟而頓生「虔敬之心」和「收斂之情」（前者保留有比自我神力更強的自然神力的存在而不敢妄自尊大；後者則為可能的受自然神力感通或啟導功效而稍去自詡心理）。有一則黃帝史官倉頡造字時「天雨粟，鬼夜哭」的故事，這正是文字的神聖性得著適時的「累創」或「再製」的表現，神／人／鬼都可以同感歡忭！反觀音系文字的純紀錄語音（而語音的自創率不高或不易被察覺），就不可能有這種輾轉崇拜的情事。而由著這一文字崇拜的效應不輟，中國傳統社會特別設立「敬字亭」（或敬字堂或聖蹟亭或敬聖樓）來倡導敬惜字紙的風氣（莊伯和，1982；沈清松主編，2004），後人也就不難得著充分的理解（雖然相關的研究者都還「契入不深」）。因此，漢語的物質結構可見的「形」部分，也就因為緣於氣化觀這種世界觀而著染上文化的色彩（前節談過文化所包含的

五個次系統，是以觀念系統中的世界觀作為區別異系統文化的標幟，因此形系文字跟世界觀作連結後也就知道它的文化性所在）；而它的圖像性本身，就有如氣的漫布，更直接相應著氣化觀念而為氣化觀型文化所體現。此外，它因為還有別於如創造觀型文化中的音系文字，所以由此一「系統差異」又使它顯出了最後的文化性。（周慶華，2011a：181）

　　縱是如此，漢字可見的「形」所依附的「音」，從語式形態到有聲調以及被使用情況等，都跟異系統有著不可共量的表義交流狀況和社會文化背景，但它的母音（韻）和子音（聲）依然不直接表義（不像屈折語和粘著語等拼音系統，「音」是直接表義的，它的可見的「形」純為「音」的紀錄），這是它的獨特處（該「形」約有八、九成是形聲字，看似「音」表義了，其實不然！回到象形和指事那些作為偏旁的初文，就可知它們是不表義的）。至於漢語所要直接表義的，則來自「形」。它據考察，有本義、引伸義（或擴大義或縮小義或轉移義）和假借義等。（林尹，1980：11～13；胡楚生，1980：17～29；譚全基，1981：6～11）如「向」，本義是朝北的窗戶，引伸為「朝著」或「對著」；「來」，本義是外來種「麥」，假借為來去的來。當中假借，只一次性；而引伸則可以多次性。如「朝」的本義為早晨，引伸為朝見；由朝見再引伸為朝廷；由朝廷又引伸為朝代。（譚全基，1981：7～8）以上這些本義、引伸義和假借義等在語用中雖然常混淆不清（周慶華，2000：30～36），但藉它來追溯文字被造時所蘊涵的文化性，總有別系統所未見的方便性。換句話說，別系統的音／形是他力神聖的，如在西方，它就直承造物主，沒有太多可以轉折精采的地方；而漢字的形／音則是自力神聖的，由精氣／神化生為人（精氣／神就在內在體中）所內蘊而後外煥成就的。如圖所示：

圖 6-2-1　中西方語文根源差異圖

（資料來源：周慶華，2011a：195）

　　自力神聖的，相應氣化觀而造帶圖像性如氣流布的文字，一切就由它來展開生成典章制度、學術、文學和日常語用等自我富華的旅程。而它所搭配的聲調變化和引伸／假借等衍繹現象，則又是直屬曲折，儼然是一個不斷煥發力量的生命體。（周慶華，2011a：194～195）

　　所以要先揭發既有的漢語研究都還搆不上「文化」的制高點，並不表示沒有人已經注意到這個區塊，而是說他們所帶出的文化觀點也是空泛無效的。首先，有關他們的文化限定就顯不出什麼「解釋力」。如有位論者這樣說：

　　　　語言是民族文化的表現形式，是民族文化的載體。它像一面鏡子，清晰地反映歷史文化的各種觀念、習俗，包括物質文化和各種精神文化。不同民族的文化造就不同的語言，它不僅生成語言的特殊語義成分，而且對語言的構詞模式也產生重要的影響。例如許多漢語現象：構詞、詞義的形成和演變、漢語的結構特點、漢字的形體組成等等，都可以從漢語文化中找到理據。（何大安等主編，2007：254）

　　這一邊把語言（含文字）視為文化的載體，一邊又把語言視為文化所造就，合在一起看已經相互矛盾，分開來看更無法有效的說明語言和文化的關係。因為語言和文化的關係只合界定在：語言和文化是同一的，而彼此的表面分別為「文化是語言的別一解釋」（語言還可以作其他的解釋）。這是緣於文化所指涉的對象，都得以語言形式存在才可被陳述；因此文化在不說它是文化時，本身就是語言。（周慶華，1997：4）在這種情況下，如果以前面所作的文化界定為準（詳見前節），那麼語言就可以分派入文化各個次系統去「分說合顯」文化性。而這在上述論者的論述中，是無從產生這種解釋力的。其次，他們所作相關的解說還見「文化思維」的薄弱。如有位論者提到：

> 利用漢字的文化特性進行漢字教學，可以從漢字的基本構造和象形字、文化故事和文化意義，或漢字的偏旁部首等著手。如漢字造字法則中的象形、會意、指事、形聲四類，文字的意義常由形體結構加以展現……便於學習者直觀和記憶……其次，透過講述漢字的文化意義和文字故事，可加深學習者了解該字所蘊涵的深刻內涵。如講述「竹」字時，可補充文人鄭板橋愛竹、畫竹的故事……最後，漢字的部首是用來表示類別的意思，形旁表示字的意義，聲旁表示字的讀音……從文字的偏旁部首來學習漢字，可以有效幫助學習者了解文字的語音和意義。（朱榮智等，2009：155～156）

　　這除了用「文化故事／文化意義」來解釋「文化特性」而顯現出循環論證（等於沒有說什麼），並且還無力解釋漢字的造字法則和偏旁部首等為何具有文化特性，基本上是不見什麼文化思維的。它只有放在前面所述的文化模式的架構中，才能一一看出「所以如

此」的文化因緣。再次，在他們的釋例中也未能「對比深入」。如
有位論者敘及：

> 從嚴格的意義上說，文化因素是一個語言（含文字）教學的
> 概念，只有在語言教學中才有意義。例如「餃子」一詞，這
> 個詞的指稱意義是「半圓形的、有餡兒的麵食」；「餃子」一
> 詞所承載的文化底蘊：「漢族人過年一定要吃一餐餃子」的
> 民族風俗，這就是文化因素。（何大安等主編，2007：264
> 引王永炳說）

這只說到吃餃子是漢族人的風俗，而沒能再行對比西方人無此
風俗究竟是什麼緣故，自然它的文化性就不牢靠。其實，餃子和其
他有餡的食品，都是從含蓄委婉相待的人際倫理衍生出來的（餡在
裡頭等人品嘗，猶如內蘊才華待人發掘，彼此異曲同工）；而這背
後就是氣化觀在作保證，由它促成家族社會及其絡結人情的必要規
範（大家才要含蓄委婉相待）。相對的，西方人崇尚創造觀，相關
的受造意識使得個個獨立自主，而不必刻意去營造融洽的人際關
係，理所當然也就不會有包餡食物的連類創發。只有這樣解釋，吃
餃子習俗的文化性才足以具體而微的彰顯出來。此外，在所有可見
的同類的論說中，有關文化教學所得對治的全球化更一概無所著
墨，造成文化教學的空談勝過實質。（周慶華，2011a：196～198）

漢語探討所著重的「文化性」，可以從深淺層次來限定。在淺
的層次，漢語的「形」本身的圖像性，已經跟氣化觀密切相關（見
前），這必須先予以肯定且作為「聯想」基礎，以便有所區別於音
系文字。而在深的層次，則得將漢語的「形」置於本脈絡所界定文
化的五個次系統架構裡看它的運作情況加以「整體」掌握。如「美」
字，許慎《說文解字》的解釋是：「美，甘也。從羊大。羊在六畜

主給膳也。美與善同。」（許慎，1978：336）段玉裁注說：「羊大則肥美。」（同上）這以羊長大肉鮮美來推測從羊大構字的本義，是沒有足夠理由的。因為牛或豕或其他家畜長大肉同樣也很鮮美，為何不取牠們來造字？顯然這裡面還有秘辛在，也就是在牛羊豕三大牲畜中，羊的成長是比較緩慢且不大明顯的，以致取牠作例，表示如果羊也能順利長大，那麼就是一件再美好也不過的事。而這正應了氣化觀底下凡物都期待它如氣流動那樣自然成長的想望，是文化心理的充分體現。因此，有關「美」的字形，就可以放在文化五個次系統架構中來理解：

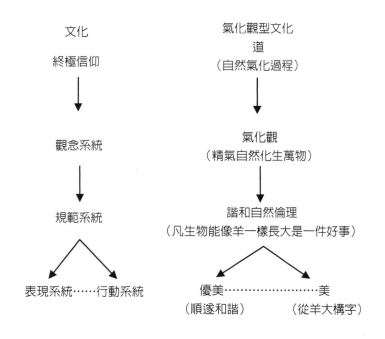

圖 6-2-2　「美」字的文化性

（資料來源：周慶華，2011a：200）

　　所謂漢語探討所著重的「文化性」，就是透過這種方式予以揭發，以便從物質性的形構窺見它背後的精神實演。而因為它在解析中能夠「逐層」顯義，所以經由教學它就更可能被牢記並且「知所進趨」（後者是說理解漢語的「形」後要能運用自如，勢必得對它的文化性瞭若指掌；而再進一步看，能對漢語語的「形」的文化性瞭若指掌，也一定有助於對它生起特殊的情感，而來開展必要的維護這種可以益世的優質文化的旅程）。好比上述的「美」字，它所透顯的立基於「和諧性」的極好義，已經典型化了氣化觀型文化，而正在預告著可以藉來對治當今如創造觀型文化中人所極力宰制自然的乖異行為；即使不然，也足以反身自我澄明守住一片無施虐的疆土。（周慶華，2011a：199～201）

　　在「音」這一部分，它的單音節性除了顯出孤立語的特徵，還有所多出為挈情目的的聲調，在整體語音系統裏獨樹一格。尤其是居於領銜或統攝地位的聲調，在約定俗成的聲韻以外，更直接體現所屬的文化性（詳見圖 5-2-3）。它所區別的像西方語音的「不興此道」，就是無如氣化觀型文化的背景。而它進一步再向特殊的「藝術審美」層次昇華（詳見前節），那就是同一為縮結人情氛圍下的必然發展。這都得一併連到文化性，以為保障理解它的「所從來」而無礙。此外，還有一些同音字、破音字和變音（如上聲字和其他聲字結合會變前半上或後半上以及疊字的後字會變輕聲之類）等情況，也都「連帶」關係到文化性，只要關鍵處熟悉了，這些內部的「變化」都可以逐漸適應。而在「義」這一部分，有關它所有的本義、引伸義和假借義等，既然都是圖像性的「形」所顯現和衍繹的，那麼它自然也都可以據為系聯文化性。（周慶華，2011a：201～202）

　　以上是說，注音符號／漢字併合所體現的是如氣流布的圖像思維，多義且具包容性是它有別於音系文字的地方；音系文字為求「音

音判別」，必然講究邏輯結構而變成音律思維的型態（周慶華，2007：332），彼此大異其趣。而這種圖像思維，透過注音符號／漢字的演現，可以整體掌握氣化觀型文化的特徵；而這是向來罕被窺見的。

第三節　聲調的氣化觀／家族倫常的制約

聲調，在語音學或聲韻學上指的是說話聲音振動頻率的高度（羅常培，1982；董同龢，1987；葛本儀主編，2002；陳新雄，2005）；它跟一般所見的肯定句或疑問句或祈使句或驚嘆句上顯現的「語調」大不相同。雖然如此，一樣帶有聲調的語言（如藏語、泰語、緬甸語、許多非洲土語和許多美洲印地安語等），都不及漢語特別。漢語的聲調在整體上有「抑揚頓挫」的旋律感；相對的其他帶有聲調的語言就沒有這種現象，而沒有聲調的語言（如絕大多數的印歐語系的語言）則更缺少這一可以「撼動人心」或「情意深長」的韻味。（周慶華，2008：143）

漢語的聲調自古就有了（只是究竟有幾種，後人在推測時各有不同見解而已）（董同龢，1981；林尹，1982；王力，1987），但一直到佛教傳入後才因為轉讀佛經的關係而被「真切」的發現當中有四聲的變化。由於轉讀佛經而發現的四聲變化，很快的在中土就發生了一些效應：首先是興起以聲調為綱領的韻書的編撰，如魏時李登的《聲類》、呂靜的《韻集》和齊梁時沈約的《四聲譜》、周顒的《四聲切韻》、劉善經的《四聲指歸》、夏侯詠的《四聲韻略》、王斌的《四聲論》等都是；其次是引發文人開始注重文章的聲情美，所謂「（齊永明）時，盛為文章。吳興沈約、陳郡謝朓、琅邪王融，以氣類相推轂。汝南周顒，善識聲韻。約等文皆用宮商，將平上去

入四聲以此制韻，有平頭、上尾、蜂腰、鶴膝。五字之中，音韻悉異；兩句之內，角徵不同，不可增減。世呼為永明體」（李延壽，1983：1195）、「魏建安後，迄江左，詩律屢變；至沈約、庾信以音韻相婉附，屬對精密；及宋之問、沈佺期又加靡麗，回忌聲病，約句準篇，如錦繡成文，學者宗之，號曰沈宋體」（歐陽修等，1983：5751）等就是在說這種情況；再次是大家逐漸知道說話可以轉趨優雅，如「又顒傳言：『太學諸生，慕顒之風，爭事華辯。』其所謂『辯』者，當即顒『音辭辯麗，出言不窮。宮商朱紫，發口成句』及其子捨『善誦詩書，音韻清辯』之『辯』，皆四聲轉讀之問題也」（張世祿，1978：154 引陳寅恪說）所提到的南朝人「爭事華辯」、「音辭辯麗」、「音韻清辯」等等，顯然他們已經懂得刻意「雅化」的說話方式。（周慶華，2008：144～145）聲調「完備化」的有無，是漢語和其他語言最大的差異所在。

　　從另一個角度看，聲調的發皇可以到這種足夠「超」交際用的地步，那它「原來」的存在豈能沒有一點廣泛或普遍的社會功能？換句話說，交際可以是預期式的交際（如一篇文章所預設的接受者），也可以是實然式的交際（具體發生於現實生活中的互動行為）；而聲調在原有的漢語系的自然語言中存在時應該早就在發揮它的「有聲調」的語言實然式交際的社會功能了，我們怎能略過這一根本性的課題而還能「夸夸其談」聲調的美化文章的因緣？依照聲調的「帶動」語言的實際狀況（該聲調不論是中古所被普遍議論的平、上、去、入四聲，還是近古到現代所廣泛存在的陰平、陽平、上、去四聲，或是其他支裔語言所見的更多調類），它的必然性的「向著社會」的功用，一定有我們予以「掀揭探祕」的空間。（周慶華，2011a：187）

　　中國傳統的世界觀是以「陰陽精氣化生宇宙萬物」為核心（簡稱氣化觀），而有所謂「道生一、一生二、二生三、三生萬物。萬物負陰而抱陽，沖氣以為和」（王弼，1978：26～27）、「夫混然未判，則天地一氣、萬物一形。分而為天地，散而為萬物。此蓋離合之殊異，形氣之虛實」（張湛，1978：9）、「無極而太極。太極動而生陽；動極而靜，靜而生陰。靜極復動。一動一靜，互為其根。分陰分陽，兩儀立焉，陽變陰合而生水火木金土，五氣順布，四時行焉。五行一陰陽也，陰陽一太極也，太極本無極也。五行之生也，各一其性。無極之真，二五之精，妙合而凝。乾道成男，坤道成女。二氣交感，化生萬物。萬物生生，而變化無窮焉」（周敦頤，1978：4～14）等有關宇宙萬物生成變化的或詳或略的說法。（周慶華，2008：150～151）

　　由於氣化的隨機集聚和不定性以及容易量產等緣故，使得同時或繼起的相應的觀念也就以分「親疏遠近」來保障秩序化的生活；而要分親疏遠近，當然會以因男女媾精而來具有血緣關係的為準據，這樣就摶成了一個以「家族」為基本單位的社會結構形態。而在這一社會結構形態中，個別人的自主性及其活動範圍就受到了很大的限制。而語言這種兼有本體和方法雙重性的東西（前者指語言是人的一種生活方式；後者指人可以進一步使用語言來後設創立或議論事物），自然也就隨著定調鑄範了。換句話說，漢民族緣於氣化觀的集聚謀畫的生活形態，在先天上就沒有個別組成分子私自說話的餘地，一切都得「顧全」周遭家族人的感受（即使擴大到外面泛政治階層制的聯盟圈，也不例外）。因此，聲調就從這裏形塑發皇而充分展現它綿密挈情的功用了。（周慶華，2011a：190）

　　學者未憭這種情況的「前因後果」，常有誤判和自我窄化的問題。例子如「關於四聲之性質，舊來說者每以『長短、輕重、緩急、

疾徐』為言，籠統模糊，迄無的解。如顧炎武《音論》曰：『平聲
輕遲，上去入之聲重疾。』清江永《音學辨微》曰：『平聲音長，
仄聲音短；平聲音空，仄聲音實；平聲如擊鐘鼓，仄聲如擊土木石。』
張成孫《說文諧聲譜》曰：『平聲長言，上聲短言，去聲重言，入
聲急言。』段玉裁〈與江有誥書〉曰：『平稍揚之則為上，入稍重
之則為去。』或則望文生訓，或則取譬玄虛，從茲探求，轉茲迷惘！
至於王鳴盛《十七史商榷》謂：『同一聲也，以舌頭言之為平，以
舌腹言之為上，急氣言之即為去，閉口言之即為入。』牽混聲母，
昧於調值，益謬誤不足道矣！近人能確指四聲之性質者，當首推劉
復、趙元任兩氏。劉氏以為：聲音之斷定，不外『高低』、『強弱』、
『長短』、『音質』四端。四聲與強弱絕不相干；與長短、音質間有
關係，亦不重要。其重要原素為高低一項而已。然此種高低是複合
的而非簡單的；且複合音中兩音彼此之移動，是滑的而非跳的。此
即構成四聲之基本條件也。趙氏以為：一字聲調之構成，可以此字
之音高與時間之函數關係為完全適度之準確定義；如畫成曲線，即
為此字調之準確代表。自此兩說出，而千餘年來之積疑，乃得一旦
豁然，誠審音之大快事也」。（羅常培，1982：59～60）這顯然未去
深究前人那些相關聲調的「哀／厲／清／直」等論斷的由來（雖然
前人的論斷及其用語等還是略見分歧）；它們原都是在具體情境中
使用「見分明」或「顯真切」以為挈情的呵！而這樣一跳跳到現代
語言學家「科學」式的析理方式，則不啻「原味」盡失而不復知曉
聲調在漢語中究竟有什麼「來頭」！（周慶華，2011a：190～191）

　　依此類推，中國傳統「抒情」味濃厚的詩詞曲賦式的文學創作，
也就是同稟一源而更事「超」交際的演出了。所謂「詩言志，歌永
言，聲依永，律和聲。八音克諧，無相奪倫，神人以和」（孔穎達，
1982：46）、「詩者，持也，持人情性」（劉勰，1998：3090）、「詞曲

者，古樂府之末造也。古樂府者，詩之傍行也。詩出於〈離騷〉楚詞；而〈離騷〉者，變風變雅之怨而迫、哀而傷者也。其發乎其情則同，而止乎禮義則異。名之曰曲，以其曲盡人情耳」（郭紹虞，1981：112引胡寅說）、「（賦）或以杼下情而通諷諭，或以宣上德而盡孝忠，雍容揄揚，著於後嗣，抑亦雅頌之亞也」（李善等，1979：22）等等，這裡面所要紬情杼意（兼及字詞聲調的調節）的創作／接受機制，豈不是跟一般說話的摰情預設相通？因此，說話／書寫在漢語系統裡也就因為「本質」齊一而同條共貫了。（周慶華，2011a：191）

　　相對的，沒有華人這種社會／文化背景的地區，就不可能發展出類似漢語的聲調來。雖然有人說聲調並不是漢語所獨有的，而且「也不是亞洲、東南亞語言所獨有的；非洲也有；美洲有一部分的紅印度語言也有；中美洲、南美洲有的紅印度語言也用聲調作分別……在歐洲各國的語言裏頭，用聲調的比較少，不過也有。比方在北歐立陶宛、瑞典、挪威，都有利用聲調的不同來辨別字的」（趙元任，1987：56～57），但那些類型的聲調幾乎都是「陪襯」性的，而且比較單調（僅有高低／升降以及少數帶有滑音），並不像漢語聲調那樣擔負著語言表述「圓足」的任務。（詳見第五章第二節）

　　正因為這樣，所以有些「比附」就顯得鑑別欠精：「中國詩文之平仄律，於某種程度上，與西洋詩歌之長短律或輕重律頗為相似」（潘重規等，1981：167）、「平聲之字，較之上、去、入三種仄聲之字，有下列兩種特色：（甲）在『量』的方面，平聲則長於仄聲……（乙）在『質』的方面，平聲則強於仄聲。因此，余遂將中國平聲之字，比之於西洋語言之『重音』（accent），以及古代希臘文字之『長音』而提出：『平仄二聲，為造成中國詩詞曲的『輕重律』（mekaik）之說……本來中國語言，因其兼有四聲：忽升忽降、忽平忽止之故，其自身業已形成一種歌調。再加以平聲之字，既長且

重，參雜其間，於是更造成一種輕重緩急之節奏。故中國語言本身，實具有音樂上各種原素」（張世祿，1978：159 引王光祈說）、「世界上大部分的語言都是聲調語言，單單在非洲就超過一千種；其他如亞洲的許多語言，如華語、泰語、緬甸語以及許多美洲印地安語，都是聲調語言」。（佛隆金等，1999：307）其實華語聲調豈止輕重緩急升降而已，它還有高低屈折以及相互錯雜所顯現的抑揚頓挫感，這都是其他語言所未見的。

　　要了解這個原因，除了像上述那樣掀揭華人所繫的社會／文化的底蘊，還可以透過異社會／文化的對比來彰顯。這裡就以印歐語系中白人所操語言為例：它們所以統統沒有華語式的聲調，只因為使用者不必經常對著「許多人」講話，自然而然就會朝著「輕聲細語」的方向發展。如果他們還要再加點變化，那麼也僅止於輕重／緩急／高低一類有關「輔助傳情」卻不涉「攝眾聽取」的調節罷了。後者（指輕重／緩急／高低一類的調節）是語言使用者所能表現「語言才分」的極致，此外無法想像他們還需要什麼抑揚頓挫來喚起周遭一群人的「注意」！而非印歐語系中的人不懂這點，難免就會發生一些學者所指陳的這種「怪現象」：

> 筆者在師大執教近十年，這期間有很多次去參觀國中和高中英語教學，幾乎沒有一次不發現學生以一種平板、誦經式的聲調在練習英語。這種現象尤其以整體誦讀時最為明顯，即使是跟著錄音帶或唱片唸也會如此。造成這種現象的原因至少有二：第一，這種聲調很接近國民小學學生朗讀國語文的聲調，所以很可能是那種聲調的自然延伸。第二，英語在語音這一層次上和中國話截然不同，而學生和教師大多沒能認清這個基本差異，而任由學生以中國話中勉強可以認為相當

的調子來替代，結果是這種不中不西的怪調。（曹逢甫，
1993：54）

所謂「這種聲調很接近國民小學學生朗讀國語文的聲調，所以
很可能是那種聲調的自然延伸」，是既不了解華語、也不了解英語
的現代人才會這麼「蠻幹」的。如果不是這樣，那麼至少也是忽略
了英語在白人社會「細緻」的演出實況（而以漢語聲調的「對反」
來想像並刻意加以平板化）。它是一個不能通約的對象；那裡頭有
著不同的社會／文化背景。（周慶華，2011a：193）

大體上，白人世界是一個被創造觀籠罩的世界。這種世界觀預
設了一位造物主，而所有受造者（人）凜於造物主個別造物的旨意
（而不像氣化那樣的「糾結」在一起），彼此但以「分居」為最切
要的考量（也就是白人世界是以「個人」為社會結構的基本單位），
以至說話就只侷限於所要互動的對象。這樣又怎麼會需要「聲大話
重」而出現漢語式的聲調？至於後來白人得著了種種的便宜（包括
轉體悟造物的美意而積極的模仿造物主的風采去創造事物、被選中
的優越感勃發而極力於發展資本主義和殖民主義以及他方世界的
妥協臣服而讓他們予取予求等等），需要面對大庭廣眾說話卻不夠
「聲勢嚇人」時，他們就發明擴音器、廣播和視訊設備等來輔助。
相對的，華人原來最多只對著「同族／同僚」說話（現在學白人擴
及對更多人說話，則另當別論），聲音「抑揚頓挫」就行了，根本
毋須輔助器材（因為很少有機會聯合異族相處）。因此，倘若說漢
語聲調的功能在挈情，那麼白人所操無聲調的語言，就只是單純的
為「傳情達意」而已（詳見第五章第二節）。可見漢語聲調的社會
功能，是在現實交際中為挈情而凸顯的；而漢語聲調的文化功能，
則是以可據為區別其他文化傳統中無聲調的語言而流露的。（周慶
華，2008：143～155）

　　由此可見，注音符號中具領音作用的聲調，它緣於氣化觀而保障了必要的挈情功能；而這挈情需求相對應的就是家族倫常的制約。因此，氣化觀／家族倫常的又見的「一體兩面」性，就是聲調所體現的文化特徵。而這裡面所含混於指意的（也就是「攝眾聽取」也並非有確切的冀其聽取的對象），依然是整體圖像化思維的表現。這樣才「一以貫之」的見著注音符號的文化演現情況。

第四節　音聲高度文飾的綰結人情／和諧自然取向

　　自從有了聲調的察覺以後，中國傳統的言／文系統就開始轉向找到一個「相互美化」或「雙雙雅化」的途徑（前者指言／文彼此可以相互「監督」變化四聲以為自我美化；後者指言／文在「各行其是」時也因為有四聲變化的觀念在指引而彼此都知道要雅化以為自顯高明），彼此改變了中國人說話／書寫的形態。（周慶華，2011a：185）

　　四聲的發現，在漢語系統裡普遍有著「總收」音聲的認知作用；而它的後出「完備」構聲成分，也因為韻書的纂集而音理「粲然大備」於世。所謂「昔開皇初，有儀同劉臻等八人，同詣法言門宿。夜永酒闌，論及音韻。以今聲調，既自有別。諸家取捨，亦復不同。吳楚則時傷輕淺，燕趙則多傷重濁。秦隴則去聲為入，梁益則平生似去。又支脂魚虞，共為一韻；先仙尤候，俱論是切。欲廣文路，自可清濁皆通；若賞知音，即須輕重有異」（陳彭年等，1974：13引陸法言語），這所強調的為見賞於知音而必須斟酌變化聲調（就是文中所說的「即須輕重有異」）的高格化，就是這一趨勢的代表性的觀念演出。至於實際成就的韻書，則可以廣為說話／書寫所檢索參鏡而別為展現一種「折衝調節」式的影響力（而不像說話／書

寫那樣廣遭「形態」上的改變），那就不言可喻了。（周慶華，2011a：185）

這種「應機而變」的局勢，很明顯是由書寫部分的凸出表現所定調的。所謂「五言至沈宋，始可稱律。律為音律法律，天下無嚴於是者。知虛實平仄不得任情，則法度明矣。二君正是敵手」（王世貞，1983：1166）、「五言律體兆自梁陳，唐初四子靡縟相矜，時或拗澀，未堪正始。神龍以還，卓然成調。沈宋蘇李合軌於前，王孟高岑並馳於後。新製迭出，古體攸分。實詞章改革之大機，氣運推遷之一會也」（胡應麟，1973：187～188）等，這都有陳跡可案；而後人也不疑有它的以它們來表徵聲調受重視後的「範式」成果。當中所促使書寫轉向講究「另類節奏」的聲情美，也已經在相關的實踐中留下了可供美談的案例：

> 講究詩句中四聲的參互配置，前人還有二種考究的地方：一種是指每句中儘量求四聲具備；一種是指律詩出句的末一字必須上去入輪用。前者如杜審言的〈和晉陵陸丞早春遊望〉詩，當中「獨有宦遊人」句，「獨有宦」是「入上去」遞用的；「雲霞出海曙」句，「出海曙」是「入上去」遞用的；「淑氣催黃鳥」句，「淑氣鳥」是「入上去」遞用的；「忽聞歌古調」句，「忽古調」是「入上去」遞用的，沒有聯用二個上聲或去聲，所以聲調很美。後者如杜甫〈詠懷古跡〉五首之二，「搖落深知宋玉悲」、「悵望千秋一灑淚」、「江山故宅空文藻」、「最是楚宮俱泯滅」，末字「悲、淚、藻、滅」正是輪用了平上去入四聲，這種有意的安排，當然是在求音調的抑揚動聽。（黃永武，1987：184～185）

　　今讀宋詞辨上去之句，如〈夜遊宮〉曰：「橋上酸風私眸子」、「不戀寒食再三起」;〈秋蘂香〉曰：「　午妝粉指印窗眼」、「寶釵落枕夢遠」;〈滿庭芳〉曰：「人靜烏鳶自樂」、「憔悴江南倦客」，凡此四聲異處，雖不知當時合樂音調如何，今但施之脣吻，亦自別有聲情。（張夢機，1997：44 引夏承燾說）

　　其實不只古典詩詞，別的韻文、甚至駢文也多有類似的情況。（陳鐘凡，1984；孟瑤，1979；劉麟生，1980）從此聲調就把語言的交際性從泛泛的「表情達意」層次向特殊的「藝術審美」層次昇華了。這雖然也曾遭遇某些人士的抵拒（如「〔沈〕約撰《四聲譜》，以為在昔詞人累千載而不悟，而獨得胸衿，窮其妙旨，自謂入神之作，高祖雅不好焉。嘗問周捨曰：『何謂四聲？』捨曰：『天子聖哲是也』然帝竟不遵用〔姚察等，1983：243〕、「余謂文製本須諷讀，不可蹇礙，但令清濁通流，口吻調利，斯為足矣。至平上去入，則余病未能；蜂腰鶴膝，閭里已具」〔鍾嶸，1988：3154〕等，就是著名的例子），但它的累代迭出「精采」卻是勢不可檔的大事一椿。（周慶華，2011a：186～187）換句話說，注音符號的整體音聲可以高度文飾化；而高度文飾就是為了縮結人情／諧和自然（二者都體現了氣的流布的和諧性，彼此也為一體的兩面）。這是從氣化觀分衍為規範系統和表現系統的「勢所必趨」或「理所必然」。因此，注音符號的整體音聲的文化演現，就從圖像化思維裡知所自我昇華而以高度文飾來試圖達致縮結人情／諧和自然的目的了。而這自以聲調「居功厥偉」。

　　顯然漢語聲調的文化功能，則是以可據為區別其他文化傳統中無聲調的語言而流露的。後面這一點，是把它視為進入文化的體系在運作而姑且研判的，實際上它在不說自己是漢語聲調時本身就是

一種文化的徵象；這種徵象的異質性的示現，也就是前節「有聲調／無聲調的社會／文化功能的比較」該一課題所以成立的基本保證。換句話說，有聲調和無聲調的差別，既是關聯社會制度的、又是牽涉文化意識的；而後者（指文化意識）的如同先驗式的制約力，更是這一切考究的關鍵性對象。（周慶華，2008：156）

　　現在要將這類考究的成果援引來發揮另一種「貞定」文化方向或「重整」文化思維的效應。原因是自有隸屬特殊文化傳統的漢語聲調，如今已經因為他者強勢文化的介入攪和而出現「精神渙散」的現象；長此以往勢必會喪失原有獨特的格調，而得反向努力設法扳回一點「顏面」才行。我們知道，漢語的孤立語和對接式直接組合表義等特徵（高本漢，1977；李瑞華主編，1996），給了書寫朝向「極盡修飾」的途徑發展提供了很大的助力，終於一改說話／書寫先後或主從對列的格局。也就是說，自從書寫的「文飾」性定型後，所有的說話模式都有可能反過來仿效書寫，造成書寫是語言表述唯一或最高的準則（而不像拼音系統，書寫只是說話的「紀錄」而恆常居於「從屬」的地位）。但這種情況演變到現代，由於創造觀型文化的橫掃壓抑，導致原自成特色的漢語聲調的表現日漸「荒腔走板」化。（周慶華，2008：156）且看兩段古今對聲調的重視與否的說詞：

> 平上去入四聲，惟上聲一音最別。用之詞曲，較他音獨低；用之賓白，又較他音獨高……蓋曲到上聲字，不求低而自低；不低，則此字唱不出口……初學填詞者，每犯陰陽倒置之病。其故何居？正為上聲之字，入曲低而入白反高耳。詞人之能度曲者，世間頗少。其握管捻髭之際，大約口內吟哦，皆同說話。每逢此字，即作高聲。且上聲之字出口最亮，入

耳極清。因其高而且清，清而且亮，自然得意疾書。孰知唱
曲之道與此相反，唸來高者唱出反低？此文人妙曲利於案頭
而不利於場上之通病也。（李漁 1990：41～42）

　　1957 年作曲藝家白鳳鳴先生在一次戲曲座談會上的發言，曾
給我很深的印象。當時他對於唱群眾歌曲，是相當熱心的，他在那
次談話中間，曾口頭引舉了好多首群眾歌曲中的好多歌句，具體而
生動地說明了：那幾首音樂配得好，那幾首字調彆扭，他雖然曾經
努力想把它們唱好，但終於沒有能表達得好。看來，他對他所愛好
的和不大愛好的群眾歌曲，都曾花過相當的工夫；因為就在那一次
的發言中，他脫口而出，非但能背出他所認為好的歌曲，而且也
能背出他所認為不可能唱好的歌曲。當時我的印象是：僅就字調
一點上說來，他的批評是相當公正的。但若從批評所能尋致的效
果著想，則又覺得從他的批評，只有那些已經對字調有理解的作
曲先生們才能獲得益處；否則很可能還不容易聽懂。（楊蔭瀏，
1988：52）

　　前則的連帶訾議古代的初學者還只是涉及守律不嚴的問
　　題；重點在後則所隱含的對現代人「失去法度」的喟嘆！而
　　仔細想來，後則所揭發的現代人不再理會倚聲填詞的規律而
　　任意使弄字調的現象，不正是外來文化（包括思想觀念、政
　　治制度和對待語言的方式等等）滲入侵蝕後所衍化成的嗎？
　　然而，這種仿自創造觀型文化純為「我手寫我口」（言／文
　　一致）的論調及其實踐，近百年來並未使氣化觀型文化中人
　　的文化地位徹底的「向上翻一番」。換句話說，從氣化觀型
　　文化中人倡導「白話文」並凡事向創造觀型文化取經以後，
　　整體文化的走勢就開始傾斜，以致仿效的一方「畫虎類犬」

　　　　而遠遠落後（追趕不及）的窘境就一直存在著（周慶華，
　　　　2008：157～158）

　　倘若身處在氣化觀型文化中的人還覺得漢語有必要保護它既有的尊嚴的話，

　　　那麼對倚聲學深富經驗的人的意見還是得斟酌採納的：「倚曲填詞，首先要顧到歌者轉喉發音的自然規律，把每一個字都安排得十分適當，才不致拗嗓或改變字音，使聽者莫名其妙。我們學習填寫或創作歌詞，所以必須對四聲陰陽予以特別注意，甘受這些清規戒律的束縛，也只是為了使唱的人利於喉吻，唱得字字清晰，又能獲致珠圓玉潤的效果；聽的人感到鏗鏘悅耳，而又無音訛字舛的毛病」（龍沐勛，2000：125）、「文學之所以講格律的目的，不僅是在追求單純文學形式上的美，實際上在要求配合音樂。譬如說我們看整齊句型的民歌，它們音樂的結構都是作呼應式的上下句，有的兩句為一組，有的四句為一組，句型一樣，節奏板式往往也雷同。為什麼詩句要講求字數？這是道理之一。中國文字本身含有聲調，如果有了音樂需求，它們的同聲調的字，必定要求作藝術性的調整，這樣就可使語言旋律有輕重疾徐。上下句呼應有主從關係，那麼古人講求『四聲八病』，豈僅是文字上的遊戲或枷鎖？它正是設計優美動人的音樂旋律！簡單說，這都不是故意橫加於文學創作上的負擔」。（楊蔭瀏，1988：197）這總說是由逐漸被創造觀型文化同化攪散的「言」（說話）向氣化觀型文化原有的精實華美的「文」（書寫）的回歸；這種回歸即使不是重返傳統詩詞曲賦式的，至少也是「轉化」傳統詩詞曲賦為現代而「結合」外來語文融匯出一新製式的。而這比起目前大家普遍盲從創造觀型文化的作為，應該是較有希望重樹文化尊嚴的。此外，就不知道還有什麼更可行的道路可以讓人「戮力以赴」！（周慶華，2008：158）

第七章　相關研究成果的運用

第一節　藉以提高語文教學的成效

　　語言是傳達思想最直接的工具，而文字是紀錄語言的符號，然而在語言文字之間，必須要有一套比文字更簡單的符號，來當作中間橋梁，這套符號就是注音符號。（羅肇錦，1992）注音符號是小學生學習語文的第一課題。注音符號是國字與字音之間的橋樑，在語言與文字間扮演著重要角色，並且肩負著兒童進入學習國字的責任，不僅要讓兒童有學習的興趣，更需要讓兒童順利進入語文的天地中，獲得知識的寶藏。（常雅真，1998）因此，注音符號在中國文字與語言中所扮演的角色就顯得特別重要。（洪玉玲，2008：17）

　　教育是人類傳承智慧的方法。近年來，因應社會變遷，全球興起改革的風潮，臺灣也積極展開課程改革的工作。在注音符號教學方面，使用注音符號第一式教學，一年級兒童入學前十週，集中進行注音符號的學習。教材以課文為中心，進行注音的說讀寫作混合教學。除了課本以外，還有習作本供兒童複習。注音符號是注音教材中的主角，教材以課區分，每課有一短文，該課所要學習的符號，來自課文中的句子、語詞，辨認所有的符號是兒童必須達成的目標。十週結束後，希望兒童具備使用注音符號來聽、說、讀、寫的能力。（吳敏而，1994：153）

　　教育部所公布的「97年國民中小學九年一貫課程綱要」（國民教育司，2011），國語文學習領域的分段能力指標中，第一項便是注音符號的運用能力。注音符號是國語文的基礎，透過注音符號的認唸、拼讀，小朋友得以認識國字，擁有自學的基本能力。除了要能正確認唸、拼讀及書寫注音符號之外，尚能應用注音符號來表情達意，分享經驗、欣賞語文的優美、以注音符號輔助識字擴充閱讀、用注音符號來紀錄訊息、表達意見，並且更進一步應用注音符號來檢索資料，解決學習上疑難問題，以增進語文學習興趣，期望能確實掌握注音符號來幫助學習。（洪玉玲，2008：2）如何讓小朋友學好注音符號，是一年級老師必須面對的重要課題。

　　教育部所頒布注音符號能力指標，如表所示：

<h3 style="text-align:center">表 7-1-1　97 年注音符號運用能力</h3>

1-1-1	能正確認唸、拼讀及書寫注音符號。
1-1-1-1	能正確認唸注音符號。
1-1-1-2	能正確拼讀注音符號。
1-1-1-3	能正確書寫注音符號。
1-1-2	能運用注音符號表情達意，分享經驗。
1-1-2-1	能運用注音符號，提升說話及閱讀能力。
1-1-2-2	能運用注音符號，和他人分享自己的經驗和想法。
1-1-3	能欣賞並朗讀標注注音的優美語文讀物。
1-1-4	能運用注音符號輔助識字，擴充閱讀。
1-1-4-1	能運用注音符號輔助認識文字。
1-1-4-2	能運用注音讀物，擴充閱讀範圍。
1-1-4-3	能選擇適合自己程度的注音讀物，培養自我學習興趣。
1-1-5	能運用注音符號，紀錄訊息，表達意見。
1-1-5-1	能運用注音符號之輔助，表達自己的經驗和想法（如寫日記、便條等）。
1-1-5-2	能運用注音符號之輔助，紀錄訊息。

1-1-5-3	能就所讀的注音讀物，說出自己發現的問題和想法。
1-1-5-4	能就所讀的注音讀物，提出自己的看法，並作整理歸納。
1-1-6	能運用注音符號，擴充語文學習的空間，增進語文學習的興趣。
1-1-7	能運用注音符號，檢索資料，解決學習上的疑難問題。
1-2-1	能運用注音符號，理解字詞音義，提升閱讀效能。
1-2-2	能了解注音符號和語調的變化，並應用於朗讀文學作品。
1-2-3	能運用注音符號，紀錄訊息，表達意見。
1-2-3-1	能運用注音符號之輔助，紀錄訊息。
1-2-3-2	能就所讀的注音讀物，提出自己的看法，並作整理歸納。
1-2-4	能選擇適合自己程度的注音讀物，培養自我學習興趣。
1-3-1	能運用注音符號，理解字詞音義，提升閱讀效能。
1-3-2	能了解注音符號中語調的變化，並應用於朗讀文學作品。
1-3-3	能運用注音符號，擴充自學能力，提升語文學習效能。
1-3-3-1	能運用注音符號使用電子媒體（如數位化字辭典等），提升自我學習效能。
1-3-3-2	能運用注音輸入的方法，處理資料，提升語文學習效能。
1-4-1	能運用注音符號，分辨字詞音義，增進閱讀理解。
1-4-2	能運用注音符號，檢索資料，解決疑難問題，增進學習效能。
1-4-2-1	能運用注音符號，檢索並處理資料，以解決疑難問題，增進學習效能。

（資料來源：國民教育司，2011）

　　在國小低年級是語文學習的起步時期，注音符號是幫助說話和識字的工具，早年為普及說國語，編定注音教材，教材多以注音書寫的語詞作為學習的內容，教學時學生隨著老師誦讀符號、語詞和語句，這樣的方式與教外國語言的方式很相似。在說國語風氣不盛的當時，是可接受的。今天國語已成普遍的現象，兒童未入學前已有國音的經驗和豐富的語彙。在注音的角色和兒童的能力發生的變

化同時，語文教育也不斷興起新的主張與教學方式。（吳敏而，1994：18）

　　九年一貫課程實施以後，國語科教學時數減少，每週的授課時數只有五節，在這麼短的時間內，希望學生在十週內將注音符號聽、說、讀、寫、辨識等學會，對於剛入學的兒童，小肌肉發展又還未完全成熟，注音符號是一種抽象的符號（兒童不知道它是怎麼來的），對幼兒來說的確是一項相當艱鉅的挑戰；另一方面，小學生在入學以前，大部分的小孩，都曾經在幼稚園學過了注音符號，但是對許多一年級的老師來說，教學注音符號仍是一件不容易的事，在十週內完成注音符號的教學，對一些小朋友也常是一知半解，還是無法純熟應用。目前幼稚園老師把教學注音符號，視為大班的重要教材，家長也如此期待。注音符號是一種抽象的符號，對幼兒來說學習記憶並不容易；另一方面，如果在學齡前就將注音手冊的課程教完，國小一年級學生在入學前大多已經學過注音符號，容易失去對注音符號學習的新鮮感與好奇的探索空間，在學習上無法專心，也就沒有良好的學習態度及學習興趣。（李慧雲，1998）結果反而會在注音符號的學習上造成不良效果。（洪玉玲，2008：4）

　　國小一年級班級中，學生曾經學習過注音符號的程度良莠不齊，落差非常大：有的新生會因為已經學會了，而在課堂上表現出對注音符號拼讀自信滿滿的態度，也有的新生因為入學前已學過，所以常出現對上課內容感到無趣、不耐煩的樣子；但在此同時，沒學過的學生卻在入學的起始，就遭受學習挫折的打擊，短短十週注音符號教學，要從完全沒學過到能夠拼讀運用注音符號，從未學過的新生甚至可能在注音符號聽寫考試中交了白卷。（洪玉玲，2008：5）

　　以前的注音符號教學，為什麼我們的小朋友學習會覺得無趣無味？在注音符號的教學上，傳統的教法是先學會注音 37 個字母，

再學習拼音，後來由於認知發展的學習理論出現，教材上也要求學習有意義的文字，而不是背誦無意義的符號，於是注音符號學習也改由課文入手，從課文中分析詞，從詞中分析字，從字中分析符號的學習方法。此種教學法雖然有其優點，但羅秋昭（1998）認為缺點在於有些兒童對符號完全不熟悉的情況下，要學會詞語和拼音有其複雜性和困難性，不能見證漸進性和熟悉的教學原理。（方慧芳，2009：19）

　　以注音符號學習來說，一般不論是強調注音符號的單音節特徵，還是強調注音符號的聲母／韻母的發音技巧（包括發音部位和發音方法等），或是強調注音符號的「直接拼讀」和「由簡至繁」等（林國樑等，1983；王萬清，1997；陳弘昌，1999；羅秋昭，2006；沈淑美，1998），注音符號的探討不僅僅是要學習者熟悉／運用一類的「淺顯效益」的考慮而已，它還得積極於關連到它所以發揮的終極的「知識」旨趣，才算「善盡其事」。以上都只涉及「技術」的課題罷了，根本就未能一併透視注音符號的更深知識功用。倘若要改善這種狀況，那麼想辦法「另闢途徑」也就勢在必行。（周慶華，2007：75）

　　注音符號如果沒有與漢字圖像相聯結，它就是一種非常抽象、形音相近、生活中出現不多，對兒童而言是難記的符號。那麼注音符號就不應該是獨立符號的機械式練習，符號的介紹方式和學習者的學習心理有密切相關。所以仔細考慮注音教材的呈現與注音教材的實施是很重要的。「工欲善其事，必先利其器」，好的教材與學習方法可以使學習達到事半功倍的效果。（吳敏而，1994：149～159）

　　應該將注音符號落實在「知其然，也知其所以然」的層次而作有意義的學習。倘若能讓學習者了解注音符號，為「取古文篆籀徑省之形」的簡筆漢字。根據漢字取它的形，聲取其聲母，形取其韻

母。如ㄆ是手持棍小擊、ㄅ像刀狀、ㄊ是凸出、ㄩ是像張口狀……
與漢字關係非常密切，也就是說，注音符號／漢字是一體兩面的，
學會了它，在漢語世界就有可能「無往不利」。

漢語是單音節結構的孤立語，聲調在漢字字音結構輕重關係，
它都是最超然，而且最凸顯的，是單音字中絕不可少的成分。（羅
肇錦，1994：166）我們所習慣的漢語語音都有聲調，這種聲調不
只是在本系統位居語音結構的「神」的地位，它還可以明顯的區別
於異系統的語言而顯示出自我文化印記的獨特性。相對於聲調來
說，聲母／韻母只是頭頸腹尾等軀殼而已！可見談漢語的語音而不
將聲調納進來一併理解，簡直是不可想像的事。雖然如此，漢語聲
調的功能卻不僅是論說者所推及的跟訓詁、歌謠、探尋字源、比對
方音等層面相關而顯現的那些（國立臺北師範學院語文教育學系主
編，1994：179～176），它更可觀的是在氣化觀型文化傳統中起著「摯
情」的作用，以及有所殊別於異系統文化傳統的「不思此圖」可以
「撼動人心」或「句意深長」的韻味。（周慶華，2007：75～77）

漢語裡的聲調，它跟平常我們所謂的肯定句或疑問句或祈使句
或驚嘆句上顯現的「語調」大不相同。聲調也就是字調，是我們漢
語構成音素的大特點，也是每個字音不可缺少的一樣東西，在英語
中有所謂語調「Intonation」，但與中國語音中的字字都有固定的聲
調是不同的。語調是可以隨語句而起變化的，漢語當中的聲調，雖
也偶有連音時的變化，但一般來說還是固定不變的，一般都把聲調
譯為「Tone」，與「Intonation」是迥乎有異的。

在有漢字的環境裡學習注音符號，會比在同樣的環境中去學習
a、b、c更容易相互呼應。其次，使用一種符號來標注兩種文字，
如果用來標注第一種語言，則對第二種語言而言會缺乏一些符號，
反而造成學習的困擾。因此，如果企圖以同一個發音系統，來學習

兩種以上不同語言的發音，就會產生發音或正音的困難，國小學童假使一開始就用羅馬拼音來學習多種語言，也不能避免以上的發音困難。（鄭昭明，1999）

李遠哲的「一種音標走天下」，是指利用有限的 26 個羅馬字母，正確標示出國、英、母語（臺、客）裡的所有字音，以減輕學習負擔。但是分析目前這類拼音系統，雖然使用 26 個字母，事實上卻仍無法達到減輕學習負擔的效果，因為這些作法，僅止於形式上採用羅馬字母，卻未顧及同一羅馬字母在不同的語言裡所表達的音並不完全相同的問題。（洪玉玲，2008：22）

譯音符號多半為研究語音學或學習外國語言而產生，大致可分兩類：一為國際音標，以羅馬字母為基礎，加以部分修改或特製的音標，作為表示音值的標準符號，是研究語音學時必須使用的一套標音系統；另一類是羅馬拼音，以羅馬字母與中文發音相對應，因為羅馬字母在各語言中，有不定或多音的音值，因此用於中文譯音的羅馬拼音有威翟式、郵政式、耶魯式、漢語拼音、注音符號第二式，大多為外國人學習中文而設（王熙元，1996），羅馬拼音方式不只一種，拼音不統一，這是羅馬拼音的最大缺點。初學注音符號雖然稍微困難一些，可是經過短時間練習以後，也就習以為常了，權衡利弊還是注音符號好。更何況漢字字形繁多，羅馬拼音與漢字完全分開，彼此無法照應，學習漢字就更困難。學生學會了羅馬拼音字，再學漢字，認字的困難依然存在，唯有注音符號時常跟漢字接觸，才能記得牢，不會忘。（蔡宗陽，1999）

中國大陸的漢語拼音，採取 26 個羅馬字母作為拼讀漢字的發音符號，它的缺點有：b、d、g、j、zh、z 代表國語中清音ㄅ、ㄉ、ㄍ、ㄐ、ㄓ、ㄗ不甚妥貼。因為 b、d、g、j、zh、z 這些字母在許多語言中代表濁音，會嚴重影響學習者正確的發音；舌面前送氣塞

擦音以 q 代表ㄑ，x 代表ㄒ，c 代表ㄘ對歐美人而言是十分陌生的；
以 i 代表ㄧ又代表舌尖前及舌尖後的空韻帀，一個符號有三個發
音，也會造成混淆；以 e 代表ㄜ和ㄝ，u 代表ㄨ和ㄩ，雖上有附加
符號「 ＾」「‥」代表不同的讀音，但礙於打字印刷，時有遺漏的
錯誤。（國立臺灣師範大學國音教材編輯委員會編纂，2002：443
～444）而各種羅馬拼音字母的缺失：（一）種類繁多，經常改變，
使學者無所適從。（二）世界上有不少國家的文字是以羅馬字母為
基礎，而各字母在各種語言中的實際音值因國而異。如用羅馬拼
音，學習者實在難以擺脫各字母在其母語中的音值的影響，而無形
中成為學習中文正音的重大障礙。對不熟悉中國語音的外籍人士，
各種羅馬拼音字母對學習中文並無多大價值。（三）羅馬字母在視
覺上仍然是蟹行文字，只能橫寫，用以為直寫的中文注音，非常不
便（詳見第四章第三節）。語言是文字的基礎，文字離不了語言，
一個民族的文字，必須以這個民族的語言為基礎，勉強把羅馬字母
來移「花」接上漢語的「木」是不適合的。（郭泰然，1997）

　　我們希望可以國際化，但不要廢除我們的文化，使我們變成英
語的國家。（林良，1999）注音符號由國字演變而來對學習國字有
助益，漢語拼音用拉丁字母與國字無關，對學習國字較無助益。（何
淑貞，1999）

　　漢文化有別於其他文化，要真正學習中華語文、中華文化的精
髓，一定要從注音符號學起。一個音號系統的取捨，應該有科學的
根據，絕不能單獨的由初期學習的方便來決定，它更應該考慮後期
使用的正確性與有效性。我們希望國際化，不是要廢除我們的文化
（廢除注音符號），身為中華的子民，怎可人云亦云，不加思索，
為了國際化輕率的把我們文化的根拔除。所謂國際化、多元化，首
先要先肯定自我的文化價值，如果連自己的語言系統都要尾隨他人

之後，先學異國語言系統，再來拼自己的語文，這豈是明智之舉？注音符號所以被忽略，除了外來的強勢文化的壓迫，還有長期以來國人都未曾深究它的特殊性，使得原所體現的一種蘊藉深長的文化質性闇默不彰。因此，重新開闢檢視的管道，深入探討注音符號表徵的漢民族的氣化觀型文化，也就有應時且能贏得或挽回民族尊嚴的意義和價值。（周慶華，2008：143～158）

　　注音符號的制定是因應中國文字特色而來，我國的文字有別於西方的拼音文字，它是一個個方塊字。因漢字表意較強，表音較弱些，所以每一個文字都要有拼音系統來幫助識字，而這些拼音符號必須能發音正確。因此，我們使用注音符號來標注出漢字的讀音，它能與密切結合的注音方式，至今還沒有任何一種音標能取代它。（曲鵬翼，1999）況且注音符號的標音方式經濟、音系配合合乎邏輯，有助於自認讀和書寫，又能引發中文圖像思考，排版印書便利，以及能避免英語語音的干擾，可見注音符號作為漢字的拼音符號有它正向的意義和價值。我們重新思考召喚自我傳統原有的一些獨特的東西，而不是再行「盲目」的追隨他者文化。（王天昌，1984：7）綜合以上注音符號各方面看來，它的實用性與功能價值，值得肯定。語言文字是有祖國的，拉丁字母只能作為漢字注音的輔助工具，注音符號的音標是由古今漢字提煉而出，是專家為學習中文而設計的符號，最適合中文發音。因此，希望經由本注音符號的理論建構，可讓第一線教師藉以提升語文教學的成效，而使學習者對注音符號有更深的了解。畢竟注音符號有其優越性，不但要加以保留、繼續使用，更不可輕言廢棄，或使用羅馬拼音、漢語拼音來取代。

第二節　提供促進文化交流的深化憑藉

　　文字是一種記號，似乎毫無高深的學問在，在歷史的進化過程中，曾有不少民族集團試圖創造文字，但都因未能達到圓熟的階段，而與所屬的文明同被淘汰。在這一個文化世界裡，可以說只有兩個人類集團成功地發展出完整而符合傳達情報思想的文字系統，那就是埃及中東人類集團與中國人類集團。前者係紀元前 2900 年左右，在埃及統一王國期間，由埃及人所考案的埃及象形文字為基礎，改良發展出以表音為主體的文字記號（Alphabet），及所謂表音文字。後者就以中國黃河流域為中心，中國人所考案的甲骨文字發展出來的以表意為主體的漢字，就是所謂表意文字。現在世界的文字，都可以歸類為此二個文字系統。現在印歐語族所使用的種種文字，是從埃及中東的造字得到訣竅而後發展出來的，並不是完全自創的。而日本的平假片假文、韓國的諺語，同樣出自漢字。可見創造一種文字，由現在來看好像是輕而易舉，其實它是很艱難的。印度文字、阿拉伯文字、希臘文字、斯拉夫文字、羅馬文字、英、德、法等歐美文字，都屬於表音文字的 Alphabet 系統，而中國文字（漢字）是表意文字的代表。（黃天麟，1987：86）

　　漢文化與其他文化有所區別，語言文字以及內蘊的宗教信仰、思想觀念、道德規範、文學藝術和典章制度等都戞戞獨造，而不跟其他文化共量。只是近代以來因「敵」不過西方文化強勢侵凌而逐漸「退藏於密」，不再復現歷史上有過的光芒。這不僅導致一個泱泱大國的尊嚴遽失，還造成舉世缺少漢文化參與運作的失衡日困的後遺症。因此，我們必須把故有的文化召喚回來，重振漢文化以「矯正」全球西化的浪潮。（周慶華，2008：1）

世界上目前最大的兩個語系：印歐語系（拼音文字）與漢藏語系（具有聲調的特徵）。印歐語系沒有聲調，只有聲調傾向的重音或重讀。例如英文 National〔n'æʃənəl〕重音在第一音節，如果不唸重音，依然是指「國家」，並不會變成另外的意思；但在漢語中就不一樣了，例如〔ma ma〕時，第一聲是指「媽媽」；第二生是「麻麻」；第三聲是「馬馬」；第四聲「罵罵」，聲調不同，意義上相差十萬八千里。（羅肇錦，1992：8）

在漢語，因為單音節就有獨立的意義，所以複音節字，或一個詞組，如果次序調換時，往往會變成完全不同的意義，因此於單字排列的次序上在漢語裡非常重要，非漢語的人學習漢語時，常在次序上繚繞不清，就是未能弄清楚次序的重要而造成的錯誤。常聽的一則笑話，有一個外國人學中文，把第一句問候語「你好嗎？」，因分不清楚次序說成「媽你好？」、「你媽好」、「好你嗎！」等令人啼笑皆非的句子來。至於其他語族的語言，次序弄錯了，最多只能說不合文法或句義不清而已，不會像中文那樣，次序錯了意義也變了。因為有以上單音節、有聲調、重次序等三個漢語的特色，所以使得它在詩的節奏上很明顯，也很整齊，以致中國詩特別發達；加上單個字常有歧義的現象，使詩的意義模糊，更加強詩的美感。例如杜牧的〈清明詩〉：

> 清明時節雨紛紛，路上行人欲斷魂；
> 借問酒家何處有？牧童遙指杏花村。

可以去掉每句的前兩個字，也有另番詩意：

> 時節雨紛紛，行人欲斷魂；
> 酒家何處有？遙指杏花村。

更有甚者，再從每句去掉前兩字，依然有詩味：

> 雨紛紛，欲斷魂；
> 何處有？杏花村。
> （引自羅肇錦，1992：9）

像這種特殊效果，也只有單音節的中國字才能做到。

中文書寫是東亞所有的書寫系統當中最古老的一個，乍看似乎真的是「無中生有」。它在西元前第二個千禧年的下半葉就已出現在中國的中原地區，不只是東亞最重要的書寫形式，而且也是人類書寫表達的重要媒介。中文書寫已連續使用三千多年，其系統幾乎沒有改變（但是字體變化頗大）。它是世界最偉大的文化載體之一。中文書寫佔有區域霸權的地位，因此有時被稱為「遠東的拉丁文」。佛教及中國語文在東亞扮演舉足輕重的角色，的確可類比於約同一個時期基督教及拉丁語文在西歐的情形。拉丁文的傳布為日耳曼人、凱爾特人和其他非羅馬人的民族提供基督教的載體。同樣的情形，佛教及漢語書寫流傳於日本人、韓國人、越南人及其他非中國人的民族。可是羅馬已經傾頹，中國卻蒸蒸日上，漢語及中文書寫通行於整個東亞。拉丁語在西方成了明日黃花，漢語及中文書寫可不只是這樣。漢語書寫本身就是文化。東亞地區的書寫全都始於中文書寫。中文書寫的影響，還有許多中文書寫的字符及漢字，在非中國人借用後將近兩千年仍然活生生，雖然改頭換面和後續的變化所在多有。東亞書寫的歷史是中文書寫的榮耀。（費雪，2009：174～175）

氣化觀型文化它是仿氣流動而造字表意，一切有如線條漫布空中，畫意十足可感。中文系統最早的符號固然以畫謎方式呈現，卻只限於承載中國語言，而中國語言本身遭遇外來的勢力從來不曾寄

人籬下。中文書寫的原始形式是「文」，也就是「單元字符」。古埃及語是多音節語言，因此使用畫謎原則組織個別的音，以便從若干個象形符號構成完整的單字。然而，古代的中國說的是單音節語言，一個音節就是一個「文」，在多數情況下就已經是完整的單詞。同音字容許詞彙的擴充，同樣的發音可以包含幾個不同的中國古代單詞。相反的是多音字，一個「文」可以承載兩個以上的語義相關字。如「口」這個「文」也可以表示「呼叫」。同音字和多音字使得早期的中文書寫充斥「多重文義」，單獨一個「文」隨上下文而有多種不同的意義。早期的中文書寫因此變化多端。它的特色也造成文義的含混不清；這一套系統過於鬆散，因為上下文本身不足以辨識一個字的正確唸法。（費雪，2009：177）所以漢字需要注音，它與西方拼音文字不同。

　　早期的中文書寫清晰易解：字符簡單，認得出就唸得來。在最早的階段，這套系統本質上呈現的是不完整的表音書寫，得要加上意符（表示意義範圍的辨識符號）以減少歧意。可是漢語經歷幾個世紀的變化，語音改變，因此得要增加更多的意符。結果是逐漸喪失表音的特性，語言的語素和字符二者的關係不再清晰易解。中文書寫就這樣變成徹底的意音文字（同時表達意義與聲音）。中文雖然主要是音節書寫，卻不屬於音節書寫系統，因為大多數的字符都具有一個意符。因此，中文書寫一直被稱為「語素音節書寫」，這用鑑定中文書寫系統在書寫的世界中所佔獨一無二的地位最為恰當。大部分的字符都是二合一，都是一個語素加上承載該語素的音節。由於人所能記憶的字符數量有限，音節的成分因此佔有優勢。儘管如此，聲音的傳輸仍然不夠明確。（費雪，2009：178）

　　在文言文中，中文的書面語和口語差異很大。雖然中文書寫經歷兩千多年仍維持驚人的穩定，系統如此，文字也一樣，可是口頭

上的漢語日新月異，變化非常劇烈。如今手寫的中文並沒有反映口
說的漢語，為了矯正這樣的歧異，文字改革的提議不絕於耳。將近
兩千年前就有人打算把中文改寫為音節書寫系統，卻無疾而終。為
了矯正這樣的歧異，文字改革的提議不絕於耳。系統變更始終受阻
於兩大因素：文化方面保守心態以及個人對於漢字的情感。推動羅
馬拼音始於明朝末年耶穌會傳教士抵達中國，他們透過拉丁字母衍
生的文字以漢語方言承載基督教文本，種種方案都出籠了。到了十
九世紀將近尾聲的時候，對於滿清政府及其政策不滿如排山倒海，
倡議使用音標書寫中文的呼聲不絕，只為了促進中國「富強」。滿
清政權於 1911 年被推翻，國民政府以北京話取代文言文作為官方
的書面語。1913 年頒布注音符號，對於推廣以北京話為基礎的國
語功不可沒。臺灣仍然使用注音符號作為漢字讀音的輔助技巧。(費
雪，2009：189)

　　中共在 1949 年建國，開始推動兩大文字改革：更多的羅馬拼
音，以及劇烈的漢字簡化。提出折衷的方案，簡化漢字。漢字的簡
化其實已經進行了好幾個世紀。然而，毛澤東一聲令下，中國終於
在 1955 年全面推行簡體字，工程之浩大前所未見──幾乎刪除了
所有的變體字（就是冗餘字符），其餘的大多數大幅度減少筆畫。
結果，傳統字符變成無法區別的衍生字的情況所在多有。大陸地區
大多數中國人再也無法閱讀比較古老、比較複雜的文言文字體。
1958 年，毛澤東壓制住學者持續反對的聲浪，開始推動漢語拼音。
然而，1960 年代末期文化大革命期間，漢語拼音被認為是來自海
外的汙染，紅衛兵毫不留情破壞眼睛看得到的所有拉丁文字。有好
幾年的時間，中國對於這三種書寫形式的取捨舉棋不定：畏畏縮縮
又跌跌撞撞，而且是先知道不可能成功，卻執意要透過漢字的簡化
達成全民識字的目標，結果犧牲一整個世代的人和時間而一事無

成。而這兩大壓力迫使中文書寫必須有所取捨：電子文書處理，以及外來的字詞和名稱。說來或許出人意表，第一個壓力不像另一個那樣帶來重大的影響，因為現在即使不使用漢語拼音，照樣可以成功輸入漢字。外來的字詞語名稱才真的構成威脅。採用音譯可以辦得到，卻通常要使用一整個中文句子所需的字符。由於全球化社會的影響，外國字詞與名稱源源不絕注入中文詞彙。（費雪，2009：190～191）

　　書寫系統與文字還是一變再變。改變有兩種基本的形態：漸進和突然。漸進式的改變是「自行」發生的，通常是因為有人簡化某些東西，又有人依樣畫葫蘆。改變現存的拼寫方式也不斷造出新單字，如用 lite 表示「酒精含量低」，它源自 light。在拼音字方面進行這一類不起眼的調整和補充，是自然形成的事，社會大眾的接受就有推動的作用；至於突然式的改革，動力可能來自政府，這通常會成功，也可能來自民間社會或個人，這幾乎都失敗收場。這樣的改變並不自然，而且問題叢生。由於識字率普及是現代國家的先決條件，大多數的現代社會無不希望藉由簡化拼寫以提高識字率，這是邊變改革最常見的形態。例如常有人以英語為例，倡議拼寫改革有助於提高識字率，同時還可以減少學習所需的時間。步步為營的標準化工作歷時超過兩百年，英文的拼字法仍然沒有完全標準化。困難不只一端，其中之一是大英國協英語和美式英語之間的差異，主要由於標準化是在美洲有英國人定居後才推動。雖然這兩種拼寫系統之間的裂痕已開始縫合，許多系統上的差異仍然存在。英語的拼法問題很多，比種種國際變體的問題更大，問題包括這一套系統被認為「彆扭」而且難學。此外，英語拼音的冗餘頻率高達約百分之五十－wch mns tht abt hf of th ltrs n a rtn Eglsh sntnc r uncsry to achv fl cmprhnsn, mst of ths bng vwls（這意味著英語的書面語句大

約有半數的字母是沒必要的，那些字母大多數是母音字母。(費雪，
2009：313～316)

　　近代以來，西方文化進入，使得整個漢語世界中的人不斷的發
生圖像思維／音律思維的糾纏、空間化／時間化的混淆和氣化觀型
文化／創造觀型文化的衝突等病徵。(周慶華，2008：2)　西方的
砲艦外交，的確帶給國人一種急迫的危機感。砲彈轟隆轟隆衝破了
大中華思想頑固的圍牆，中華民族開始接受國外的科技文化，對於
自己的社會也開始有了反省。在文化方面最被討論的，就是孔孟思
想與漢字問題。漢字頓時成為眾矢之的，當時識者對漢字主要的批
評，如字數太多—有四萬多字；筆劃太多—字劃多的有十七、八劃
甚至更多；記憶費時—國人須學習五、六千字才能應付日常的寫
作；機器操作困難—打字機、電報機無法使用漢字等。因此，改革
也就都針對以上的缺失，改革的方向也自然偏向於：如何減少漢字
的字數與筆劃以減低國人記憶的負擔及寫作的時間；如何才能使它
適於機器操作。前者演變為簡化字體運動，後者就滙成為羅馬字文
化運動。除此以外，也有一部分的學者注意到中國語文更為根本的
問題—文言化的弊害，對這一問題的改革，就是白話文運動。除了
白話文運動以外，這些改革的努力，都沒有抓掌握到重點，自然也
就沒有解決中國語文的問題。當時的批評者一時只注意到漢字的缺
點，而沒有看到漢字光明的一面。可是新的西方文明是基於表音文
字的文明，也是機械化的文明。機械文明揭開了我國語文的問題，
而漢字在機械處理上，的確有它操作上的不方便，因此而將中國語
文的問題直覺地與漢字連接在一起，使得問題的核心偏了方向。這
一直覺性的連接注定了過去我們語文改革的錯誤方向。(黃天麟，
1987：89～93)

　　其實機械操作的困難，應屬技術面的問題，將來科技發達以後必有解決的一天，大可留給將來的國人科學家們去摸索與思考。其實漢字筆劃太多不是問題，漢字字數太多也不是問題的核心。這是一種錯覺，漢字數量龐大以數萬計。儘管如此，通用字的數目大概只佔總數字的十分之一，其中只有約三分之一是人人認得的字。因為中文讀者只要能掌握二千到二千五百字就可以讀寫無阻，中文字典蒐錄的漢字大多數就算用得著也是罕用。國人常以為英文只有 26 個字，其實不然，英文單字的數目多於漢字數倍，英國學生用於記憶拼寫（Spelling）的時間並不亞於中國的學生，只要我們不把常用漢字的字數作不必要的增加的話。（如能限定在 4,000～5,000 字之間，中國學生用於記憶漢字的時間將不比英國學生用於記憶他們所須記憶的英文單字的時間為多）。（黃天麟，1987：94）

　　主張中國語文羅馬化的人，可能是因為沒有認清中國語文的本質。中國語言是單音節的孤立語，漢字是這一種語言在文字表記的自然型態。這並不是說孤立語的語文必然會產生同音異字的文體，但我國語文在初期發展過程中並未立刻進入多音節的語文型態，卻在單音節模式的拘束下不幸製造出不少的同音異字體。例如「ㄕ」音來說就有 74 字的漢字。以ㄕ音的第四聲為例，它的同音字，常用的仍然有 36 個：是、士、仕、示、視、世、貰、市、柿、侍、恃、試、弒、使、筮、噬、誓、逝、事、勢、跂、嗜、諡、謚、氏、舐、式、拭、軾、室、釋、識、適、奭、飾、螫。僅憑這一點，我們就可以了解羅馬化這一條路是行不通的；而且漢字不僅僅是我國的文字，且是國際性的文字記號。因為我國以外，鄰國的日、韓、星都在使用漢字。所以任何對我國漢字本身的改革都需顧及鄰國的意見，才不致失去漢字的汎用性，減低漢字在國際上的價值。有不少漢字的筆劃確實太多，但筆劃太多非我國語文

真正問題所在。如果必須簡化也應以無損漢字的特性為前提。（黃天麟，1987：94）

　　語言的功能就是能夠在實際的日常生活中進行正確而無困難的溝通；語言的另一個效益就是傳播文化。透過學習不同的語言，便能夠了解不同國家的文化，甚至作為彼此文化的交流。我們應可以了解，也可以想像到如果我們肯於引進 b d g z 等外國特有的音素，加上以ㄅㄆㄇㄈ等注音字母為音素的表音文字，我國語文將會增加不知多少的靈活性，對社會、文化、科技的貢獻也將是難以估量的了。語文是一國社會、文化、科技發展的基石，沒有了它，或者說沒有能依時代的進步而擴張其領域的語文，社會一定達不到應有的發展。（黃天麟，1987：96）

　　語言文字是推動文明的原動力，在我們的生活中扮演非常重要的角色，而語言更是我們思考的先決條件，有清楚的語言概念，才有清楚的思考判斷；有不同的語言才有不同的思考判斷，有不同的思維模式，才會產生不同的社會文化。例如漢語向來不重性別，西洋人則是先辨識是男是女，所以中國人與西洋人在看到一個人時，瞬間的反應不一樣。中國人的思維過程是先反應是「人」，然後再分析是怎樣的人，是男人還是女人；而西洋人的思維過程，則是先辨別是男是女，再想及綜合的概念「這個人」。另外，不同的生活環境也會影響語言的內涵。例如愛斯基摩人，生活在寒冷的地方，光一個「雪」就有許多不同的語彙；中國人在上古時「馬」和「豬」是生活所必要的畜生，也有許多不同的詞彙，「馬」就有「馬、駒、驕、騋、駜、駣、馹、駕、駇、駱、駃、駓、駧、駛、騽」等區別。從例子中可以清楚知道語言文字不但是文明進步的關鍵所在，也左右我們的思維模式，影響我們社會文化的走向，所以我們必須對自己的語言文字有所了解。（羅肇錦，1992：4）

　　聲調除了最基本的「辨義作用」，它們各有各的旨意，彼此不能混淆，理當還有更實質或更切要的高檔的「摰情」作用。也就是說，聲調的設計或踐履成行，不可能只是單純的為表意方便而已，它一定還有「攝眾聽取」的考量；而這種摰情性，就是漢語聲調所以「獨樹一幟」的根本原因。許多涉及漢聲語調的論著都可以有效的道出和聲語調的調類、調值和頻譜形態等「物質性」的特色（何大安，1993；唐作藩，1994；鄭錦全，1994；國立師範大學國音教材編輯委員會編，2002）　，但對於上述那一「精神性」的摰情作用卻都還是無暇顧及；以致有關久享盛名的漢語聲調迄今仍要教人「莫名其妙」！（周慶華，2008：148）

　　可見多變化的漢語聲調緣就是為了摰情的（不論是為了「諧和人際關係」，還是為了「破壞人際關係」，或是為了「政治造勢」）；它透過個別調值的屈折（特指上聲）以及互相搭配時的抑揚頓挫來達成使命，並且也為自己界予了超常的重擔（也就是應調在漢語裡具有「領音」的作用）。（周慶華，2008：2）

　　聲調是我們漢語中的一大特點，每一個字音都不可缺少的東西，在英語中有所謂「語調」，但與中國語音中的字字都有固定的聲調不同，「語調」是可以隨語句而起變化的，中國語當中的聲調，雖也偶有連音時的變化，但一般來說還是固定不變的，所以聲調和語調是不同的。

　　透過上述，可以看出兩個語言系統的差異。漢語聲調的社會功能，是在現實交際中為摰情而凸顯的；而漢語聲調的文化功能，則是以可據為區別其他文化傳統中無聲調的語言而流露的。後面這一點，是把它視為進入文化的體系在運作而姑且研判的，實際上它在不說自己是漢語聲調時本身就是一種文化的徵象；這種徵象的異質性的示現，也就是有聲調和無聲調的差別，既是關聯社會制度的、

又是牽涉文化意識的；而後者（指文化意識）的如同先驗式的制約力，更是這一切考究的關鍵性對象。（周慶華，2008：156）

由此可見，語音符號的物質性從語式形態到有無聲調以及被使用的系統差異等，都接著環繞有不可共量的表義交流狀況和社會文化背景。而可以構成一個「語音符號有它的特殊性」的命題。這個命題，還可以因為它「內在質性」的歧異而分割成兩個具體性的命題：一個是「語音符號的表出有非孤立語和無聲調特徵的形態」；一個是「語音符號的表出有是孤立語和有聲調特徵的形態」。這二者合而顯出「有待析辨而予以真切認知」的特性，所以才說語音符號是有「特殊性」的。此外，在屈折語和粘著語等拼音系統，語音是直接表義的（文字純為語音的紀錄）；而在孤立語這一非拼音系統，語音是附著於文字表義的（文字直接表義；而語音跟意義沒有關連，只是隨文字出示而已），彼此又是差距甚遠。（周慶華，2011b：55）

既然如此，那麼當今所進行的頻密的文化交流，就得相互尊重彼此語言系統的不可共量性，以免強勢語言系統併吞弱勢語言系統而造成不當思想殖民的慘劇。因此，本研究的成果就可以在藉為更「知此知彼」的情況下提供促進文化交流的深化憑藉。換句話說，沒有透過本研究所發掘建構的注音符號的文化演現理論，中西文化交流還是會單向居多而不知變化；現在如果能夠從本研究得著借鏡，那麼往後的中西文化交流就會更加謹慎而不致盲目屈就或強勢凌駕，而這比起先前的浮泛交流不啻要慎重深化許多。

第三節　作為改善文化創新的體質

世界現存的三大文化系統各自的知識特色，約略是這樣的：創造觀型文化中的相關知識的建構，都根源於建構者相信宇宙萬物受

造於某一主宰（神／上帝）；如一神教教義的構設和古希臘時代的形上學的推演以及近幾世紀西方擅長的科學研究等等，都是同一範疇。氣化觀型文化中的相關知識的建構，都根源於建構者相信宇宙萬物為自然氣化而成；如中國傳統儒道義理的構設和演化（儒家／儒教著重再集體秩序的經營；道家／道教著重在個體生命的安頓，彼此略有進路上的差別）。緣起觀型文化中的相關知識的建構，都根源於建構者相信宇宙萬物為因緣和合所致（而洞悉因緣和合的道理而不為所縛，就是佛）；如古印度佛教（甚至婆羅門教／印度教）教義的構設和增飾（如今已經傳布至世界五大洲），就是這樣。西方國家，長久以來就混合著古希臘哲學傳統和基督教信仰（源於古希伯來宗教，又分化出天主教、東正教和新教等），這二者都預設（相信）著宇宙萬物受造於一個至高無上的主宰，彼此激盪後難免會讓人（特指西方人）聯想到在塵世創造器物和發明學說以媲美造物主的風采，科學就這樣在該構想被「勉為實踐」的情況下誕生了（同為古希伯來宗教後裔的猶太教和伊斯蘭教，在它們所存在的地區，因為缺乏古希臘哲學傳統的「相輔相成」，就不及西方那樣成就耀眼）。至於民主政治方面，那又是根源於基督徒深信人類的始祖亞當和夏娃因為背叛上帝的旨意而被貶謫到塵世（形諸他們所信奉的舊約《聖經》），以致後世子孫代代背負著罪惡而來（形諸他們所信奉的新約《聖經》）。而為了防止該罪惡滋生蔓延，他們設計了一個「相互牽制」或「互相監視」的人為環境，也就是所謂的民主政治（一樣的，信奉猶太教和伊斯蘭教的國家並沒有強烈的「原罪」觀念或根本沒有「原罪」觀念，所以就不時興基督徒所崇尚的那種制度，而終於也沒有開展出民主政治來）。（周慶華，2008；60）

　　反觀信守氣化觀或緣起觀的東方國家，它們內部層級人事的規畫安排或淡化欲求的脫苦作為，都不容易走上民主政治的道路。因

為人既被認定是偶然氣化而成，自然就會有「資質」的差異，接著必須想到得規避「齊頭式平等」的策略以朝向「勞心」「勞力」或「賢能」「凡庸」分治或殊職的方向去策畫；而一旦正視起因緣對所有事物的決定性力量，就不致會耽戀塵世的福分和費心經營人間的網絡。同樣的，科學明顯沒有可以榮耀（媲美）的對象，而「萬物一體」（都是氣化或緣起）或「生死與共」的信念既已深著人心，又如何會去「戡天役物」而窮為發展科學？由此也可見，各文化系統所以形態互異，全是源於彼此都隱含著「不可共量」的世界觀。但這到了近代，由於西方殖民主義和帝國主義興起，強勢凌駕非西方社會而迫使它們直接間接的轉向西方取經；結果是非西方社會並沒有能力學會西方人那一套知識和科技，始終處在邊緣地帶任人操控和剝削。以致在當今電腦普及化而網路空間不斷拓廣的情況下，非西方社會中的人還是無法像西方人那樣熱衷且無止盡的投擲心力在新科技的研發上，因為西方人所想要追求的的東西都可以連到他們的天國信仰。（周慶華，2008：61）

　　又好比在審美性知識方面，西方人為模仿上帝的風采而運用幾何原理發展出來的透視畫（這樣才能「還原」或「存真」上帝造物的實況），歷經幾個世紀的演變，隨著殖民主義／帝國主義的威力遠播而橫掃他方世界的審美心靈；但我們所看到的卻是非西方世界的人苦苦在追趕一條從具象到抽象、從結構到解構、從寫實到超寫實等等永遠由西方人「創新」領航的道路，而將自己的文化傳統所有的審美觀趣味棄如敝屣（如氣化觀型的文化重統所崇尚的如「氣」流動般優雅瀟灑的寫意畫、書法和緣起觀型的文化傳統所崇尚的靜修「依止」描繪的瑜珈行者的寫實畫，幾乎快要全數退場了）。好比中國的書法，西元前約一千兩百年，當時中國已用筆墨書寫，使

用中的「文」超過兩千五百個，其中約有一千四百個可辨識為後來
正體漢字的字元。如圖：

西元前 1400-800 年

西元前 800 年為止

西元前 800-200 年

西元前 209 年為止

西元前 200 年為止

西元前 200 到西元 200 年

西元約 100 年

西元約 400 年

圖 7-3-1　殷商若干重要字符的演變

（資料來源：費雪，2009：178）

　　書寫漢字必須遵照每一個字既定的筆畫（由一到二十五不
等）、筆序以及每一筆畫特定的起筆點。基本的筆劃有八種（雖然
書法家的筆劃多達六十四種），所有的字符至少包含其中一種。筆
畫的數目、順序和方向並非只為美觀考量，同時也有助於組織每一
個字符，供日後在形體類似的一組字符作為記憶檢索用。中國人向
來強調講求美感的書寫，也就是書法（相較之下，大多數西方課程
在二十世紀末先後廢除「書寫技巧」）。中國人了解書法的書寫本

質，不是為了附庸風雅，也不是為了商業利益。數百年來，書法的重要性不下於音樂、繪畫和詩。欣賞中國書法，每一個字都是微型藝術品，是書法家個人的教育、技巧和藝術品味的綜合表現。相對於西方字母幾乎是完全基於功能的考量，中文的詞符本質上就兼具功能與藝術雙重特性。這樣的文字觀點，阿拉伯文的書寫者或許最能認同，雖然他們的子音字母表現在藝術潛能上的廣度比中文稍遜，但是他們的文字審美觀對於希臘或拉丁字母衍生文字的書寫者來說是卻是望塵莫及。（費雪，2009：187）

　　此外，非創造觀型文化中人大概無法想像創造觀型文化中人的音樂創作也跟他們的科學研究和學術構設一樣在終極上是為了榮耀造物主（如巴哈就曾經說過：「所有音樂的終極目標，就是榮耀上帝、修補靈魂。」）（索羅斯比〔D. Throsby〕，2003：138）而為了容易成名致富創造觀型文化中人居然也會不擇手段的把文學產業化（如大仲馬「他身後有一批固定的捉刀人，隨時備好稿子，只待大仲馬簽名發表。當時坊間就流傳這樣的笑話，大仲馬問同為小說家的兒子：『你看過我最近的大作嗎？』小仲馬回答：『沒有，爸爸你？』」）（同上，139）；像這種都可以跟造物主連上關係（文學產業化部分，既可以以所得財富傲人又可以藉為榮耀造物主，是「一箭雙鵰」的作法）的「正面」或「側面」審美觀，豈是非創造觀型文化中人所能夠有效的仿效深著的？但在帝國霸權所向披靡的「市場壟斷」的情況下，有那一個非創造觀型文化中人不憚於它的繁采華蔚而眩然失蠻？以致這條「尾隨」的不歸路，也形同是在宣告著一個「異質性」的美感情趣的凋零。（周慶華，2008：65）這種「損失」不只是既有藝術財富的棄守，更是連超前無望一起的「雙重失落」心理的無從調適，以致這條「尾隨」的不歸路，也無異是在宣告著一個「異質性」的美感情趣的凋零。（同上，66）

　　西方人也以科學上的發現或科技上的發明為可榮耀上帝的體面事。然而，西方人所說的民主（等值的參與）卻很難實現、甚至弄巧成拙而出現「假民主」的現象。西方人極度發展科學的結果，造成核彈擴散、資源枯竭、空氣汙染、水質汙染、環境汙染、臭氧層破壞、溫室效應和生態失衡等後遺症，早已預兆了人類將要萬劫不復，問題更為嚴重。因此，普受影響的他方社會如果不再悉心了解這種關懷方式的流弊而試為改向，那麼就得一起承擔苦果。（周慶華，2008：68～69）

　　其次是緣起觀型文化傳統在信仰涅槃境界的佛教徒身上所顯現的，他們所關懷的是人的「痛苦」。這是佛教開創者釋迦牟尼佛從人類實存日日體驗到的無窮盡的身心逼惱而誓化眾生讓它們永遠脫離生死苦海的悲願所帶出的。都展現了一致的關懷旨趣。造成這痛苦的終極真實，主要是「二惑」（由無明業力引起）和「十二因緣」（生死輪迴）。最後必定逆緣起以滅一切痛苦和出離輪迴生死海而達到絕對寂靜境界為目標。而身為佛教徒所要有的終極承諾，就是由八正道進入涅槃而得到解脫。這種終極關懷的方式也因為「捨離無望」而減卻了它的苦心孤詣。佛教所著重人的自清自淨，但也不免曲為指引倒令人「望而卻步」或「礙難踐行」的地步。原因就在拋開所有的執著並不是常人所能輕易做到；而繁瑣的解脫法門也會讓人喪失耐性和信心。畢竟人間社會永遠是一個「可欲」的場域，無法「阻絕」人心的蠢動。最後大家可能會發現它不但提不住人心，還揭發更多可以提供人思欲的情境。因此，人間社會的擾攘和爭奪已經不是佛教單獨「出擊」所能平息的了。（同上，68）

　　再次是氣化觀型文化傳統在信仰自然氣化道裡的儒道信徒身上所體現的，所關懷的有緣純任自然一路而來的個體的「困窘」（不自在）和緣重視人倫一路而來的倫常的「敗壞」（社會不安定）。前

者是道家的先知老子、莊子等人透視人間世誘引個己的分別心和名利欲而遺留的夢魘後所考慮要除去的。這跟佛教徒的關懷對象類似，但著重點略有不同。道家信徒所要追求的終極目標，就是沒了分別心和名利欲望的逍遙境界（純任自然）。而為了達到逍遙境界，道家信徒必須以「心齋」、「坐忘」等涵養為他的終極承諾。以上各教派其所關懷的都在一己的罪愆、苦痛的救贖和解脫上，只有儒家獨在倫常方面著力。人倫的不和諧而導致社會的不安定為關懷對象，認定私心和私利是構成倫常敗壞的終極真實。如何扭轉，就在確立仁行仁政這一終極目標，而以推己及人為最終承諾。這跟基督教顯然有絕對差別：前者最終是要求得人倫的和諧；後者最終卻是要求得人神的安寧，而這也跟道家構成一事的兩極：前者排除私心私利是為了生出公心公利；後者排除分別心和名利欲是為了自我得以逍遙。話雖然這樣說，基督教、佛教和道家也不是不關心倫常的問題。整體來看，道家／道教信徒的終極關懷終究要跟佛教徒的終極關懷「匯」為一夥兒無意於向外推拓建立法治以防止人的叛離，它的「曲為思考」一樣難見成效；只剩下儒家信徒的終極關懷在現實中可以被多加「指望成真」。畢竟儒家提出仁行仁政來指引人向上一路，並不是要剝奪人的私心私利，而是要喚醒大家能推己及人，轉而出現公心公利。這樣要求人，總比佛道要求人去除欲望來得容易。再說儒家沒有講究民主，不及基督教吸引人，這也不構成儒家的弊病。只不過歷來還沒有一個時期實現過這個理想，以致讓某些不明究裡的人誤以為儒家已經過時了。其實，儒家正有待開展，它將會是人類免於沉淪的極佳保證。因此，重拾這種終極關懷就特別具有時代意義，它還會是未來照見人類前途的「一盞明燈」。（周慶華，2008：70～72）

西方人是以個人為單位，每個受造者都是獨立的個體，必須保有隱私，相信宇宙萬物受造於某一主宰（神／上帝），為模仿上帝的風采而運用幾何原理發展出來的透視畫；也以科學上的發現或科技上的發明為可榮耀上帝的體面事；音樂創作也跟他們的科學研究和學術構設一樣在終極上是為了榮耀造物主。而東方的中國則屬氣化觀型文化，相信氣聚成群居狀態，一團一團的氣如同一個個家庭，不宜有個人的隱私，為了講究和諧自然及過有秩序的生活，所以漢語聲調緣於挈情而發生，也就是漢人說話沒有私密性的關係。也就是說，漢人說話所在的情境大多還有第三者，導致說話者必須比較「聲大話重」的發音（尤其是上聲和去聲的發音），以便讓大家「同沾語益」；中國文化傳統造成「團夥為生」的社會結構而讓漢語聲調有併存固盤的機會。中國傳統「抒情」味濃厚的詩詞曲賦式的文學寫作，也就是同稟一源而更事「超」交際的演出。相對的，沒有漢民族這種社會／文化背景的地區，就不可能發展出類似漢語的聲調來。漢語聲調可以提醒我們的是：漢語聲調在調類、調值和頻譜等物質性的特徵上，論者都能有效舉實析理；但對於漢語聲調更有著挈情的社會作用和特殊氣化觀型文化背景，卻未能一併深透，以致有關漢語聲調的「獨特性」就無法予以彰顯。所以要藉由上述的社會功能和文化功能的揭發而奠定相關漢語聲調的「知識」基礎，進而思考自我文化遭受西方文化強為壓迫的「突破之道」。（周慶華，2008：7）

　　臺灣文學經國人的形塑創發後，已經自成了一個想像共同體，有著魔咒般的束縛人心的效果。只是它的涉外爭取文學桂冠的乏力以及未能趕上普世思「變」孔亟的潮流，總有深深的遺憾而得別為尋找出路。這在有識之士的盱衡燭照中，原也有如葉笛慷慨陳言的，只不過都罕及他力倡超越傳統／樹立新美學的膽識；以致臺灣

文學如果要有希望，就得從他的文學論述／批評觀中奮起進一步去
創新超越世界其他地區的文學成就。（周慶華，2008：159～177）
這就是再造另一個足以開展臺灣文學新局面的不一樣的想像共同
體，機會不可錯失。還有較廣闊的華語敘述也一樣：我們知道，敘
述為人類展示發達語言的運作能力以及刻意藉為區別學科的捷
徑。它在如今正當全球化風捲殘雲而促使海峽兩岸同感必要藉機發
聲的關口，所推出的漢語就成了一個可以檢視的好案例。只是漢語
本身在缺乏「雄厚實力」作為後盾的狀況下仍舊高揚不起來；尤其
臺灣一地近年來的漢語熱潮卻難以激起國際社會的迴響，就可見它
的「主體性」未能完構的一斑。要改善這種不利的處境，華語敘述
模式勢必得向新式的華語敘述模式過渡，以未來可以有的相關「濟
世」或「益世」的良方重新發聲，一切才庶幾可望！（同上，8）

　　向來有關中西文學的區判，學者多能以奔迸暴露和內斂含蓄等
特徵來分別指稱，但並未一併了卻箇中原委。其實這跟中西方文學
都以詩為核心密切相關：師在西方傳統為「詩性思維」（野性思維
或非邏輯思維）所制約；而在中國傳統則為「情志思維」所制約，
彼此一著重「外衍」一著重「內煥」；以致外衍的恣肆宏闊而有氣
勢磅礡的史詩及其流派戲劇和小說等的賡續發皇，而內煥的精巧洗
鍊而有抒情味濃厚的詩歌及其流派詞曲和平話等的另現風華。這些
都可以再行追蹤定性，以便時人藉以醒悟繼續「仿效對方」的脫序
乏效以及重估萃取菁華求進的可能性。（周慶華，2008：9）

　　顯然各文化傳統原都有自己所專擅或揚露的美感特徵，它們在
彼此的交往過程中應該是一種「並峙分流」且「相互欣賞」的關係；
但當有一方獨盛而其他的則萎縮退卻時，整個「完整」的形勢就會
傾圮而造成審美感應的「單調」化。而這對雙方來說，都是一個難
以諒解的嚴重的缺憾。因此，不再如時流競相以創造觀型文化為「馬

首是瞻」而倡導相關的風氣，也就有現實「脫困」而開啟新局的意義。而這要透過中國美學（氣化觀型文化中的美學）的重新建構來顯示「自重且可為」性典範的。（周慶華，2011a：218～220）

　　人類已經面臨生死存亡的抉擇關卡，當今天大家都知道整個世界千瘡百孔，卻苦無拯救的對策，以致有一些「天真」的想望難免就會乘機而出。那就是全球環境的破壞。科學所催生的西方工業模式，仍在不斷耗竭、汙染自然資源，而讓地球面臨可能倏然寂滅的威脅。儘管人類已經大幅修正運用自然的方式，讓地球得以免受萬劫不復的傷害；但西方工業模式的「優越之處」要全人類所信服，似乎已是不可能的事。即使是最了不得的科學成就，對環境似乎也同樣會產生不得了的破壞。（周慶華，2008：73）

　　溝通不論以什麼方式進行，它的「籲請」背後都是強勢者要藉為謀取利益（弱勢者沒有機會呼籲溝通「成功」）；弱勢者稍有妥協附和，很快就會淪為被收編或被併吞的下場，從此沒了可以一搏「尊嚴存活」的機會。因此，這種溝通如果還想「持續」，那麼它就不是為「各自文化」的，而是為「人類前途」的（也就是另以關係人類前途的問題為準則來思考文化的發展方向，而不再執著於「你」的文化和「我」的文化到底「孰優孰劣」或「誰好誰壞」一類還缺評斷依據的議題）。而這也使得「跨文化溝通的必要的諍論」（否則跨文化溝通就無從想像它的可能不可能性）。（周慶華，2008：59）西方人普遍相信宇宙萬物為神所造，所以一切學問都在追究跟神的「聯繫」而有切割哲學面向和堆疊累進哲學成果的表現。相對的，非西方世界不時興（沒有）造物的觀念而始終崇尚自然氣化過程的「道」或逆反緣起解脫達致的「佛」，所以就繁衍出迥異於西方的思維，顯然這跟創造觀型的文化傳統中的道德觀是迥異的。（同上，61～64）

　　如果還是要以西方文化為模本，那麼它的創心是必會「欲新無由」，以致得改從別的文化傳統去「善加利用」而「別出新意」。而比較現有的可以跟西方創造觀型文化併比的中國傳統的氣化觀型文化特別有一種「蘊藉深長」的色彩而可以優先加以採擷鎔鑄。但當有的文化傳統被自我傳統中的人棄置以及被其他傳統中的人壓抑的時候，就會造成一種文化傾圮且可能集體覆亡的危機：「文化平衡」感不在了。後者，是指壓抑者的變本加屬「荼毒」以及終究會遭遇反彈的「廝殺」難保不一起走上相互毀滅的道路。所謂創新，就只是能顯現局部差異的創新，重新召喚一個被「淡忘」的文化傳統來緩和傾圮的潮流和可能集體覆亡的命運，也就是為確保人類前途的一件「勢必所趨」的重要事；更何況中國傳統的氣化觀型文化內蘊的如氣流動般的「韌性」和「柔美」。因此，復振深化可以藉為濟危扶傾舉世滔滔暴亂安全閥的傳統仁學，也就有其必要性。傳統仁學以「推己及人」為張本，節欲面世，所具有的「縮結人情／諧和自然」特性，可以緩和西方強權為「挑戰自然／仿效上帝」所帶來的蹙迫壓力和迷狂興作。（周慶華，2011a：19）也就是必須把過去中國燦爛的文化帶到更高一層的新境地。

　　西方人的受造意識一直會促使他們走上創新的道路；而實際上他們的所有成就，也都結結實實的被用來回應上帝造人的美意。反觀我們自己所信守的氣化觀這種世界觀，僅在「縮結人情／諧和自然」上顯力，跟西方人所信守的創造觀那一以「挑戰自然／仿效上帝」為旨趣的世界觀迥異，這如何能夠自我卸下「負擔」去追趕別人而還能追趕得上？（周慶華，2011a：22）

　　從漢語在後全球化時代必須扮演新角色來說，漢語敘述也得是一個具開展性的議題，而輾轉成為新的形態。首先是後全球化時代是在「反全球化」前提：時序進入二十一世紀，很明顯西方強權威

力轉弱而東方中國乘勢崛起，儼然一切以「重構文明」或「文明再造」的新意識在主導經濟和科技的運作；但情況無法這麼樂觀，經濟和科技全球化已經快要耗用完地球有限的資源，中國崛起除了「拾人唾餘」還得分攤環境破壞和生態失衡的後果，基本上沒有什麼榮景可以期待。盱衡時勢，極力反對全球化才是正途；而反全球化，則無異是要把人類文明推進到後全球化時代。這是人類展示發達語言的運作能力以及刻意藉為區別學科的捷徑。（周慶華，2011a：18）

　　以關係人類前途的問題為準則來思考文化的發展方向，而不再執著於『你』的文化和『我』的文化到底『孰優孰劣』或『誰好誰壞』一類還缺評斷依據的議題」上來解答。也就是說，各文化的優劣或好壞姑且不論，但就目前人類所面臨的危機比較需要某一文化／哲學來化解時，相對的其他的文化就得被研判「收斂」或「更張」，以體現一種「就事論事」而非「人身攻擊」的合理批判模式。（周慶華，2008：66）

　　以上是從整體環境和世界局勢統觀的結果，顯然我們所自屬的氣化觀型文化必須召喚回來，才有助於人類社會的永續經營。而這種召喚在海峽兩岸幾乎都已自我棄絕的情況下，就不啻是一種重為改善創新文化的工作，它所圖的不再是一己的滿足而是有益於全人類的福祉。而這在本注音符號的文化演現研究所體現的，既然已經可以看出氣化觀型文化的精蘊，那麼藉它來作為改善創新文化的體質，也就有相當足夠的資源。換句話說，以本研究成果作為借鏡，一來可以知道所蘊涵氣化觀型文化的可貴，而必須極力予以復振；二來就以這復振代替創新，對治西方創造觀型文化所遺禍害而拯救地球，從而使得目前國人的尾隨習性（見前）得到改善，形同再造了自我的文化。

第八章　結論

第一節　要點的回顧

　　注音符號是引領孩子進入知識殿堂的鑰匙，是孩子探索各種知識的必備工具，也是兒童學習國字的橋樑。注音符號對臺灣的小孩來說很重要，對於海外的小孩來說更重要，因為小孩在海外的環境接觸中文不多，認不得的中文字都可藉助注音符號來識字。而且只要注音學得好，中文就不會被當地的語言發音所干擾。況且我們豐富文化的遺產保留在經史子集典籍中，要真正了解中國文化，就要讀懂古書，而不懂得由注音符號去上溯古音，就無法真正了解古書的文意。古時候優美的詩詞歌賦都是押韻的文章，唯有從古音去探尋，才能體會其中的鏗鏘之美。

　　本研究在第一章〈緒論〉中，先就本研究的研究動機、研究目的與研究方法以及研究範圍及其限制來進行探討；而在第二章〈文獻探討〉中，搜集有關注音符號的聲、韻、調和注音符號的功能及其文化性透視文獻，並作整理，提供本研究在探討時所需的材料；第三章〈注音符號〉將探討注音符號的制定及其由來，注音符號的聲韻調等物質性以及深入探討注音符號的心理功能、社會功能、審美功能和文化功能的精神性義涵；第四章〈注音符號與拼音符號的比較〉將注音符號的聲調在漢語發音上的特殊性以及其他漢語拼音的問題並作注音符號與其他拼音符號的優劣比較；第五章〈注音符

號中聲調的作用〉先將漢語中特有的聲調作界定，然後處理注音符號中聲調的心理／社會作用，以及注音符號中聲調的審美作用；第六章〈注音符號的整體文化表現〉對文化作界定，以「強化說明」的方式，來總述相關層面的文化演現要義，包括「注音符號／漢字的圖像化思維」、「聲調的氣化觀／家族倫常的制約」和「音聲高度文飾的縮結人情／諧和自然取向」等；第七章〈相關研究成果的運用〉論及本研究成果可藉以提高語文教學的成就，提供促進文化交流的深化，作為改善文化創新的體質。

　　上古時代的字形與現代的字形之間已經有很明顯的差異；不過我們也看得出，這種差別只是書寫技術上的不同而已，原則上這些象形字的構造歷代以來還保持著，完全沒有改變。但中國文字到了漢代已經不容易從文字形體中識得標音的實用了，所以需要注音。從漢朝到現在，人們用各種方法來給漢字注音，以便唸出正確的音。每個時代的人都用他們自己時代的音造反切，但時代變了這個反切就不準了。滿清末年，西方勢力東漸，當時他們的科學文明的確凌駕了以漢字為中心的東方文明。論者便將東方落伍的原因歸罪於漢字的非科學性，如筆劃多、文字多、難記等等，於是掀起改革的浪潮。經過長期的醞釀，於 1918 年教育部公布「注音字母」，到了 1930 年改稱「注音符號」。注音符號基本上就是從漢字萃取出來的，有 37 個，每一個字可以代表準確的漢字發音，是傳承中國文字聲韻而來；字形是根據中國古字設計，有助中文的認讀和書寫，又能引發中文圖像思考，幫助學習中國文字，且有事半功倍的效果。語言文字是有祖國的，拉丁字母只能作為漢字注音的輔助工具，注音符號標音方式最為簡單而靈活，每一個音只有一個符號（不論聲母、韻母），每一個字音最多只有三個符號，最少一個符號，就可以拼寫清楚。國語注音符號經過八十多年來的實踐，造福學子

無數，對國語文的教學具有無與倫比的貢獻與價值。不論華語文教學採用漢語拼音是否「比較方便」（可以跟音系文字的發音接軌），都應該告知學習者注音符號是「原汁原味」，學會了它，在華語文世界就有可能「無往不利」。

　　漢語拼音由中國大陸教育部於 1958 年公布，這套符號採取 26 個羅馬字母作為拼讀漢字的發音符號，對初學中文的外國人來說是一種簡便的工具。方便在世界各國普遍使用。它的缺點有：清濁因不分；送氣塞擦音對西方人來說非常陌生；有時一個符號有三個發音，也會造成混淆；附加符號「ˆ」「‥」代表不同的讀音，但礙於打字印刷，時有遺漏的錯誤。漢語拼音是借用外語的音標符號來學習華語，當然與華語的語音結構無法全部相合，使用一種符號來標注兩種文字，如果適用第一種語言，那麼對第二種語言一定會欠缺一些符號，造成學習的困擾。注音符號是專為拼注國語而設計的，它只適合拼注國語，不適合拼注其他的方言或外語，如同譯音符號不適合拼注國語一樣。對海外出生的華人子弟或外國人，英語是他們的母語，當他們看到拼音字母時，不管聲調標得再仔細，他們的腦神經反應一定是回應英語的發音與音調。如果使用注音符號則可讓學生在心理與生理上擺脫此種心理語言學所忌諱的母語干擾。

　　明代末年，有一批歐洲國家的傳教士，紛紛來到中國傳教。它們用拉丁字母為漢字注音，來學習漢語和漢字。外國人使用的譯音符號，都不是中國本位的符號，他們為了能快速的進入學習場域，用自己熟悉發音符號拼讀中國文字，卻容易受到原來母語的干擾，使得發音不夠精準、不夠正確。它無法拼出變音音值，如何呈現中國語言的聲韻之美？而且它沒有中國歷史文化背景作基礎，禁不起時間的考驗，只能用於一時，不能長久存留。

　　聲調語言中的每個音節都有聲調，每一種聲調都附著在音節之上，聲調和音節彼此有相互依存性。中國文字是有聲調的語言，聲調可區別漢字，具有辨義作用。前人用一般動物來比喻一個漢字的字音，分成五個部分：頭、頸、腹、尾、神。他抓對了漢語的特色。以「神」來代表聲調，確實是非常貼切，一個人的身體，頭、頸、腹、尾固然重要，但不賦予精神的話，那麼這副軀殼只是一具行屍走肉，有了精神以後才真正有了生命。其在發出陰、陽、上、去四聲時，聽起來有非常明顯高低不同變化的調值、調域，尾音響亮，有可以「撼動人心」或「情意深長」的韻味，還有挈情作用（心理義涵），這與西方有很大的不同處。漢民族所繫的社會／文化背景與西方創造觀型文化有所不同。漢民族是屬氣化觀型文化，經常要對著「許多人」講話，需「攝眾聽取」來喚起周遭一群人的「注意」（社會義涵）！漢語的語音，作為漢語信息的代碼系統，它有良好的通訊性能，在語言交際的傳遞過程中，有較強的抗干擾能力。漢語語音具有聲調、抑揚頓挫、輕重緩急、有自然的平仄、有高低種種的聲調，用口語表達時，可以把話說得美妙動人。使用在文學作品中，更可以美化語言。而聲調的挈情作用，可以轉為作「溫慰人心」或「激盪人心」的審美訴求，而使得聲調的功能發揮到極致（審美義涵）。而此文化義涵，它是從聲調的心理義涵、社會義涵、審美義涵等，再用深層性的文化就是世界觀來檢視它，才使它具有文化義涵。

　　注音符號的文化演現，是把注音符號所體現的文化特徵視為一個動態過程，也就是把文化當作一個動態概念。至於文化的演現則是整體性的，就是用五個文化次系統「終極信仰、觀念系統、規範系統、行動系統、表現系統」來呈現。這裡面又可分深層性文化和淺層性文化：深層性文化是指觀念系統的世界觀；而淺層

性文化則是指規範系統、行動系統、表現系統。由於終極信仰已內在觀念系統中，所以才把觀念系統中的世界觀視為深層文化，也因此才有辦法來區別各種不同的系統，包括稱西方的創造觀型文化、東方中國傳統的氣化觀型文化、印度佛教發展出來的緣起觀型文化。

　　注音符號能被我們所直接經驗的不出聲、韻和調，這些統稱為注音符號的物質特性。注音符號除了這些物質特性以外，還有精神特性。心理意義、社會意義、審美意義和文化意義，可以統稱為注音符號的精神性義涵。而我們只有把注音符號的精神性義涵和注音符號的物質性義涵合在一起，才能對注音符號有完整的認識。而精神性義涵，所包括的不出心理、社會、審美和文化範圍。心理是指在使用注音符號的時候，所發出的聲音，它是有企圖的，它選擇任何一個音，跟內在的心理因素有關。如聲調，它跟聲音的高低、聲音的強弱有著極密切的關係。而社會義涵，我們會考慮語音的發處，要怎麼被接受。會依不同的社會情境而被考慮選用，可見注音符號具有社會性義涵。而審美義涵是見於表現系統。審美義涵在應用的時候，它的審美性有兩種：一種是口語階段，它本身就可以製造這種調配抑揚頓挫，讓人聽起來很舒服；還有一種是進入到文章裡頭，可以調配平仄製造較高難度的抑揚頓挫的審美效果，特別是調和過類似音樂的旋律和節奏，唸起來就有一種特殊的美感，讓人比較有深度的感受。至於文化義涵，它是從注音符號的心理義涵、社會義涵、審美義涵等，再用深層性的文化就是世界觀來檢視它所形成的。因此，我們是用世界觀來統攝其他淺層的文化，而構成一個完整的文化體系。注音符號的精神性義涵，也就是注音符號的整體的文化演現情況。

　　注音符號所以被忽略，除了外來的強勢文化的壓迫，還有長期以來國人都未曾深究它的特殊性，使得原所體現的一種蘊藉深長的文化質性闇默不彰。我們不僅是要學習者熟悉和會運用注音符號而已，還要去透視注音符號的更深知識功用。最特別的是漢語具有聲調，聲調不只有辨義的作用，它還可以明顯的區別於異系統的語言而顯示出自我文化印記的獨特性。因此，重新開闢檢視的管道，深入探討注音符號表徵的漢民族的氣化觀型文化，也就有應時且能贏得或挽回民族尊嚴的意義和價值。漢文化與其他文化有所區別，語言文字以及內蘊的宗教信仰、思想觀念、道德規範、文學藝術和典章制度等都戛戛獨造，而不跟其他文化共量。只是近代以來因抵擋不了西方文化強勢侵凌而逐漸萎縮，不再復現歷史上有過的光芒。這不僅導致一個泱泱大國的尊嚴遽失，還造成舉世缺少漢文化參與運作的失衡日困的後遺症。因此，我們必須把故有的文化召喚回來，重振漢文化以「矯正」全球西化的浪潮。茲將本研究結成果，圖示如下：

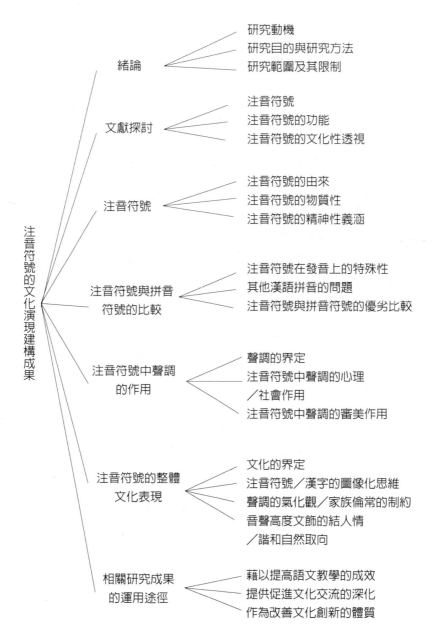

圖 8-1-1　本研究理論建構成果圖

第二節　未來研究的展望

　　中國的文化有悠久的歷史，中國的語言文字是美麗的圖畫、是神奇寶物。我們可以用語言文字化為美麗的詩歌、文章，中國文字是詩書、畫、樂、舞的融合，是歷史文化的呈現。現代的漢語無論是語音、語法、詞彙各部門，都是從古代漢語逐漸發展出來的。注音符號是傳承中國文字聲韻而來，字形是根據中國的古字而設計的，能引發中文圖像思維，幫助學習中國文字，發音精準、拼寫清楚且方便印刷，又能避免英語語音的干擾。氣化觀型文化原有的語言思維模式，本就不同於創造觀型文化。而我們原本自成一格的語言系統，如果捨棄與漢字息息相關的注音符號不用，而套上了不是本位的拼音符號，便會失去了我們本身原有的味道與氣質。到目前為止還沒有發現一套比注音符號更好的拼音系統。要真正學習中華語文、中華文化的精隨，一定要從注音符號學起。

　　一般教學者、學習者只著重注音符號的拼寫及發音等物質性，而忽略了注音符號最重要的精神層面。如今探討注音符號的文化內涵而形塑一套認知注音符號的新理論，希望經由本注音符號的理論建構，可讓第一線教師藉以提升語文教學的成效，使教學者、學習者對注音符號有更深入的了解，日後在語文的學習上，能實質性的「推廣應用」，以提高語文的教學與學習成效。畢竟注音符號有其優越性，不但要加以保留、繼續使用，更不可輕言廢棄或使用羅馬拼音、漢語拼音來取代。

　　注音符號取古文篆籀徑省之形的簡筆漢字。聲取其聲母，形取其韻母，與漢字關係非常密切。可以把它應用在教學上，使學生「知其然而知其所以然」後，對注音符號不再是難記、難理解而又抽象

的符號。中國語音是單音節孤立語，可以利用它的特殊性，把文字組合成種種不同的形式，代表無數的語詞，使語言能夠有無比豐富的表現能力。可以對古代中國的詩詞歌賦作更深入的探究；並可以利用它的特殊性，進行創作。

　　注音符號除了聲、韻和調這些物質性外，還有精神特性。它們不會只是我們可以聽得見的一些物質性的特徵，而是有意義在傳達的。這意義就包含心理意義、社會意義、審美意義和文化意義，可以統稱為注音符號的精神性義涵。在心理、社會和審美方面，只足夠提供「解釋所需」的例證。未來可以對注音符號的心理義涵、社會義涵和審美義涵搜集更多的例子，作更深更廣的探究。

　　漢字自始就和歐美文字循著不同的方向在發展，漢字由象形走上形聲的路；而歐美則是由象形走向拼音的路。這是完全不同的兩套系統。說寫中文時，就該是中文的思考圖像。而羅馬拼音只是幫助外國人學國語，羅馬拼音不符合漢語結構，而且羅馬拼音無法解決一符多音的衝突。想要真正了解中國文化，就要讀懂古書，也唯有由注音符號去上溯古音，才真正了解古書的文意。況且使用一種符號來標注兩種文字，如果這種符號用來標注第一種語言，對第二種語言而言會欠缺一些符號，造成學習的困擾。經由本研究的成果，可以作為學習漢語者該用何種拼音符號，可以作出正確的選擇。也可以給予上位者作決策時的參考方向。而這未來可以加入實務探討，以取得與理論相互印證的特好效果。

　　漢藏語系屬於聲調語言。尤其是漢語，更是聲調語言的代表，聲調是漢語辨義要素中的第一要素，是漢語的神。在語言交際的傳遞過程中，有較強的抗干擾能力。漢民族緣於氣化觀的集聚謀畫的生活形態，聲調緣於挈情而發生，它有著「攝眾聽取」的考量。漢語語音具有聲調、抑揚頓挫、輕重緩急、有自然的平仄、有高低種

種的聲調，用口語表達時，可以把話說得美妙動人。使用在文學作品中，更可以美化語言。因此，往後可以利用漢語中的聲調，在人際的溝通技巧或在文學殿堂上作更進一步的研究，以便了解聲調更多實際的用途。

注音符號／漢字併合所體現的是如氣流布的圖像思維，多義且具包容性是它有別於音系文字的地方；音系文字為求「音音判別」，必然講究邏輯結構而變成音律思維的型態（周慶華，2007：332），彼此大異其趣。而這種圖像思維，透過注音符號／漢字的演現，可以整體掌握氣化觀型文化的特徵。注音符號中具領音作用的聲調，它緣於氣化觀而保障了必要的摯情功能；而這摯情需求相對應的就是家族倫常的制約。因此，氣化觀／家族倫常的又見的「一體兩面」性，就是聲調所體現的文化特徵。而這裡面所含混於指意的（也就是「攝眾聽取」也並非有確切的冀其聽取的對象），依然是整體圖像化思維的表現。而這些都是向來罕被窺見的。注音符號的整體音聲可以高度文飾化；而高度文飾就是為了縮結人情／諧和自然（二者都體現了氣的流布的和諧性，彼此也為一體的兩面）。這是從氣化觀分衍為規範系統和表現系統的「勢所必趨」或「理所必然」。因此，注音符號的整體音聲的文化演現，就從圖像化思維裡知所自我昇華而以高度文飾來試圖達致縮結人情／諧和自然的目的了。有聲調和無聲調的差別，既是關聯社會制度的、又是牽涉文化意識的。目前大家普遍盲從創造觀型文化的作為，現在希望將這類考究的成果援引來發揮另一種「確定」文化方向或「重整」文化思維作為依循的方向。因此，後續的研究就可以特別在這個環節著力，而讓注音符號的整體文化演現情況得以發皇且能普遍改變國人重拾民族自信心。

　　透過本研究所發掘建構的注音符號的文化演現理論，希望大家能夠得著借鏡，那麼往後的中西文化交流能更加謹慎才不致盲目屈就或被強勢凌駕。而這還可以深入探討的層面勢必不少，著實去發掘本身也無異成了另一種值得展望努力的方向。

參考文獻

大紀元文化網（2011），〈槳聲燈影裡的秦淮河〉，網址：http://www.
　　epochtimes.com/b5/1/9/5/c5097.htm，點閱日期：2011.08.18。

孔穎達（1982），《毛詩正義》，十三經注疏本，臺北：藝文。

王力（1981），《漢語音韻》，臺北：鳴宇。

王力（1987），《中國語言文學史》，臺北：谷風。

王力（2009），《漢語史稿》，北京：中華。

王士元、彭剛（2007），《語言、語音與技術》，香港：城市大學。

王天昌（1984），《漢語語音學研究》，臺北：國語日報。

王世貞（1983），《藝苑卮言》，續歷代詩話本，臺北：藝文。

王堯衢（1974），《古詩詮釋》，臺北：華聯。

王弼（1978），《老子道德經注》，新編諸子集成本，臺北：世界 。

王熙元（1996），《注音符號手冊》，臺北：牛頓。

王萬清（1997），《國語科教學與實際》，臺北：師大書苑。

方慧芳（2009），《字族識字教學之行動研究──以北市某國小二年甲班為
　　例》，國立臺北教育大學語文與創作學系語文教學碩士班碩士論文，
　　未出版，臺北。

北京大學語言教研室編（1962），《語言學名詞解釋》，上海：商務。

朱榮智等（2009），《實用華語文教學概論》，臺北：新學林。

佛隆金等（1999），《語言學新引》（黃宣範譯），臺北：文鶴。

何大安等主編（2007），《華語文研究與教學：四分之一世紀的回顧與前
　　瞻》，臺北：世界華語文教育學會。

吳金娥等（2003），《國音及語言運用》臺北：三民。

吳敏而（1994），〈從兒童語文教育趨向看注音教材〉，《海峽兩岸小學語文
　　教學研討會論文集》，臺北：國立臺北師範學院語文教育學系。

宋光宇編譯（1990），《人類學導論》，臺北：桂冠。

李延壽（1983），《南史》，臺北：鼎文。

李威斯（2005），《文化研究的基礎》（邱誌勇等譯），臺北：韋伯。

李善等（1979），《增補六臣注文選》，臺北：華正。

李瑞華主編（1996），《英漢語言文化對比研究》，上海：外語教育。

李漁（1990），《間情偶寄》，臺北：長安。

沈清松（1986），《解除世界魔咒──科技對文化的衝擊與展望》，臺北：時報。

沈清松主編（2004），《心靈轉向》，臺北：立緒。

沈淑美（1998），《資源教室的注音符號教學及教材設計》，臺北：臺北市立師範學院特殊教育中心。

貝克（2004），《文化研究──理論與實踐》，臺北：五南。

那宗訓（1959），《國語發音》，臺北：開明。

周敦頤（1978），《周子全書》，臺北：商務。

周慶華（1997），《語言文化學》，臺北：生智。

周慶華（2000），《中國符號學》，臺北：揚智。

周慶華（2001），《後宗教學》，臺北：五南。

周慶華（2004），《語文研究法》，臺北：洪葉。

周慶華（2006），《語用符號學》，臺北：唐山。

周慶華（2007），《語文教學方法》，臺北：里仁。

周慶華（2008），《轉傳統為開新──另眼看待漢文化》，臺北：秀威。

周慶華（2011a），《華語文教學方法論》，臺北：新學林。

周慶華（2011b），《語文符號學》，上海：東方。

孟瑤（1979），《中國戲曲史》，臺北：傳記文學。

居恩（1994），《文字與書寫──思想的符號》（曹錦清等譯），臺北：時報。

林尹（1980），《訓詁學概要》，臺北：正中。

林尹（1982），《中國聲韻學通論》（林炯陽注譯），臺北：黎明。

林金錫、舒兆民（2008），《漢語語言學講義》，臺北：新學林。

林國樑等（1983），《語文科教學研究》，臺北：正中。

林惠勝（1990），《有趣的文字》臺北：圓明。

林燾、王理嘉（1995），《語音學教程》，臺北：五南。

竺家寧（1989），《古音之旅》，臺北：國文天地。

哈爾門（2005），《文字的歷史》（方奕譯），臺北：晨星。

姚察等（1983），《梁書》，臺北：鼎文。

洪玉玲（2008），《國小一年級注音符號教學現況研究》，國立臺中教育大學語文教育研究所碩士論文，未出版，臺中。

科塔克（2007），《文化人類學——文化多樣性的探索》（徐雨村譯），臺北：麥格羅‧希爾。

胡建雄（1987），《儿化韻知多少》，臺北：國語日報。

胡楚生（1980），《訓詁學大綱》，臺北：蘭臺。

胡應麟（1973），《詩藪》，臺北：廣文。

席爾斯（2005），《迷文化》（朱華瑄譯），臺北：韋伯。

席慕蓉（2000），《席慕蓉‧世紀詩選》，臺北：爾雅

席慕蓉（2006），《迷途詩冊》，臺北：圓神

徐志摩（2007），《徐志摩全集》，臺南：大孚。

桂夫人（2009），〈要不要學注音符號的爭議〉，網址：http://yoyovilla.pixnet.net/blog/post/23894144，點閱日期：2011.07.31。

殷海光（1979），《中國文化的展望》，臺北：活泉。

索羅斯比（2003），《文學經濟學》（張維倫等譯），臺北：典藏。

高本漢（1977），《中國語與中國文》（張世錄譯），臺北：文史哲。

高本漢（1978），《中國語之性質及其歷史》（杜其容譯），臺北：中華叢書編審委員會。

國民教育司（2011），《97 年國民中小學九年一貫課程綱要（100 學年度實施）》，網址：http://www.edu.tw/eje/index.aspx，點閱日期：2011.09.04。

國立臺灣師範大學國音教材編輯委員會編纂（2002），《國音學》，臺北：正中。

常雅貞（1998），〈國語注音符號「精緻化教學法」與傳統「綜合教學法」之比較研究〉，國立嘉義師範學院國民教育研究所碩士論文，未出版，嘉義。

張湛（1978），《列子注》，新編諸子集成本，臺北：世界。

張世祿（1978），《中國音韻學史（上）》，臺北：商務。

張正男（2004），《國音及說話》，臺北：三民。

張夢機（1997），《古典詩的形式結構》，臺北：駱駝。

張博宇（1976），《國語教學的理論與實際》，臺北：臺灣書店。

教育部（2011），《國民中小學九年一貫可程綱要語文學習領域》，網址：http://www.edu.tw/eje/content.aspx?site_sn=15326，點閱日期：2011.08.21。

曹逢甫（1993），《應用語言學的探索》，臺北：文鶴。

莊伯和（1982），《民間美巡禮——藝術見聞錄之二》，臺北：雄獅。

許慎（1978），《說文解字》，段玉裁注本，臺北：南獄。

郭泰然（1997），《中國注音文字的構想》，臺北：敬老大學校刊編輯委員會。

郭紹虞（1981），《中國歷代文論選（中冊）》，臺北：木鐸。

郭錦桴（1993），《漢語聲調語調闡要與探索》，北京：北京語言學會。

陳弘昌（1999），《國小語文科教學研究》，臺北：五南。

陳恆等主編（2007），《新文化史》，臺北：胡桃木。

陳彭年等編（1974），《校正送本廣韻》，臺北：藝文。

陳新雄（2005），《聲韻學》，臺北：文史哲。

陳鍾凡（1984），《中國韻文通論》，臺北：中華。

陸依言編 、方毅校正（1930），《國語注音符號淺說》，臺北：商務。

啟功（1993），《漢語現象論業》，臺北：商務。

程祥徽、田小琳（1992），《現代漢語》，臺北：書林。

黃天麟（1987），《中國文‧中國話》，臺北：弘明。

黃永武（1987），《中國詩學——設計篇》，臺北：巨流。

黃沛榮（2003），《漢字教學的理論與實踐》，臺北：樂學。

黃振民（1980），《歷代詩評解》，臺南：利大。

黃瑞田‧寫作部落格（2011），〈寫作部落格〉，網址：http://tw.myblog.yahoo.com/jw!Rdc9HDaGGRLjwgIQXH2PyBO./article?mid=57，點閱日期：2011.08.04。

費雪（2009），《文字書寫的歷史》（呂健忠譯），臺北：博雅書屋。

新唐人電視臺（2006），《熱點互動》，網址：http://www.epochtimes. com/b5/6/5/22/n1326742.htm，點閱日期：2011.08.04。

楊仲揆（1997），《中國趣味文學大全（精華本）》，臺北：鼎言。

楊蔭瀏（1988），《中國文化的展望》，臺北：丹青。

萬獻初（2008），《音韻學要略》，武漢：武漢大學。

葉德明（2006），《華語語音學（上篇）》，臺北：師大書苑。

葛本儀主編（2002），《語言學概論》，臺北：五南。

董同龢（1981），《漢聲音韻學》，臺北：文史哲。

董同龢（1987），《語言學大綱》，臺北：東華。

雷可夫等（2006），《我們賴以生存的譬喻》（周世箴譯注），臺北：聯經。

趙元任（1987），《語言問題》，臺北：商務。

趙雅博（1990），《知識論》，臺北：幼獅。

趙蓉暉編（2006），《普通語言學》，上海：上海外語教育。

劉勰（1998），《文心雕龍》，增訂漢魏叢書本，臺北：大化。

劉麟生（1980），《中國駢文史》，臺北：商務。

歐陽修等（1983），《新唐書》，臺北：鼎文。

潘重規等（1981），《中國聲韻學》，臺北：東大。

盧國屏（2008），《訓詁演繹——漢語解釋與文化詮釋學》，臺北：五南。

華語處處通（1999），「國語注音符號的回顧與展望」座談會，網址：
　　http://edu.ocac.gov.tw/discuss/academy/tradition/3data/a1.htm，點閱日
　　期：2011.08.04。

賴明德（1999），「國語注音符號的回顧與展望」座談會，網址：http://edu.
　　ocac.gov.tw/discuss/academy/tradition/3data/a1.htm，點閱日期：2011.
　　08.04。

賴慶雄（1990），《認識字詞語》，臺北：國語日報。

龍沐勛（2000），《倚聲學：詞學十講》，臺北：里仁。

濮之珍（1990），《中國語言學史》，臺北：書林。

薛鳳生（1986），《北京音系解析》，北京：語言學院。

謝國平（1986），《語言學概論》，臺北：三民。

謝康基（1991），《語意學——理論與實踐》，臺北：商務。

謝雲飛（1987），《語音學大鋼》，臺北：學生。

鍾　嶸（1988），《詩品》，增訂漢魏叢書本，臺北：大化。

鍾露昇（1971），《國語語音學》臺北：語文。

簡克斯（1998），《文化》（俞智敏等譯），臺北：巨流。

魏明德（2006），《新軸心時代》（楊麗貞等譯），臺北：利氏。

羅秋昭（2006），《國小語文科教材教法》，臺北：五南。

羅常培（1982），《漢語音韻學導論》，臺北：里仁。

羅肇錦（1992），《國語學》，臺北：五南。

羅肇錦（1994），〈論「聲調」是漢語教學的第一條件〉，《海峽兩岸小
　　學語文教學研討會論文集》，臺北：國立臺北師範學院語文教育學系。

譚全基（1981），《古代漢語基礎》，臺北：華正。

龔鵬程（2001），《文化符號學》，臺北：學生。

鬱乃堯（2008），《認字歸宗》，臺北：左岸。

社會科學類　PF0086　東大學術 49

注音符號的文化演現

作　　者 / 何秋堇
責任編輯 / 陳佳怡
圖文排版 / 楊尚蓁
封面設計 / 蔡瑋中

發 行 人 / 宋政坤
法律顧問 / 毛國樑　律師
印製出版 / 秀威資訊科技股份有限公司
　　　　　114 台北市內湖區瑞光路 76 巷 65 號 1 樓
　　　　　電話：+886-2-2796-3638　傳真：+886-2-2796-1377
　　　　　http://www.showwe.com.tw
劃撥帳號 / 19563868　戶名：秀威資訊科技股份有限公司
　　　　　讀者服務信箱：service@showwe.com.tw
展售門市 / 國家書店（松江門市）
　　　　　104 台北市中山區松江路 209 號 1 樓
　　　　　電話：+886-2-2518-0207　傳真：+886-2-2518-0778
網路訂購 / 秀威網路書店：http://www.bodbooks.com.tw
　　　　　國家網路書店：http://www.govbooks.com.tw
圖書經銷 / 紅螞蟻圖書有限公司
　　　　　114 台北市內湖區舊宗路二段 121 巷 28、32 號 4 樓
　　　　　電話：+886-2-2795-3656　傳真：+886-2-2795-4100

2012 年 5 月 BOD 一版
定價：270 元
版權所有　翻印必究
本書如有缺頁、破損或裝訂錯誤，請寄回更換

國家圖書館出版品預行編目

注音符號的文化演現 / 何秋堇著. -- 一版. -- 臺北市：秀
　威資訊科技, 2012.05
　　　面；　　公分. -- (社會科學類；PF0086) (東大學術；
49)
　BOD 版
　ISBN 978-986-221-915-7(平裝)

　1. 注音符號　2. 中國文化　3. 文化研究

802.48　　　　　　　　　　　　　　　　　101005301

讀 者 回 函 卡

感謝您購買本書，為提升服務品質，請填妥以下資料，將讀者回函卡直接寄回或傳真本公司，收到您的寶貴意見後，我們會收藏記錄及檢討，謝謝！
如您需要了解本公司最新出版書目、購書優惠或企劃活動，歡迎您上網查詢或下載相關資料：http:// www.showwe.com.tw

您購買的書名：＿＿＿＿＿＿＿＿＿＿＿＿＿＿＿＿＿＿＿＿＿＿＿＿

出生日期：＿＿＿＿＿年＿＿＿＿＿月＿＿＿＿＿日

學歷：□高中 (含) 以下　　□大專　　□研究所 (含) 以上

職業：□製造業　□金融業　□資訊業　□軍警　□傳播業　□自由業

　　　□服務業　□公務員　□教職　　□學生　□家管　□其它＿＿＿＿

購書地點：□網路書店　□實體書店　□書展　□郵購　□贈閱　□其他

您從何得知本書的消息？

　　□網路書店　□實體書店　□網路搜尋　□電子報　□書訊　□雜誌

　　□傳播媒體　□親友推薦　□網站推薦　□部落格　□其他＿＿＿＿＿

您對本書的評價：(請填代號　1.非常滿意　2.滿意　3.尚可　4.再改進)

　　封面設計＿＿＿　版面編排＿＿＿　內容＿＿＿　文／譯筆＿＿＿　價格＿＿＿

讀完書後您覺得：

　　□很有收穫　□有收穫　□收穫不多　□沒收穫

對我們的建議：＿＿＿＿＿＿＿＿＿＿＿＿＿＿＿＿＿＿＿＿＿＿＿＿

＿＿＿＿＿＿＿＿＿＿＿＿＿＿＿＿＿＿＿＿＿＿＿＿＿＿＿＿＿＿＿＿

＿＿＿＿＿＿＿＿＿＿＿＿＿＿＿＿＿＿＿＿＿＿＿＿＿＿＿＿＿＿＿＿

＿＿＿＿＿＿＿＿＿＿＿＿＿＿＿＿＿＿＿＿＿＿＿＿＿＿＿＿＿＿＿＿

11466
台北市內湖區瑞光路 76 巷 65 號 1 樓

秀威資訊科技股份有限公司　　　收

BOD 數位出版事業部

⋯⋯⋯⋯⋯⋯⋯⋯⋯⋯⋯⋯⋯⋯⋯⋯⋯⋯⋯⋯⋯⋯

（請沿線對折寄回，謝謝！）

姓　　名：＿＿＿＿＿＿＿＿　年齡：＿＿＿＿　性別：□女　□男

郵遞區號：□□□□□

地　　址：＿＿＿＿＿＿＿＿＿＿＿＿＿＿＿＿＿＿＿＿＿＿

聯絡電話：(日) ＿＿＿＿＿＿＿＿＿＿　(夜) ＿＿＿＿＿＿＿＿＿＿

E - m a i l：＿＿＿＿＿＿＿＿＿＿＿＿＿＿＿＿＿＿＿＿＿＿